Wunderschöne Fesseln

Die Molotow-Verlobung: Buch 2

Anna Zaires

ÜBERSETZT VON
GRIT SCHELLENBERG

♠ Mozaika Publications ♠

Veröffentlicht von Mozaika Publications, einer Druckmarke von Mozaika LLC.
www.mozaikallc.com

Aus dem Amerikanischen von Grit Schellenberg
Lektorat: Fehler-Haft.de

Cover von Alex McLaughlin

Fotografie von Regina Wamba
www.reginawamba.com

e-ISBN: 978-1-63142-916-3
ISBN: 978-1-63142-917-0

PROLOG

ALEXEJ

25 Jahre zuvor, Moskau

»... U nd da sah der junge Prinz die schöne Prinzessin.«
Mama hält beim Vorlesen inne, und ich bewege mich unbehaglich hin und her, weil mein Hintern von Papas Gürtel schmerzt. Sie schaut mich kurz an und richtet sich auf, um sich gerader gegen die aufgetürmten Kissen zu setzen. Ihr Berg von einem Bauch, der so groß ist wie der Turm in dem Buch, aus dem sie gerade vorliest, bewegt sich mit ihr.

Er ist so groß, dass *ich* da hineinpassen könnte, und ich bin schon fünf. Oder wenn nicht ich, dann mein kleiner Bruder Ruslan. Er ist erst drei Jahre alt.

»Soll ich aufhören vorzulesen, damit du spielen kannst?«, fragt Mama leise, während ich meine Hand auf den riesigen Bauch lege, in der Hoffnung, meine kleine Schwester zu spüren. Sie bewegt sich in letzter Zeit sehr oft.

»Nein, mach weiter«, sage ich und schmiege mich enger an Mama. Seitdem meine kleine Schwester in ihren Bauch gekrochen ist und sie krank gemacht hat, hat sie gefühlt ewig Bettruhe gehabt. Weil ich älter bin, erinnere ich mich an eine Zeit, in der alles anders war, in der Mama uns gebadet und mit uns gespielt hat, aber Ruslan weiß das nicht. Er glaubt, dass es schon immer so war, dass Mama schon immer dieser unbewegliche Haufen von Mensch war, der uns küssen und uns Bücher vorlesen kann, und das ist alles.

Mama lächelt und legt ihren weichen Arm um mich, während sie die Seite umblättert. »Also gut, Schatz, lass uns weitermachen.« Ihre Stimme nimmt diesen pathetischen Tonfall an, den ich so liebe. »Die Prinzessin lebte in einem Turm, der von Drachen umgeben war. Ihr Vater, der König, hat sie dort eingesperrt, weil er kein netter Mann war. Ihm war es egal, dass die Prinzessin dort nicht glücklich war und als der junge Prinz um ihre Hand anhielt, lehnte der König ab. Er sagte ...«

»Warum hat er abgelehnt?«, unterbreche ich. Ich habe diese Frage schon einmal gestellt – Mama hat mir diese Geschichte bereits oft vorgelesen –, aber ich will immer noch ihre Antwort hören. »Und warum war er nicht nett?«

Was ich wirklich wissen möchte, ist, ob der König seinen Gürtel benutzt hat, um die Prinzessin zu bestrafen, so wie Papa es bei mir und Ruslan macht.

Aber diese Frage könnte Mama aufregen, und ihr Arzt hat gesagt, dass sie sich nicht aufregen darf, sonst stirbt sie. Deshalb habe ich ihr auch nicht erzählt, dass Papa mich heute bestraft hat, weil ich die alte chinesische Vase im Wohnzimmer zerbrochen habe. Sie mag es nicht, wenn Papa seinen Gürtel benutzt, und sie mag es auch nicht, wenn ich mich schlecht benehme. Diesmal war ich tatsächlich nicht schuld, aber das kann ich ihr nicht sagen, ohne dass Papa die Wahrheit erfährt. Es war Ruslan, der die Vase zerbrochen hatte, aber als Papa uns mit seiner unheimlichen Stimme danach fragte, fing mein Bruder an zu weinen und ich sagte Papa, dass ich es gewesen war.

Ich bin größer und stärker, also tut mir der Gürtel nicht so weh.

»Der König lehnte ab, weil er den jungen Prinzen nicht für gut genug für seine Tochter hielt«, antwortet Mama und gibt mir dieselbe Antwort wie jedes Mal. »Was die Frage angeht, warum der König nicht nett war … nun, Liebling, manche Männer sind es einfach nicht. Sie werden so geboren.«

Wie Papa.

Ich würde das gerne sagen, aber es könnte Mama verärgern. Sie mag es nicht, wenn jemand etwas Schlechtes über ihn sagt. Ich weiß das, weil sie Kristen, unser amerikanisches Kindermädchen, gefeuert hat, weil sie Papa *beleidigend* genannt hat. Ich weiß nicht, was das bedeutet, aber es muss schlimm sein, denn Mama mochte es eigentlich, dass Kristen uns Englisch beibrachte. Jetzt haben Ruslan und ich niemanden mehr, mit dem wir Englisch sprechen können, außer meine Spielzeugsoldaten, und die können es auch nicht besser als ich.

»Möchtest du weitermachen?«, fragt Mama, und ich nicke eifrig.

Das ist meine Lieblingsgeschichte, und obwohl ich jedes Wort auswendig kenne und auch schon selbst lesen kann, gefällt mir am besten, wie Mama sie erzählt.

Mit einem Seufzer liest sie weiter. »Er sagte: ›Du bist meiner Tochter nicht würdig. Wenn du sie wirklich heiraten willst, musst du zuerst alle Drachen um ihren Turm herum töten.‹ Der König wusste, dass der junge Prinz das nicht schaffen würde. Es gab Dutzende von Drachen …« Sie verstummt abrupt, und ich spüre, wie sie sich versteift.

Besorgt setze ich mich auf und schaue sie an. »Mama?«

Sie atmet tief ein und langsam wieder aus. »Es geht mir gut. Es ist okay. Komm her.« Sie tätschelt die Decke, und als ich mich wieder an sie geschmiegt habe, fährt sie fort. »Es gab Dutzende von Drachen, einer furchteinflößender als der andere, und nur der mutigste und stärkste Mann konnte gegen sie kämpfen – und selbst er würde schließlich verlieren.«

»Aber der junge Prinz verlor nicht«, sage ich, während die Aufregung in mir steigt. Ich weiß, wie die Geschichte endet, und das bringt mich dazu, auf dem Bett auf und ab springen zu wollen. Ich tue es aber nicht. Der Arzt sagte, wenn ich Mama zu sehr anstoße, wird sie sterben, und meine kleine Schwester auch.

Mama versteift sich wieder, und als sie spricht, klingt ihre Stimme anders. Angestrengt, als hätte sie Probleme, ein großes Geschäft zu erledigen, und müsste sehr stark drücken. »Nein, er verlor nicht. Es dauerte viele Jahre, aber er …« Sie stöhnt und versucht, sich höher auf die Kissen zu setzen. »Liebling, bitte hol … aaah!«

Ich zucke zurück und blicke sie an. Ihre Augen sind zusammengekniffen, ihr Gesicht ist grünlich-weiß und zu einer Grimasse verzogen, während sie sich den riesigen Bauch hält. Plötzlich fühle ich mich genau so, wie wenn Papa wütend auf mich ist: innerlich ganz übel und zittrig.

»Mama?« Meine Stimme wird höher. »Mama, wirst du sterben?«

Sie beißt die Zähne zusammen und öffnet die Augen. Ihre Stimme hat immer noch diesen seltsamen, angestrengten Klang. »Nein, nein, mein Schatz. Hol einfach Papa, bitte. Ich glaube … ich glaube, es ist so weit.«

Ich klettere zum Rand des Bettes, aber die Decke verheddert sich um meine Beine und bremst mich aus. Frustriert reiße ich daran und ziehe sie Mama teilweise weg. Meine Hand berührt etwas Nasses. *Igitt. Sie hat sich eingepullert.* Aber als ich meine Handfläche anhebe, ist sie rosa und rot. Rot wie Blut. Ich springe vom Bett, mein Herz ist wie eine Motte in einem Glas, voller Flügelschlag und Panik.

Papa. Ich muss Papa holen.

Mama schreit wieder, und ich werfe einen hektischen Blick über meine Schulter, während ich zur Tür sprinte. Sie hält sich immer noch den Bauch, und ihr Gesicht ist schmerzverzerrt.

Stirb nicht, Mama. Bitte stirb nicht.

Ich renne aus dem Schlafzimmer den Flur hinunter und schreie aus Leibeskräften nach Papa. Die Schluchzer drohen meinem Mund zu entweichen, aber ich schlucke sie herunter, weil Papa mich bestraft, wenn ich weine. Er bestraft mich auch, wenn ich sein Büro betrete, ohne anzuklopfen, also schlage ich mit der Faust gegen die geschlossene Tür und ignoriere die Wellen des Schmerzes, die sich in meinem Arm ausbreiten.

Ich kann nur daran denken, dass Mama vielleicht stirbt.

»Nicht jetzt! Ich bin beschäftigt.« Papas Stimme ist schroff und genervt. Normalerweise würde das ausreichen, damit ich mich zurückziehe und ihn später anspreche, aber das hier kann nicht warten.

»Es ist Mama«, schreie ich und hämmere noch fester. »Sie hat gesagt, ich soll dich holen. Ihr Bett ist nass und rot!«

Die Tür öffnet sich so schnell nach innen, dass ich mein Gleichgewicht verliere und hineinfalle. Im Büro sind Papa und eine blonde Frau, die ich nicht kenne. Sie ist nackt über seinen Schreibtisch gebeugt, und ihre blasse Haut ist mit rosafarbenen Striemen übersät, wie ich sie bekomme, wenn er mich schlägt.

Eine Sekunde lang kann ich sie nur anstarren, während ich auf den Boden falle. Papa hat sie eindeutig bestraft, aber warum? Wer ist sie? Warum ist sie nackt? Er schlägt mich immer mit seinem Gürtel, während ich bekleidet bin. Außerdem: Warum ist Papas Hose nicht geschlossen?

Dann erinnere ich mich an Mama, und die Panik überkommt mich wieder. Ich springe auf, während Papa einen unflätigen Fluch ausstößt, seine Hose zumacht, sich an mir vorbeidrängt und den Flur hinunter ins Schlafzimmer eilt.

Ich werfe der nackten Frau noch einen blitzschnellen Blick zu – sie ist jetzt auf den Beinen und ihr Gesicht ganz rot – und renne Papa hinterher. Ich schaffe es gerade bis ins Schlafzimmer, als er Mama aus dem Bett hebt. Ihre Augen sind zusammengekniffen, und beide Hände umfassen ihren dicken Bauch, als hätte sie Angst, dass er abfällt. Auf dem Bett hat sich noch mehr von der Decke rot verfärbt, ebenso wie der untere Teil ihres weißen Nachthemdes.

»Mama?«

Sie stöhnt als Antwort. Ohne mich zu beachten, trägt Papa sie aus dem Schlafzimmer und ruft nach unserem Fahrer.

Ich laufe ihnen hinterher. Mein Herz macht wieder diese Mottennummer, und ich habe Schwierigkeiten, zu atmen, während sich die Schluchzer in meiner Kehle aufstauen und mich ersticken.

Nicht weinen. Papa mag es nicht, wenn du weinst.

Mama stößt ein gequältes Geräusch aus, und Papa flucht und beschleunigt sein Tempo. Innerhalb weniger Sekunden ist er durch die Haustür verschwunden, ohne sich die Mühe zu machen, seine Jacke anzuziehen. Ich renne ihm im Flur hinterher, aber er ist schon im Aufzug verschwunden.

Das Letzte, was ich sehe, als die Türen zufallen, ist Mamas graugrünes Gesicht, das sich vor Schmerz verzieht, während sie immer wieder schreit.

———

MAMA KOMMT AN DIESEM ABEND NICHT NACH HAUSE. Papa auch nicht. Ich liege in meinem Rennwagenbett und lese mir die Prinzessinnengeschichte wieder und wieder durch. Jeanette, unser neues französisches Kindermädchen, schaut nach mir, aber bevor sie ihren Kopf hereinsteckt, schalte ich meine Lampe aus, ziehe mir die Decke über den Kopf und tue so, als ob ich schlafe. Sie schließt leise die Tür und schleicht sich auf Zehenspitzen davon.

Sobald sie weg ist, schalte ich die Lampe wieder ein und lese weiter. Es ist meine Lieblingsgeschichte, weil der junge Prinz am Ende alle Drachen tötet. Es dauert Jahre, aber er gewinnt die Hand der schönen Prinzessin und, was das Beste ist, ihre Liebe.

Eines Tages werde ich auch eine schöne Prinzessin treffen, und wenn ich das tue, werde ich nicht aufhören, bis ich jeden Drachen getötet habe, der uns im Weg steht.

Ich schlafe schluchzend ein, aber Papa ist nicht da, also kann er es nicht sehen und mich auch nicht bestrafen. Am Morgen klettert Ruslan in mein Bett und fragt nach Mama, und ich sage ihm, dass sie tot ist. Ich weiß, was der Tod ist, denn als ich nur ein bisschen älter war als Ruslan, nahm Papa mich mit zu einem Bauernhof und ließ mich ein Huhn töten. Ich schnitt ihm mit einem Messer die Kehle durch, während es kreischte und mit den Flügeln schlug, um zu entkommen. Damals gab es sehr viel Rot – Blut, wie auf Mamas Bett –, und das Huhn bewegte sich nicht mehr. Wir kochten und aßen es.

Ich glaube nicht, dass Papa Mama kochen und essen wird, aber ich denke, sie muss jetzt wie dieses Huhn sein, ganz still und leblos, ihr Blut in einer roten Pfütze um sie herum. Papa sagte, dass das passieren könnte, wenn meine kleine Schwester aus ihr herauskommt, und bevor ich gestern ins Bett ging, hörte ich, wie Jeanette mit unserer Köchin darüber sprach, was passiert war – irgendetwas über eine Plazentaablösung, dass Mama bei einem Notkaiserschnitt zu viel Blut verloren hat und das Baby bis nach der Beerdigung im Krankenhaus bleiben muss.

Ich erkläre das alles Ruslan, und er beginnt zu weinen. Ich möchte auch weinen, aber ich schlucke die brennenden Schluchzer hinunter, die in meiner Kehle hochkochen. Ich schnappe mir das Buch, schlage es auf der ersten Seite auf und fange an, meinem Bruder vorzulesen, wobei ich versuche, so gut wie möglich wie

Mama zu klingen, obwohl meine Stimme immer wieder bricht.

Ruslan hört schließlich auf zu weinen und schläft ein, aber ich lese weiter, während meine Lippen sich lautlos bewegen und die vertrauten Worte formen. Ich lese, bis das würgende, brennende Gefühl in meiner Kehle nachlässt und Mamas Schreie nicht mehr in meinen Ohren klingen. Bis das Bild von ihr, so still und leblos wie das Huhn, durch das Bild im Buch ersetzt wird – die Zeichnung der schönen schwarzhaarigen Prinzessin.

Eine Prinzessin, deren Liebe ich eines Tages gewinnen werde, koste es, was es wolle.

KAPITEL 1

ALINA

Den zweiten Tag in Folge wache ich bei strahlendem Sonnenschein und dem Rauschen der Meereswellen auf. Diesmal weiß ich aber genau, wo ich bin: auf Alexejs Yacht, irgendwo mitten auf dem Ozean. Welcher Ozean, das weiß ich nicht, aber jetzt, wo mein Kopf klarer ist, kann ich eine Vermutung wagen. Das Anwesen meines Bruders im Gebirge, aus dem Alexej mich vor zwei Tagen entführt hat, liegt in Idaho, dem westlichen Teil der Vereinigten Staaten. Wenn mein Entführer mich also nicht quer über den nordamerikanischen Kontinent geflogen hat, während ich unter Drogen stand, ist es wahrscheinlich, dass es sich um den Pazifik handelt.

Zögernd drehe ich meinen Kopf. Ich bin allein im Bett, aber auf dem Kissen neben mir ist Alexejs Kopf eingedrückt und sein Duft verweilt in der Bettwäsche. Kiefer und ein Hauch von Leder, überlagert von der salzigen Note des Meeres und etwas, was einzigartig männlich und seins ist.

Es ist ein Duft, den ich jetzt sehr gut kenne.

Hitze durchflutet meinen Körper, als die Erinnerungen an den gestrigen Tag einströmen, und ich setze mich hektisch hin und halte die Decke an meine nackte Brust. Sofort zucke ich zusammen. Meine Oberschenkelinnenseiten fühlen sich an, als hätte ich olympisches Kunstturnen versucht, und ich bin tief im Inneren schmerzhaft wund. Instinktiv berühre ich meinen Kopf. Mein Haar ist noch feucht von der Dusche gestern Abend. Alexej hat mir keine Gelegenheit gegeben, es zu trocknen, bevor er mich zurück ins Bett getragen hat, wo er seinen großen, muskulösen Körper um mich geschlungen hat und sofort eingeschlafen ist. Ich habe wie betäubt in die Dunkelheit gestarrt, zu müde, um das Grauen seiner Absichten zu verarbeiten, aber zu aufgedreht, um einzuschlafen.

Wenigstens hat er mich letzte Nacht nicht zum vierten Mal gefickt. Man muss für kleine Aufmerksamkeiten dankbar sein.

Vorsichtig schlüpfe ich aus dem Bett, ziehe mir einen Bademantel an und gehe ins Bad. Mein Puls rast, da die Taubheit der letzten Nacht völlig abgeklungen ist. Auf Autopilot durchlaufe ich meine morgendliche Routine – duschen, Zähne putzen, Haare föhnen, Make-up auftragen – und die ganze Zeit denke ich nur daran, was mein Entführer gestern Abend gesagt hat.

Ein Kind. Das ist es, was er von mir will. Ein Kind

als Ersatz für das Kind, das mein Bruder seiner Familie weggenommen hat – Slava, den Jungen, den Nikolai unwissentlich mit Ksenia, Alexejs kürzlich verstorbener Schwester, gezeugt hat. Letzte Nacht hat Alexej mich dreimal ohne Kondom gefickt, und er hat vor, es immer wieder zu tun, bis es ihm gelingt, mich mit einer Kette an sich zu binden, die unzerstörbarer ist als jeder Vertrag: ein Band aus Blut.

Es ist ein grausamer, absolut machiavellistischer Plan – und genau das, was ich von einem Mann wie Alexej Leonow hätte erwarten sollen, der meinen Vater manipuliert hat, um unsere Verlobung zu arrangieren, als ich kaum fünfzehn war.

Das ist eine weitere Enthüllung von gestern Abend. Alexej ist derjenige, der für diesen mittelalterlichen Vertrag verantwortlich ist, nicht unsere Eltern, wie ich all die Jahre gedacht habe. Er war kein Opfer der Gier und des Hungers unserer Väter nach dem ultimativen Bündnis, ein neunzehnjähriger Junge, der einfach den Wünschen seiner Familie folgte. Oh nein. Er war immer das Superhirn hinter allem, der Puppenspieler, der alle Fäden zog. Hätte mein Vater der Verlobung nicht zugestimmt, hätte Alexej mich meiner Familie entrissen und mich wie eine Prinzessin in einem Turm eingesperrt, bis ich *alt genug* war.

Seine Besessenheit von mir geht weit über alles hinaus, was ich mir vorgestellt habe, und ich habe keinen Zweifel daran, dass er sein Wort halten und mir ein Kind aufzwingen wird. Schließlich ist das derselbe

Mann, der jeden Jungen und Mann getötet hat, der mich auch nur angesehen hat.

Als ich meine Morgentoilette beendet habe, ist das Gesicht, das mich aus dem Spiegel anschaut, kühl und gelassen, und das Make-up verdeckt die schlimmsten Verbrennungen am Kiefer und am Hals. Meine Lippen sind immer noch geschwollen von Alexejs Küssen, aber mit meinem charakteristischen roten Lippenstift sieht es aus, als hätte mir ein geschickter Chirurg einen Hauch von Füllung verpasst.

Ich sehe aus wie ich selbst, auch wenn sich mein Körper wie der einer Fremden anfühlt.

Ich erwarte fast, dass Alexej im Schlafzimmer auf mich wartet, so wie er es gestern getan hat, aber das Zimmer ist leer, als ich herauskomme. Mit einem Gefühl unermesslicher Dankbarkeit eile ich zum begehbaren Kleiderschrank und ziehe mir eines der vielen Designer-Cocktailkleider an, die mein Entführer für mich besorgt hat. Es gibt auch legere, bequeme Kleidung – Shorts, T-Shirts, weiche Baumwoll-Sommerkleider – aber ich habe nicht vor, mich hier bei ihm wohlzufühlen.

Riemchenabsatzschuhe vervollständigen meinen Look und dann … weiß ich nicht, was ich tun soll. Soll ich in der Kabine bleiben und darauf warten, dass er auftaucht? Oder gehe ich da hinaus und beschleunige die unvermeidliche Konfrontation?

Mein Magen trifft die Entscheidung für mich, indem er ein lautes Knurren ausstößt. Ich habe keine Ahnung, wie spät es ist, aber meine letzte Mahlzeit –

nur ein paar Bissen von der üppigen Auswahl, die Alexejs Köchin Vika für uns zubereitet hat – war irgendwann gestern, lange bevor die Sonne unterging. War es das Mittagessen? Ein sehr frühes Abendessen? Keine Ahnung, aber mein Körper ist überzeugt davon, dass er Hunger hat. Ich spüre bereits, wie die Kopfschmerzen zunehmen und der Druck meine Schläfen in einen vertrauten Schraubstock presst. Natürlich ist das in meinem Fall eher auf Stress als auf Hunger zurückzuführen, aber trotzdem kann ein schönes, deftiges Frühstück nicht schaden.

Als ich die Kabine verlasse und mich auf den Weg zur Treppe mache, merke ich, dass ich an Essen denke, um mich von den kalten, hohlen Schmerzen in meinem Magen abzuhalten, die ich jedes Mal bekomme, wenn ich daran denke, für immer an Alexej gebunden zu sein.

Nein, es ist nicht der Hunger, der mein Inneres aushöhlt.

Es ist Angst.

Angst und Entsetzen, überlagert von wachsender Verzweiflung.

Ein Jahrzehnt lang bin ich in der Hoffnung, ihm zu entkommen, vor meinem Schicksal weggelaufen, aber es hat mich eingeholt. *Er* hat mich eingeholt und es gibt keine Chance mehr zu entkommen. Ich bin auf einem Boot mitten auf dem Ozean mit einem Monster, das es sich zu seinem Lebensziel gemacht hat, mich zu bekommen ... und jetzt hat es mich.

Hör auf damit. Denk an Essen. Nur Essen.

Das Sonnenlicht blendet mich, als ich auf die Terrasse trete. Es ist ein wunderschöner Tag, warm mit einer leichten Brise. Nach dem gestrigen Sturm fühlt sich die Luft leichter und frischer an, und der Himmel ist wieder klar und strahlend blau.

Niemand ist auf dem Deck oder irgendwo in Sicht. Ich bin enttäuscht und froh zugleich. Die Konfrontation, auf die ich mich mental vorbereitet habe, wurde verschoben.

Mein Magen knurrt wieder und verlangt nach Nahrung, aber ich ignoriere ihn. Ich bin mir ziemlich sicher, dass die Küche sich im Bug befindet, aber ich bin noch nicht bereit, dorthin zu gehen. Stattdessen gehe ich zur Reling und blinzele in die Ferne, um herauszufinden, ob da draußen etwas ist oder ob meine Fantasie mir einen Streich spielt.

Wenn auch nur ein Hauch von Land in Sicht ist, werde ich ohne Rücksicht auf Haie und meine mittelmäßigen Schwimmfähigkeiten ins Wasser springen. Aber es gibt nichts. Nur blaues Wasser, das bis zum Horizont reicht. Was auch immer ich zu sehen geglaubt habe, war wohl nur die Sonne, die sich im Wasser spiegelte. Ich stehe immer noch am Geländer, starre in die Ferne und wünsche mir …

»Was zum Teufel glaubst du, was du da tust?«

Die tiefe Stimme meines Entführers ist leise und wütend, und seine Finger graben sich in meine Schulter, als er mich herumdreht, damit ich ihn ansehe. Ich bin so erschrocken, dass mein linker Absatz unter mir einknickt, und zum zweiten Mal in meinem Leben rettet mich Alexej Leonow vor dem Sturz – dieses Mal möglicherweise über Bord – indem er meine beiden Arme festhält.

Ich atme flach und blicke in sein düsteres Gesicht, während ein verräterisches Feuer in meinen Adern entfacht und sich in meinem Inneren ausbreitet. Er starrt mich an, seine fast schwarzen Augen sind zu Schlitzen verengt, und ich kann nur daran denken, was er mir gestern angetan hat, an die erhabene Mischung aus Schmerz und Ekstase, die er meinem Körper entrissen hat, immer und immer wieder.

»Wolltest du springen?«, fragt er in demselben rauen Ton, sein Griff ist schmerzhaft fest, und mir wird klar, was er gedacht hat, als er mich gesehen hat … was er befürchtet hat.

Diese Angst ist nicht völlig unbegründet. Vor sechs Jahren, in den dunklen Monaten nach dem Tod meiner Eltern, wäre ich vielleicht gesprungen, auch wenn kein Land in Sicht gewesen wäre.

Ein schwacher Umriss einer Idee flackert auf. Bevor ich es mir anders überlegen kann, hebe ich mein Kinn und frage kühl: »Und wenn es so wäre?«

Wenn er denkt, dass ich selbstmordgefährdet bin, könnte er vielleicht, nur vielleicht …

»Dann schließe ich dich in der Kabine ein, oder noch besser, ich kette dich an mein Bett.«

Mein Atem stockt in meiner Lunge.

Er blufft nicht.

Er wird es tun.

Wenn ich ihn reize, wird er mir das bisschen Freiheit nehmen, das mir noch bleibt.

Die Niederlage liegt mir bitter auf der Zunge, als ich meinen Blick auf den kräftigen, braunen Hals senke und mich auf den Teil der Tätowierung konzentriere, der über dem Rundhalskragen seines schwarzen T-Shirts zu sehen ist. »Ich hatte nicht vor zu springen«, sage ich leise. »Du musst dir keine Sorgen machen. Ich werde mich nicht umbringen.«

Zumindest nicht absichtlich. Ich *werde* von ihm wegschwimmen, wenn sich eine Gelegenheit ergibt, aber ich werde nicht in den sicheren Tod springen, um ihm zu entkommen.

Seine Stimme wird leiser. »Alinyonok ...« Er lässt meine Arme los und umschließt meinen Kiefer. Sanft kippt er mein Kinn hoch, bis ich seinem Blick wieder begegne. »Warum gibst du uns nicht einfach eine Chance? Ich habe nicht den Wunsch, dir zu schaden. Ganz im Gegenteil. Du bist alles, was ich schon so lange will ... und du, egal, was du dir einredest, willst mich auch. Hör auf zu kämpfen. Lass mich dir zeigen, wie gut es zwischen uns sein kann. Oder ist es das, was dir Angst macht? Dass es gut sein wird? Dass dir klar wird, wie viele Jahre wir mit unserer Trennung verschwendet haben?«

Ich blicke zu ihm hoch, und mein Herz pocht schmerzhaft gegen meinen Brustkorb. Die Worte, die in einem sanften, schmeichelnden Tonfall gesprochen werden, klingen verführerisch in meinen Ohren, obwohl sie purer Wahnsinn sind – eine Wahnvorstellung der höchsten Stufe.

Es wird nicht gut sein zwischen uns. Es wird eine Katastrophe werden, wie die Ehe meiner Eltern, wie alles in unserer Beziehung bisher. Zusammen sind wir giftig – man muss nur die Leichen zählen, die wir hinterlassen haben.

»Alinyonok, meine Schöne …« Seine Stimme wird noch leiser, und seine dunklen Augen strahlen eine beunruhigende Wärme aus. »Du weißt, dass ich die Wahrheit sage.«

Er beugt seinen Kopf und es kostet mich jedes Quäntchen Willenskraft, seine Hand wegzuschlagen und mein Gesicht zur Seite zu drehen, um seinem Kuss auszuweichen. Aber ich kann ihn nicht vollständig vermeiden. Seine warmen und weichen Lippen streichen über mein Ohr, was mir einen erotischen Schauer über den Rücken jagt und eine Gänsehaut auf meinen nackten Armen verursacht, die mich am ganzen Körper erröten lässt.

Selbst jetzt, wo ich weiß, was er vorhat, kann ich meinen Körper nicht davon abhalten, auf ihn zu reagieren, auf die rohe, animalische Kraft, die uns zusammenzieht.

Mit klopfendem Herzen und brennendem Gesicht trete ich einen Schritt zurück. Dann noch einen und noch einen. Er lässt es zu und verzieht den Mund zu einem dunklen, ironischen Lächeln, während er meinen Rückzug mit der Geduld eines Raubtiers beobachtet, das weiß, dass seine Beute nirgendwohin kann.

Aber ich habe ein Ziel. Ich drehe mich um und gehe entschlossen dorthin, wo ich die Küche vermute. Über meine Schulter werfe ich ihm zu: »Ich brauche Frühstück.«

Wenn ich eines mit Sicherheit weiß, dann, dass Alexej nicht vorhat, mich hungern zu lassen. Sogar gestern, als er mich nackt in seinen Armen hatte, hielt er seine Lust lange genug zurück, um mich mit Essen zu versorgen. Heute ist er sexuell gesättigt – oder sollte es sein, wenn man bedenkt, wie oft er mich gestern gefickt hat. Obwohl, wenn er mir die Wahrheit darüber gesagt hat, dass er seit unserer Verlobung vor zehn Jahren mit niemandem mehr Sex hatte, ist es möglich, dass diese drei Male nur seinen Appetit angeregt haben.

Ein heißer Schauer läuft mir bei dem Gedanken über die Haut.

Er kommt neben mich, da seine langen Schritte meine kürzeren leicht einholen. »Okay, dann lass uns eben frühstücken. Ich bin mir aber nicht sicher, ob es der richtige Weg ist, in Vikas Raum einzudringen. Sie neigt dazu, ihr Revier zu verteidigen.«

Ich höre auf, zu laufen. »Oh?« Von dem, was ich von der kurzen, dunkelhaarigen Frau gesehen habe, wirkte sie freundlich.

»Die Kombüse ist ihr Bereich. Da darf nur Larson rein.«

Alexejs Ton ist ernst, auch wenn seine Augen

amüsiert schimmern. Ich bin mir ziemlich sicher, dass er mir einen Bären aufbinden will, aber sicherheitshalber sage ich: »Okay, wie komme ich dann hier an Essen?«

»Du sagst es mir, und ich kümmere mich darum.« Er greift in seine Tasche und holt sein Handy heraus, auf dem er schnell eine Nachricht tippt. Er verschickt sie mit einem hörbaren *Whoosh*, während ich auf das Gerät blicke und mein Herzschlag sich beschleunigt.

Ein Telefon. Eine Möglichkeit, die Außenwelt zu erreichen. Natürlich hat er eines. Und das haben seine Leute auch. Das bedeutet, dass es auf diesem Boot mehrere Geräte gibt und ich die Chance habe, mir eines zu schnappen, um meinen Brüdern Bescheid zu sagen.

Ich halte kurz inne. Aber was genau soll ich ihnen sagen? Dass ich in einem unbekannten Gewässer auf einer namenlosen Yacht bin? Selbst mit Konstantins Hackerteam sind das nicht annähernd genug Informationen, um mich zu finden. Außerdem ... will ich überhaupt gefunden werden? Bevor Alexej mich in jener Nacht wegschleppte, sagte ich Nikolai, er solle nicht nach mir suchen, weil ich nicht wollte, dass noch mehr Blut in meinem Namen vergossen wird – und das meinte ich ernst. Das tue ich immer noch, auch wenn Alexejs Absichten viel schlimmer sind, als ich dachte. Ich will nicht, dass meine Brüder für mich kämpfen, geschweige denn sterben. *Oder dass sie Alexej töten.* Sobald dieser Gedanke auftaucht, schiebe ich ihn wieder beiseite, weil ich nicht bereit bin, ihn näher zu analysieren. Nicht, dass es viel zu analysieren gäbe.

Ich will nicht, dass jemand für mich stirbt oder für mich tötet. Punkt. Und das bedeutet, dass ich mich nicht von meinen Brüdern retten lassen kann ... vor allem nicht, wenn diese Rettung bedeutet, dass Alexej wieder hinter Nikolais Sohn her ist. Jetzt, wo ich klarer denke, bemerke ich, dass ich nicht in der Lage wäre, wegzulaufen, selbst wenn sich eine Gelegenheit ergeben würde.

Vor zwei Tagen schloss ich einen Deal mit Alexej ab und versprach ihm, mit ihm zu kommen und unsere Verlobung zu ehren, wenn er seine Männer zurückruft und Slava in Frieden mit Nikolai und seiner neuen Frau leben lässt. Ich hatte keine große Wahl, als ich diese Abmachung traf, aber das ändert nichts an der Tatsache, dass ich mein Wort gegeben habe – oder daran, dass die Konsequenzen, wenn ich es nicht einhalte, schrecklich sein könnten.

Es gibt nur einen Weg nach vorn, nur einen Weg für mich, die Kontrolle über mein Schicksal zu übernehmen.

Ich löse meine Augen von Alexejs Telefon und begegne seinem kühlen, amüsierten Blick. »Also«, sage ich ruhig, auch wenn sich mein Magen zusammenzieht. »Hast du alles für die Hochzeit vorbereitet? Ich möchte, dass sie heute stattfindet.«

Kapitel 2

Alexej

Mein Puls beschleunigt sich, und nur meine jahrzehntelange Erfahrung bei Geschäftsverhandlungen mit skrupellosen Konkurrenten ermöglicht es mir, meine Überraschung zu verbergen. Sie will mich heiraten? Jetzt? Heute?

Aber nein. Als ich tiefer in ihre jadefarbenen Augen blicke, sehe ich die Wahrheit.

Meine Alinyonok hat sich noch nicht entschieden, mich zu akzeptieren. Ganz im Gegenteil – das ist ein neuer Trick, um unsere Abmachung zu brechen, während wir sie auf dem Papier einhalten. Die Hochzeit wird ihr nichts bedeuten. Sobald wir unser Gelübde abgelegt haben, wird sie einen Weg suchen, um zu entkommen.

Ich lache, und selbst für meine Ohren ist es ein kalter, rauer Klang. Das ist nicht lustig, aber lachen ist besser als die Alternative: sie zu ergreifen und mit meinem Mund den blutroten Lippenstift von ihren Lippen zu wischen, bevor ich sie auf das harte Holz des Decks drücke und sie hier und jetzt ficke, damit es jeder sieht. Sie würde sich gegen mich wehren, wenn ich das tun würde. Sie würde gegen mich kämpfen, und es wäre mir egal. Jetzt, wo ich sie hatte, jetzt, wo ich sie gekostet habe, will ich nur noch *mehr*. Mehr von ihrem Geschmack, ihrer Berührung, ihrem süßen Orangenblütenduft. Ihre enge, feuchte Muschi umschloss meinen Schwanz, drückte ihn zusammen und melkte ihn im Rausch ihres Orgasmus.

Ich lebe seit über einem Jahrzehnt mit diesem Verlangen, aber jetzt ist es unendlich viel stärker, fast unerträglich.

Auf mein Lachen hin zieht sie sich zurück, und ihre Augen leuchten kurz auf, bevor sich ihr Kinn auf diese trotzige Art hebt. Im Gegensatz zu mir kann sie ihre Gefühle nicht gut verbergen. Zumindest nicht vor mir. Für andere mag Alina Molotowa geheimnisvoll und unnahbar erscheinen, eine Prinzessin der High Society, die sich dem Verständnis der Normalsterblichen entzieht, aber für mich ist sie ein offenes Buch. Ich weiß, wie zerbrechlich sie hinter dieser schönen, hochmütigen Fassade ist und wie unbeständig ihre Gefühle sind.

Wenn sie mich ließe, würde ich sie von allem und jedem abschirmen, auch von sich selbst. Aber zuerst muss ich zu ihr durchdringen und ihre Illusion zerstören, dass sie niemanden braucht. Weil sie es tut.

Sie braucht *mich*, und ich werde sie dazu bringen, es zu begreifen, auch wenn es noch ein Jahrzehnt dauert.

»In Ordnung«, sage ich und ziehe eine Augenbraue hoch. »Wir werden die Hochzeit gleich nach dem Frühstück abhalten.«

Sie erbleicht. Es ist subtil, die Art, wie ihre Porzellanhaut noch blasser wird, ihr schlanker Hals sich anspannt, aber ich sehe es, genau wie ich alles an ihr sehe. Sie will mich aus dem Gleichgewicht bringen, aber sie hat den falschen Weg dafür gewählt. Ich würde sie gerne noch heute heiraten, gleich hier auf der Yacht. Eine große gesellschaftliche Hochzeit stand für uns nie zur Debatte, wenn man bedenkt, wie ihre Familie über meine denkt – und mein Vater unbedingt eine große Zeremonie möchte.

Es wäre sein letztes Hurra gewesen, seine letzte Chance, unsere Macht und unseren Reichtum zu zeigen, bevor der Krebs, der seine Bauchspeicheldrüse zerstört hat, ihn völlig auffrisst.

Eine Gelegenheit, die ich ihm gerne verwehre.

»Gleich nach dem Frühstück?«, fragt Alina mit erstickter Stimme, und ich nicke mit einem sardonischen Lächeln.

Ich hatte nicht vor, sie so schnell zu heiraten, aber das heißt nicht, dass ich die Vorteile nicht sehe.

»In deinem Schrank hängen einige weiße Kleider«, sage ich, während sie mich anblickt, und ihre katzenartigen Augen mit einem Aufruhr gefüllt sind, den sie nicht verbergen kann. »Du kannst eines von ihnen anziehen.«

Sie schnaubt und gewinnt ihre Fassung zurück. »Während du das trägst?« Sie zeigt auf meine Freizeitkleidung.

»Ich werde mich auch umziehen, keine Sorge.« Genau wie sie habe ich hier einen Schrank voller Kleidung für jede Gelegenheit.

»Es ist mir egal, was du trägst«, sagt sie scharf. »Und ich werde kein Weiß tragen. Das ist nicht diese Art von Hochzeit.«

»Ach? Was denkst du, was für eine Hochzeit das ist?« Ich schließe die kleine Lücke zwischen uns und umfasse ihr Kinn. »Bis gestern warst du noch Jungfrau, also ist weiß genau richtig, meinst du nicht auch, meine Schöne?«

Eine leichte Röte schleicht sich auf ihre Wangen und färbt sie schön rosa, während sie meine Hand wegschlägt. »Diese Hochzeit ist eine Farce, und das weißt du.«

»Ich weiß nichts dergleichen.«

»Nun, ich schon.« Sie starrt mich trotzig an und weicht zurück. »Ich trage kein Weiß. Vielleicht Schwarz.«

»Wie du willst.«

Die Wahrheit ist, dass es mir egal ist, was sie trägt. Ich mag sie lieber so, wie sie gestern Abend war – nackt und warm in meinen Armen. Wenn wir allein auf dem Boot wären, würde ich sie die ganze Zeit genau so herumlaufen lassen, auch während unserer Hochzeitszeremonie.

Ich drehe mich um und gehe zum Tisch unter dem Überhang, da ich erwarte, dass Vika dort jeden Moment das Frühstück serviert, als Alina ruft: »Warte!«

Ich schaue sie an und bin neugierig auf ihren neuesten Trick. Und tatsächlich betrachtet sie mich misstrauisch. »Ich könnte Weiß tragen …« Sie lässt ihre Stimme abschweifen.

Es beginnt. »Im Austausch wofür?«

»Ich will, dass du mich mindestens eine Woche lang nicht anfasst.«

Ihre Worte stechen wie Nadeln, auch wenn ich sie halb erwartet habe. Auch wenn ich weiß, dass sie es nicht so meint. Zumindest ihr Körper nicht. Er fühlt sich zu mir hingezogen, das war schon immer so, es ist ihr Kopf, der uns Steine in den Weg legt.

»Auf keinen Fall«, sage ich und meine es ernst. Ich habe mehr als ein Jahrzehnt darauf gewartet, sie zu haben, und jetzt, wo ich sie habe, werde ich keine einzige Nacht mehr verschwenden.

Sie beißt sich auf die Lippe. »Fünf Tage?«

»Nein.«

»Drei?«

Jetzt bin ich an der Reihe, zu schnauben. »Nein.«

Sie sieht langsam verzweifelt aus. »Zwei? Bitte, ich bin wirklich wund.«

Scheiße. Wahrscheinlich ist sie das – ich war letzte Nacht nicht gerade sanft. Ich habe mein Bestes getan, um mich zurückzuhalten, aber als ich erst einmal in ihr war, löste sich die starre Selbstbeherrschung, die ich über die Jahre kultiviert hatte, wie ein Garnknäuel auf.

»Einen Tag«, sage ich grimmig. »Ich werde dich heute nicht ficken, und das war's.« Ich werde aber andere Dinge mit ihr machen. Ich verbringe unsere Hochzeitsnacht nicht, ohne sie auf irgendeine Weise zu genießen.

Sie sieht hin- und hergerissen aus, aber dann zieht sie die Schultern zurück und nickt entschlossen. »Abgemacht. Ich werde Weiß tragen, und du lässt die Finger von mir.«

Meine arme, süße Alinyonok. Sie denkt, sie hat diese Runde gewonnen. Ich lasse sie das weiter denken, während wir gemeinsam zum Tisch gehen. Wie aufs Stichwort erscheint Vika aus der Kombüse und schiebt einen Wagen vor sich her. Er ist voll beladen mit allen erdenklichen Frühstücksgerichten, auch wenn ich Vika gesagt habe, dass Alina morgens einfache russische Gerichte wie *grechka*, gerösteten Buchweizen, bevorzugt. Meine Köchin muss gelangweilt sein und ihre Fähigkeiten unter Beweis stellen wollen.

Ich ziehe einen Stuhl für Alina heran, und sie setzt sich anmutig darauf und schiebt ihren Rock mit einer fließenden Bewegung unter sich. Das Kleid, das sie heute Morgen ausgesucht hat, ist jadegrün, passend zu ihren Augen. Es wird von einem breiten Band gehalten und besteht aus einem durchsichtigen, fließenden Stoff, der ihre schlanken Kurven kaschiert, aber ihre langen, straffen Beine und zarten Schultern entblößt – die oben schon leicht rosa aussehen.

Ich setze mich auf meinen eigenen Platz, ziehe mein Handy heraus und schreibe Larson, dass er uns Sonnencreme bringen soll. In der Zwischenzeit stellt Vika alle Gerichte auf den Tisch, während Alina jedes einzelne mit *Oh* und *Ah* kommentiert, um meiner Köchin zu schmeicheln.

»Das wird nicht funktionieren, weißt du«, sage ich, nachdem Vika den Wagen zurück in die Kombüse gerollt hat. »Sie ist sehr loyal zu mir und meiner Familie.«

Alina hat ganz große und unschuldige Augen. »Ich habe nicht …«

»Doch, das hast du.« Trotz ihrer Versprechen versucht sie immer noch, einen Ausweg zu finden, zu fliehen, und das werde ich nicht zulassen. Ich lege meine Hände auf beide Seiten meines Tellers, beuge mich vor, halte ihren Blick fest und sage leise: »Nur damit du es weißt: Wenn du es schaffst, jemanden aus meinem Team für dich zu gewinnen, unterschreibst du sein Todesurteil.«

Ihr Gesicht wird weiß.

Ich lehne mich zurück und greife nach der Teekanne, die Vika in die Mitte des Tisches gestellt hat. Ich will nicht, dass meine Beziehung zu Alina nur aus Verhandlungen und Drohungen besteht, aber sie muss verstehen, dass sich das Spiel verändert hat. Ich habe ihr so viel Zeit gegeben, wie sie bekommen wird – zu viel Zeit. Ich hätte sie an ihrem achtzehnten Geburtstag abholen sollen, wie ich es ursprünglich geplant hatte, aber sie war am Abend ihrer Party so krank und unglücklich, dass ich gegen meinen Instinkt handelte und ihr sechs weitere Monate gab.

Sechs Monate, aus denen sieben höllische Jahre wurden.

Nein, ich will sie nicht zur Unterwerfung zwingen, aber ich werde es tun. Ich werde alles tun, was nötig ist, damit sie nie wieder vor mir wegläuft.

»Tee?«, frage ich ruhig und hebe die Kanne hoch.

Sie nickt kurz und senkt ihren Blick auf ihren Teller. Ich fülle ihre Tasse mit der dampfenden Flüssigkeit, bevor ich mir selbst Kaffee einschenke. Ich füge weder Milch noch Zucker hinzu, denn ich mag meinen Kaffee so, wie sie ihren Tee mag – stark und schwarz, ohne zusätzlichen Geschmack.

»Was möchtest du essen?«, frage ich und deute auf den Tisch vor uns. Es gibt alles, von verschiedenen Arten von geräuchertem Fisch über Haferflocken und Obst bis hin zu Eiern, Speck und Pfannkuchen nach amerikanischer Art.

Alina ignoriert meine Frage, ergreift eine Schale Grechka und schöpft etwas von dem braunen Getreide in ihre Schüssel, bevor sie es mit Früchten belegt und alles mit Honig beträufelt.

Ihr Verhalten soll mich zweifelsohne ärgern, aber stattdessen amüsiert es mich. Meine Alinyonok ist so berechenbar, ein wahres Gewohnheitstier. Auch wenn wir kaum Zeit miteinander verbracht haben, kenne ich ihre Vorlieben und Abneigungen so gut wie meine eigenen. Ich weiß, welche Shampoo-Marke sie bevorzugt und wie sie ihren Tee trinkt, wer ihre

Freunde sind und welche Filme sie am liebsten sieht. Jahrelang habe ich sie beobachtet und Berichte über sie verschlungen, weil ich wusste, dass wir eines Tages genau da landen würden, wo wir jetzt sind: bei einem gemeinsamen Essen vor unserer Hochzeit.

Natürlich wusste ich nicht, dass ich einen militärischen Angriff auf das Gelände ihres Bruders durchführen müssen würde, um uns hierherzubringen, aber was macht das schon. So ist das Leben.

Larsons große, schlanke Gestalt erscheint in meinem Blickfeld. Wie immer trägt er seine weiß-blaue Kapitänsuniform und geht mit dem zügigen, sicheren Schritt eines Mannes, der den Großteil seines Lebens auf See verbracht hat. In seiner Jugend diente er in der US-Marine, aber das Schicksal brachte ihn schließlich nach Russland und in meinen Dienst.

»Die Sonnencreme, um die Sie gebeten haben, Sir«, sagt er und reicht mir die Flasche. Er dreht sich zu Alina um und zieht zur Begrüßung die Mütze. »Miss Molotowa, guten Morgen.«

Sie schenkt ihm ein höfliches Lächeln. »Kapitän Larson.«

Ihr Verhalten ist bei ihm viel kühler als bei Vika. Sie hat sich meine Warnung offensichtlich zu Herzen genommen.

»Danke«, sage ich zu Larson, während ich die Flasche öffne und eine großzügige Menge Sonnencreme in meine Handfläche drücke. »Übrigens, unsere Hochzeit findet heute Morgen statt, in etwa einer Stunde. Sie werden uns trauen. Tun Sie, was Sie tun müssen, um sich vorzubereiten.«

Seine Augen weiten sich leicht, aber er sagt ohne zu zögern: »Es wird mir eine Ehre sein, Sir.«

Er geht, und ich richte meine Aufmerksamkeit auf Alina.

»Deine Schultern verbrennen.« Ich stehe auf und gehe um den Tisch herum. »Du musst hier vorsichtig sein. Die Sonne kann brutal sein, wenn deine Haut nicht an sie gewöhnt ist.«

Sie blinzelt zu mir hoch. »Oh, mir geht es gut. Ich will nicht ...«

»Heb dein Haar hoch. Ich will keine Sonnencreme darauf.«

»Ich kann das selbst tun.«

»Heb. Deine. Haare. Hoch.«

Sie wirft mir einen meuternden Blick zu, aber sie gehorcht, greift mit beiden Händen in ihr dichtes schwarzes Haar und hält es ein paar Zentimeter über ihren Hals, während ich die Flasche abstelle und die Creme gleichmäßig zwischen meinen Handflächen verteile. Obwohl es erst ein paar Stunden her ist, dass ich sie am ganzen Körper berührt habe, beschleunigt sich mein Herzschlag, und mein Schwanz wird hart, als ich meine Hände auf ihre Schultern lege und ihre warme, seidige Haut spüre. Sie sitzt steif da, während ich ihre Schultern und ihren oberen Rücken mit der Creme einreibe und darauf achte, jeden Zentimeter zu bedecken. Als die Sonnencreme auf meinen Händen zur Neige geht, nehme ich mehr und trage sie auf ihre Arme und Handrücken auf.

Ihre hübschen, eleganten Hände mit den glänzenden roten Nägeln. Meine Hände, groß, rau und dunkel von der Sonne, sehen im Vergleich dazu aus wie die Pfoten eines Tieres.

»Das reicht. Das reicht«, sagt sie mit erstickter Stimme, als ich wieder nach der Flasche greife, aber ich ignoriere ihre Einwände.

Ihre Porzellanhaut wird unter meiner Aufsicht nicht verbrennen.

Ihr Hals bewegt sich, als sie schluckt, während ich einen Klecks Sonnencreme in meine Handfläche drücke und ihn sanft auf ihr Gesicht tupfe. »Du bringst mein Make-up durcheinander«, flüstert sie und sieht durch unmöglich lange Wimpern zu mir auf, während ich die Creme vorsichtig über ihre vollen, kunstvoll geschminkten roten Lippen streiche.

Sie meint es als Kritik, aber ich lächele. Ich *bringe* ihr Make-up durcheinander – und ich mag es. Es hat etwas pervers Befriedigendes, ihre Perfektion zu ruinieren, den Schein zu zerstören, der ihre wahre Schönheit verdeckt.

Vielleicht sollte ich ihr das Make-up ganz wegnehmen. Sie wird es nicht mögen, aber ich. Das ist das Nächstbeste nach nackt.

Ihr Kleid hat einen hohen Ausschnitt, so dass ihre Brust nicht zu sehen ist – sehr zu meinem Bedauern. Ihre Beine jedoch … Ich hocke mich vor sie und trage die Creme auf ihre Fußspitzen auf, um die Riemen ihrer hochhackigen Sandalen herum, bevor ich mit meinen Handflächen über die glatten Muskeln ihrer Waden und die zierlichen Knochen ihrer Knie streiche. Zuerst ist sie steif und starr, aber als ich meine Hände zu ihren Schenkeln bewege, spüre ich, wie sie bebt und ihr Atem hörbar stockt. Meine eigenen Hände sind nur halbwegs beherrscht. Die Lust reißt mich mit, vernebelt mein Gehirn, beschleunigt meinen Atem und lässt meinen Schwanz geradezu schmerzhaft versteifen.

Ich will sie haben. Ich möchte diese langen, seidigen Beine spreizen und meinen Kopf zwischen ihnen vergraben, sie dazu bringen, meinen Namen zu schreien, wenn sie kommt, sie dann über den Tisch beugen und spüren, wie ihre feuchte Hitze mich umklammert und mich in ihrem Körper willkommen heißt, so wie sie mich eines Tages in ihrem Geist und ihrem Herzen willkommen heißen wird.

Aber nein. Larson oder Vika könnten jeden Moment herauskommen, und außerdem hat sie Hunger. Was ich mit ihr machen will – einschließlich sie zu ficken – muss bis nach dem Frühstück und der Hochzeit warten.

Mit zusammengebissenen Zähnen stehe ich auf und kehre zu meinem Platz zurück, wo ich mir gründlich die Hände an einer Serviette abwische und versuche, sie nicht anzusehen, um nicht die Kontrolle zu verlieren.

Versuche – und scheitere. Mein Blick wandert immer wieder zu ihr und beobachtet, wie sie mit den

Fingerspitzen unter ihre Augen fährt, um zu prüfen, ob ich ihre Wimperntusche verschmiert habe. Das habe ich nicht – nur ihre Foundation und der ganze andere Mist auf ihrer Haut haben gelitten, aber sie sieht trotzdem unruhig aus. Ich habe sie aus dem Gleichgewicht gebracht, stelle ich fest, während ich sie dabei beobachte, wie sie sich das Gesicht abtupft und versucht, die Sonnencreme gleichmäßiger auf ihren Wangen und ihrem Kinn zu verteilen, um sie mit den Resten ihres Make-ups zu vermischen.

Meine Alinyonok mag es nicht, in meiner Gegenwart unvollkommen auszusehen – oder, besser gesagt, vor irgendjemandem.

Ich speichere diese Beobachtung ab und füge sie meinem Arsenal an Fakten über sie hinzu. Es ist ein unvollständiges Arsenal, das eher auf Beobachtungen aus der Ferne als auf Wissen aus erster Hand beruht. Ich habe zwar das Gefühl, sie zu kennen und zu verstehen, aber in Wirklichkeit haben wir uns in all der Zeit nur sehr selten persönlich getroffen.

Tatsächlich haben wir in den letzten vierundzwanzig Stunden mehr Zeit miteinander verbracht als in den ganzen elf Jahren davor.

Sie fängt an zu essen, und ich tue das Gleiche. Meine drei Eier und eine Portion geräucherter chilenischer Wolfsbarsch mit frischen Gurken sind schnell gegessen. Sie ist erst zu einem Viertel mit ihrer Grechka fertig, als mein Teller bereits leer ist. Ich gieße mir noch eine Tasse Kaffee ein, nippe daran und beobachte sie. Ich genieße den anmutigen Bogen ihrer

Hand, als sie jeden Löffel Getreide zu ihrem Mund führt, die federnde Bewegung ihres fein definierten Kiefers beim Kauen und das Kräuseln ihres schwanenartigen Halses beim Schlucken. Bevor ich sie kennenlernte, wusste ich nicht, dass es möglich ist, von etwas so Banalem wie einer Person beim Essen zuzuschauen, fasziniert zu sein, aber an jenem Abendessen im Penthouse ihres Vaters vor elf Jahren kehrten meine Augen immer wieder zu ihr zurück, während sie mit dem meuternden Ausdruck auf ihrem schönen Gesicht auf ihrem Teller herumstocherte, den ich seitdem so gut kennengelernt habe.

Sie war an jenem Abend noch keine vierzehn Jahre alt, und ich, ein erwachsener Mann von fast neunzehn Jahren, war wie hypnotisiert und völlig verzaubert von ihr.

Als sie von ihrem Essen aufblickt, bemerkt sie, dass ich sie anstarre, und ihr Gesicht färbt sich wieder rosa. Ich schaue nicht weg. Wozu die Mühe? Sie weiß, was ich fühle. Meine Faszination für sie, die an jenem Abend begann, hat sich im Laufe der Jahre zu einer alles verzehrenden Besessenheit entwickelt, und ich habe mittlerweile die Hoffnung aufgegeben, dass ich sie bekämpfen kann.

»Weißt du, du hast mir nie gesagt, warum«, sagt sie und schiebt ihre halbvolle Schüssel weg.

»Warum was?«, frage ich und beobachte sie über den Rand meiner Tasse hinweg.

Ihre Stimme ist fest und ein bisschen heiser. »Warum du auf mich fixiert bist.«

»Muss es einen Grund geben?«

Ihre Wimpern schwingen nach unten und verschleiern das edelsteinartige Glitzern ihrer Augen. »Für einen normalen Menschen, ja. In weniger als einer Stunde wirst du uns in einer Ehe aneinanderbinden. Deshalb möchte ich wissen, warum. Warum ich? Warum nicht eine Frau, die dich wirklich will?«

»Du willst mich.« Ich halte meine Handfläche hoch, als sie aussieht, als wolle sie widersprechen. »Im Moment ist es vielleicht nur ein körperliches Verlangen, aber es wird sich zu mehr entwickeln.«

Da bin ich mir sicher.

Ihre Augen weiten sich. »Du machst dir etwas vor. Glaubst du wirklich«, sie fuchtelt mit der Hand über den Tisch zwischen uns, »dass sich das hier in eine Liebesgeschichte verwandeln wird?«

»Warum nicht?«

Sie starrt mich an und lacht dann scharf und ungläubig. »Du meinst das ernst, nicht wahr? Du glaubst wirklich, dass du mich dazu zwingen kannst, dich zu mögen.«

»Natürlich kann ich das.« Ich stelle meine Tasse ab und beuge mich vor, um ihr in die Augen zu schauen. »Wir werden den Rest unseres Lebens zusammen verbringen, Alinyonok. Jede Nacht werde ich dir Lust bereiten, und mich jeden Tag um deine Bedürfnisse kümmern. Ich werde dich mit meinem Samen füllen, und schließlich wirst du unser Kind gebären. Vielleicht mehr als eins. Wir werden eine Familie sein, und du wirst immer mehr für mich empfinden, denn ich werde dir keine Wahl lassen. Jetzt nicht mehr.« Und als sie mich mit blassem Gesicht anstarrt, füge ich leise hinzu: »Kämpf gegen mich, so viel du willst, meine Schöne, aber du wirst nicht gewinnen. Dafür werde ich sorgen.«

KAPITEL 3

ALINA

Meine Hände zittern immer noch, während ich den begehbaren Kleiderschrank nach einem weißen Kleid durchsuche. Nach Alexejs entschlossener Erklärung konnte ich keinen einzigen Bissen mehr essen, und mein Magen fühlt sich wieder kalt und hohl an, mein Inneres wie verknotet. Ich wünschte, ich hätte einen oder zwei Joints, aber hier gibt es nichts, um die Angst zu lindern, die mich zerfrisst.

Eine Nacht. Das ist alles, was mir dieses Kleid bringen wird. Eine Nacht, in der er mich nicht berühren wird.

Das ist nicht genug. Nicht annähernd genug. Als Alexej sich abgewendet hat, nachdem ich mich geweigert habe, Weiß zu tragen, kam mir der Gedanke, die Tage seit meiner letzten Periode zu zählen. Ich kann mich nicht an den genauen Tag erinnern, an dem sie angefangen hat, nur, dass es mitten in der Woche war. Ich weiß nicht, wie lange ich bewusstlos war, während Alexej mich hierhertransportiert hat, aber ich bin mir ziemlich sicher, dass ich mich der Mitte meines Zyklus nähere.

Das heißt, der fruchtbarsten Zeit einer Frau.

Wenn er zugestimmt hätte, mich eine Woche lang nicht anzufassen, wäre ich vielleicht in Sicherheit gewesen – zumindest für diesen Monat. Aber eine einzige Nacht wird nichts bewirken. Ich muss mir überlegen, wie ich ihn zumindest für die nächsten Tage von mir fernhalten kann. Aber wie? Ich habe so wenig Einfluss auf meinen Entführer. Das weiße Kleid war etwas, was er zu wollen schien, also habe ich diese Karte so gut ich konnte ausgespielt. Jetzt muss ich mir etwas anderes einfallen lassen, etwas, wofür er zu verhandeln bereit ist.

Natürlich setzt das alles voraus, dass ich nicht schon schwanger bin.

»Brauchst du Hilfe?«

Alexejs Stimme lässt mich zusammenzucken. Mit klopfendem Herzen drehe ich mich um und begegne seinem finsteren, amüsierten Blick.

Er steht am Eingang des Kleiderschranks, und hat sich mit seinem Unterarm direkt über seinem Kopf gegen den Türrahmen gestützt. Er ist bereits für die Hochzeit gekleidet und hat sein lässiges T-Shirt und seine Jeans gegen einen Smoking und eine Fliege getauscht. Das schlichte schwarze Jackett schmiegt sich an seinen kräftigen Oberkörper und betont die Breite seiner Schultern, während das weiße Hemd darunter einen schönen Kontrast zu seiner olivfarbenen Haut und seinem schwarzen Haar bildet.

Er sieht gleichermaßen einschüchternd und atemberaubend aus, und ich hasse ihn dafür – fast genauso sehr wie die unwillkürliche Reaktion meines Körpers auf ihn.

»Du scheinst Probleme zu haben, ein Kleid zu finden«, sagt er mit einem scharfkantigen Lächeln und nickt in Richtung des Kleiderständers hinter mir. »Vielleicht kann ich dir behilflich sein?«

Ich beiße die Zähne zusammen und will, dass mein Atem gleichmäßig wird. »Nein, danke. Ich habe das im Griff.«

Um das zu demonstrieren, drehe ich mich um und reiße das erste weiße Teil, das ich sehe, von einem Kleiderbügel – eine langärmelige Leinentunika.

Scheiße.

Andererseits, wer sagt, dass ich wie eine richtige Braut aussehen muss? Wir hatten uns auf ein weißes Kleid geeinigt, und das hier ist ein weißes Kleid. Eines, das ich nur am Pool über einem Bikini tragen würde, aber trotzdem ... Mit einem triumphierenden Lächeln drehe ich mich wieder zu meinem Ziel um und halte die Tunika vor mich hin.

Bei Alexejs Gesichtsausdruck vergeht mir mein Lächeln.

»Das glaube ich nicht.« Seine Stimme ist gefährlich leise. »Das erkläre ich unseren Enkeln nicht, wenn sie unsere Hochzeitsfotos sehen wollen.«

Er kommt auf mich zu und bringt mein Herz zum

Hüpfen, nur um einen Meter entfernt stehen zu bleiben. Er greift hinter mich und holt ein Abendkleid heraus. Das Kleid aus schwerem weißen Satin mit silbernen Fäden, die vertikal durch das quadratisch geschnittene Mieder gewebt sind, eignet sich sowohl für eine Hochzeit als auch für eine Gala der Extraklasse.

»Das wirst du anziehen«, sagt er und schiebt mir das Kleid zu. »Sonst ist unser Deal geplatzt.«

So viel zu diesem kleinen Sieg. Mit zusammengebissenen Zähnen hänge ich die Tunika weg und nehme ihm das Kleid ab. Welche Wahl habe ich? Er hat in unserem beschissenen Spiel alle Karten in der Hand und diktiert alle Züge. So sehr ich mich auch gegen ihn wehren möchte, ich kann es nicht – nicht ohne den kleinen Vorteil aufzugeben, den ich gewonnen habe.

Schließlich ist eine Nacht ohne Sex besser als gar keine.

Ich drücke das Kleid an meine Brust, lehne meinen Kopf zurück und begegne seinem Blick mit dem hochmütigsten, den ich aufbringen kann. »Du kannst jetzt gehen. Ich mache das allein.«

Obwohl meine Stimme ruhig ist, schlägt mein Herz unregelmäßig. Er ist mir zu nahe, sein Körper ist zu groß und muskulös, seine Präsenz ist zu überwältigend in dem kleinen Raum des begehbaren Kleiderschranks. Es fühlt sich an, als ob er die ganze Luft um mich herum beherrscht und mir keinen Sauerstoff zum Atmen lässt. Ich versuche es trotzdem und zwinge meine Lungen, einen vollen Zug einzuatmen. Mein Körper entzündet sich wie Späne in einem Kamin, und die Erinnerungen an gestern spielen sich in meinem Kopf in allen Einzelheiten ab, während ich einen schwachen Hauch seines männlichen Geruchs wahrnehme – diese seltsam ansprechende Mischung aus Kiefer, Leder und salzigem Meer.

Jahrelang verfolgte dieser Mann meine dunkelsten Alpträume und meine erotischsten Fantasien, aber meine Vorstellungskraft unterschätzte immer noch die magnetische Realität, die er ausstrahlt.

Er spürt meine Schwäche. Das muss er, weil seine Augenlider schwer werden und seine Lippen sich zu einer sinnlichen, sanft spöttischen Kurve verziehen. »Und wenn ich nicht gehen möchte?«

Ich schlucke und bin mir der feuchten Hitze bewusst, die sich zwischen meinen Beinen sammelt, und der schmerzenden Enge meiner Brustwarzen in meinem BH. »Du hast es versprochen.«

»Dich nicht zu ficken, ja.« Seine Augen glitzern. »Ich habe nie gesagt, dass ich nicht hinschauen würde.«

Ich mache einen wackligen Schritt zurück. »Ich werde mich nicht vor dir umziehen.«

»Warum nicht?« Er lässt seinen Blick über mich gleiten, und als seine Augen wieder auf die meinen treffen, sind seine Iris fast schwarz. »Ich habe schon alles gesehen.«

»Weil …«, ich zerbreche mir verzweifelt den Kopf nach einer Ausrede, »weil es Unglück bringt, wenn der

Bräutigam die Braut vor der Hochzeit in ihrem Kleid
sieht.«

Es ist der dümmste Grund überhaupt, dieser
Aberglaube, der nur auf Paare zutrifft, die eine
Hoffnung auf eine gute, glückliche Ehe haben, aber es
ist das Beste, was mir einfällt. Ich kann ihm nicht die
Wahrheit sagen – dass ich hier einfach nur stehe und
brenne. Wenn er sein Wort bricht und mich anfasst,
könnte ich in Flammen aufgehen.

Der spöttische Zug kehrt auf seine Lippen zurück.
»Wirklich, Alinyonok? Glaubst du, dass Glück bei uns
eine Rolle spielt?«

»Das tue ich.« Das ist meine Ausrede, und ich bleibe
dabei.

Er neigt den Kopf. »Also gut. Ich warte auf dem
Deck auf dich.«

Und damit geht er und lässt mich erleichtert
zurück ... und seltsam enttäuscht.

Kapitel 4

Alina

Ich ziehe meine Vorbereitungen so gut ich kann in die Länge, schminke mich sorgfältig, style meine Haare und suche die perfekte Unterwäsche für das Kleid aus – nicht, dass jemand außer mir sie sehen wird. Ich habe auch kurz überlegt, ob ich auch noch ein zweites Mal duschen sollte, habe mich aber dagegen entschieden.

Wenn Alexej merkt, dass ich die Sonnencreme abgewaschen habe, wird er darauf bestehen, mich wieder damit einzuschmieren.

Meine Haut erhitzt sich bei der Erinnerung an seine großen, starken Hände, mit denen er meine Schultern eingecremt hat, und ich schließe meine Augen und atme tief ein, bis sich mein Puls wieder beruhigt hat.

Es ist mehr als pervers, dieses unlogische Verlangen nach seiner Berührung, wenn sie genau das ist, was ich zu vermeiden versuche.

Schließlich kann ich es nicht länger hinauszögern. Der Spiegel sagt mir, dass sich meine Bemühungen gelohnt haben. Trotz der fehlenden professionellen Hilfe sehe ich aus, wie eine Braut aussehen sollte – mit Hochsteckfrisur, makellosem Make-up und allem. Ich habe sogar Schmuck in einer zart geschnitzten Holzschatulle im Schrank gefunden und trage ein Paar Diamantohrringe, die zu der eleganten Schlichtheit des weißen Kleides passen, das Alexej für mich ausgewählt hat.

Es ist Zeit, mich meinem Schicksal zu stellen.

Als ich die Kabine verlasse und mich auf den Weg zur Treppe mache, sage ich mir, dass es das ist, was ich will. Dass ich diejenige bin, die Alexej dazu gedrängt hat, diese Farce von einer Hochzeit zu veranstalten. Ich nehme mein Schicksal auf die einzige Weise in die Hand, die ich kann, indem ich mich dem Unvermeidlichen stelle. Sobald wir verheiratet sind, werde ich meinen Teil der Abmachung eingehalten haben, und Slava wird sicher bei Nikolai und Chloe leben, wo er hingehört. Dann kann ich über meine eigene Sicherheit nachdenken und mir überlegen, wie ich entkommen kann.

Diese Hochzeit ist ein Sprungbrett in die Freiheit, nichts, wovor ich mich fürchte.

Ich sage mir das alles, und trotzdem zittern mir die Knie, als ich auf das Deck trete und sehe, wie Alexej mit Larson und Vika an seiner Seite unter dem Überhang wartet. Ein großer, dunkelhaariger Mann ist auch da, jemand, den ich noch nicht kenne. Als er mich entdeckt, hebt er eine klobige Kamera von seinem Hals und macht ein Foto.

Hat Alexej es geschafft, einen professionellen Fotografen dafür an Bord zu holen?

Aber nein. Als ich näher komme, sehe ich, dass der Fremde eher ein Leibwächter oder ein Auftragskiller ist. Er ist ungefähr so alt wie Alexej und ähnlich muskulös gebaut. Er hat einen harten, gefährlichen Blick, der auf eine enge Bekanntschaft mit Gewalt hindeutet. Im Gegensatz zu Vika und Larson, die immer noch ihre Uniformen tragen, trägt er einen maßgeschneiderten schwarzen Anzug mit einem gestärkten weißen Hemd und einer eleganten schwarzen Krawatte. Er hat auch etwas Vertrautes an sich, etwas mit seinem ironisch verzogenen Mund und …

»Alina, das ist Ruslan, mein jüngerer Bruder«, sagt Alexej, als ich vor ihm und dem Fremden stehen bleibe. »Ruslan, das ist Alina Molotowa, meine Braut.«

Sein Bruder? Ich kann nur mit Mühe meine Überraschung verbergen. Ich weiß natürlich, dass Alexej einen jüngeren Bruder hat, und ich erinnere mich vage daran, dass ich vor ein paar Jahren ein Bild von den beiden zusammen gesehen habe, aber ich habe Ruslan Leonow nie bei irgendwelchen gesellschaftlichen Veranstaltungen gesehen. Wie ihre kürzlich verstorbene Schwester Ksenia hat er sich aus dem Rampenlicht herausgehalten und es Alexej und ihrem Vater überlassen, die öffentlichen Gesichter des Familienunternehmens zu sein. Ruslans Ruf ist jedoch nicht annähernd so harmlos wie der seiner Schwester – ganz im Gegenteil.

Was macht er auf diesem Boot? Warum hat Alexej ihn mir nicht gestern vorgestellt?

»Es ist mir eine Freude, dich endlich kennenzulernen«, sagt Ruslan, obwohl sein Gesichtsausdruck etwas anderes vermuten lässt. Auf seinem steinernen Gesicht, das bei näherer Betrachtung eine deutliche Ähnlichkeit mit dem von Alexej aufweist, ist nicht einmal die Andeutung eines Lächelns zu sehen. Sie haben die gleiche männliche Nase und den gleichen scharf geschnittenen Kiefer, aber Ruslans Augen sind stürmisch-grau statt dunkelbraun, und seine Haut und sein Haar sind eine Nuance heller als die seines Bruders.

»Das kann ich nicht behaupten«, antworte ich und mache mir auch nicht die Mühe, zu lächeln.

Ich habe keinen Zweifel daran, dass Alexejs Bruder weiß, dass ich gegen meinen Willen hier bin. Wahrscheinlich hat er Alexej sogar bei meiner Gefangennahme geholfen.

Jetzt lächelt Ruslan, und es sind nur Reißzähne zu sehen. »Eine echte Molotowa, durch und durch. Wie konnte mein Bruder so viel Glück haben?«

»Ruslan.« Alexejs Ton ist dolchscharf. »Mach einfach die verdammten Fotos.«

Ruslans Lächeln wird breiter. »Wie du willst, großer Bruder.« Er tritt zurück, gibt Alexej ein Zeichen, auf mich zuzugehen, und hebt seine Kamera. »Sagt *Cheese*.«

Der Blitz leuchtet auf, bevor Alexej seinen Platz neben mir einnehmen kann. Es folgen zwei weitere Blitze in schneller Folge. Vika und Larson weichen vorsichtig zurück, als Alexej mich endlich erreicht und mich an sich zieht, wobei er einen Arm um meine Taille legt. Ein weiterer Blitz blendet mich. Ich blinzele, und Alexej dreht mich zu sich um. Er umschließt meinen Kiefer mit seiner großen Handfläche, neigt mein Gesicht nach oben und senkt seinen Kopf, bis unsere Lippen nur noch einen Zentimeter voneinander entfernt sind.

Blitz.

Alexejs Lippen, weich und besitzergreifend, berühren meine.

Blitz. Blitz.

Ich bin so verwirrt von dem, was passiert, dass ich kaum reagiere, als Alexej den Kuss vertieft und mit seiner Zunge über den geschlossenen Saum meiner Lippen streicht, während er seine Hand auf meinen Rücken legt, um mich an sich zu ziehen. Seine Erektion schmiegt sich hart und dick an meinen Bauch und erschreckt mich. Instinktiv fliegen meine Hände hoch, um seine Schultern zu greifen, und er nutzt meine geöffneten Lippen, um mit seiner Zunge in meinen Mund einzudringen. Er schmeckt wie in jeder meiner verdrehten Fantasien nach minziger Zahnpasta und kaum zu bändigendem männlichen Hunger, und trotz unseres Publikums läuft mir eine vertraute Hitze über den Rücken und verräterisches Verlangen sammelt sich tief in meinem Inneren. Ich vergesse die bevorstehende

Hochzeit und die hellen Blitze, die am Rande meines Blickfelds explodieren, Ruslans offensichtliche Feindseligkeit und Alexejs schreckliche Pläne für mich.

Ich vergesse alles, als ich meine Arme um den Hals meines Entführers schlinge und ihn mit dem gleichen schlecht unterdrückten Hunger zurückküsse.

Erst als Alexej seine Lippen wegreißt und mich mit einem dunklen, glühenden Blick anstarrt, nehme ich das rhythmische Geräusch von langsamem Klatschen wahr. Blinzelnd drehe ich meinen Kopf und sehe, wie Ruslan spöttisch applaudiert und die Kamera wieder um seinen Hals hängt.

Ich erröte vor Verlegenheit und drücke gegen Alexejs Brust, um einen Schritt zurückzugehen. Alexej lässt es nicht zu. Stattdessen ergreift er meine Hüften mit beiden Händen, hält mich fest und dreht seinen Kopf, um seinen Bruder mit einem tödlichen Blick zu fixieren.

Ruslan hört auf zu klatschen und hebt seine Kamera wieder hoch.

Blitz.

Blitz.

Blitz.

»Lächle«, befiehlt Alexej leise und beugt seinen Kopf, um seine Lippen an mein Ohr zu bringen, und ich zwinge meine Mundwinkel nach oben, auch wenn die Hitze in mir abkühlt und stirbt.

Das ist alles nur Augenwischerei, eine Verhöhnung dessen, was eine Hochzeit sein sollte. Kein Wunder, dass Ruslan mich hasst. Wenn ihm Alexej am Herzen liegt, kann das hier nichts sein, was er für ihn will. *Ich kann nicht diejenige sein, die er für Alexej will – eine Braut, die ihren Bräutigam hasst, eine Frau, die ihrer Familie gestohlen werden musste.*

Alles an dieser Sache ist falsch. Alles ist verdammt beschissen – für mich *und* für Alexej.

Eine Sekunde lang verspüre ich einen seltsamen Anflug von Mitleid mit meinem Entführer, aber dann erinnere ich mich daran, dass er genau das ist, *mein Entführer.* Alexej hat das hier inszeniert. Wir hätten nicht hier enden müssen, aber er hat dafür gesorgt. Alles, die Verlobung, als ich fünfzehn war, die darauffolgenden Jahre, in denen er mich verfolgte, die Erstürmung von Nikolais Anwesen und jetzt diese Farce einer Hochzeit. Bald wird er mir auch ein Kind aufzwingen, und wir werden eine kaputte Familie sein, da unsere Ehe von Anfang an zum Scheitern verurteilt ist.

Wir werden wie meine Eltern sein, nur schlimmer. Zumindest am Anfang hatten diese sich geliebt.

Blitz. Blitz. Blitz.

Mein Atem beschleunigt sich, und mein Herzschlag hämmert in meinen Ohren. Alexej führt mich zur Reling und Ruslan macht weitere Fotos mit dem endlosen Meer im Hintergrund von uns. Dann übergibt Ruslan die Kamera an Larson und stellt sich neben seinen Bruder, so dass wir zu dritt auf dem Bild sind.

Blitz. Blitz.

Ich schwitze jetzt, und trotz der heißen Sonne über

mir bricht kalter, klammer Schweiß auf meiner Haut aus. Es gibt nicht genug Sauerstoff um mich herum, und egal, wie schnell meine Lungen arbeiten, ich kann keinen vollen Atemzug nehmen. Jemand sagt etwas, und Alexej dreht mich zu sich um, aber die Worte sind verzerrt, als kämen sie durch einen Tunnel.

Blitz.

Schwarze Flecken sprenkeln meine Sicht, und Alexejs Gesicht, dunkel und voller Emotionen, taucht vor meinen Augen auf. Meine Knie werden zu Wackelpudding, und ich klammere mich an seinen Bizeps, während er meine Arme festhält und eindringlich etwas sagt, was ich wegen des lauten Pochens in meinen Ohren nicht hören kann.

Ich werde ohnmächtig, stelle ich mit einem entfernten Schockgefühl fest, und dann wird alles schwarz.

KAPITEL 5

ALEXEJ

Mein Herzschlag beschleunigt sich, und ich fange Alina auf, als sie gegen mich sackt und ihr schlanker Körper in meiner Umarmung erschlafft.

»Was zum Teufel …? Ist sie gerade in Ohnmacht gefallen?«

Ich ignoriere Ruslans ungläubige Fragen, während ich meine Braut an meine Brust hebe und sie schnell unter Deck trage, raus aus der prallen Sonne. Sie liegt wie eine Stoffpuppe in meinen Armen, so schlaff wie damals, als ich sie betäubte. Angst und Sorge legen sich wie ein enges Band um meinen Brustkorb, während mein Verstand wie wild durch die Möglichkeiten rast.

Ist das ein Hitzschlag? Eine verspätete Nebenwirkung des Medikaments, das ich ihr vor zwei Tagen gegeben habe? Oder – verdammt nochmal – könnte sie an etwas erkrankt sein?

Anstelle meines Arschloch-Bruders hätte ich einen Arzt mitnehmen sollen.

Ich gehe mit langen Schritten auf unsere Kabine zu, und Ruslan und Vika eilen hinter mir her. Larson ist schon unterwegs – vermutlich, um den Erste-Hilfe-Kasten zu holen.

»Armes Ding. Sie muss einen niedrigen Blutzuckerspiegel haben«, sagt Vika, als ich Alina vorsichtig auf das Bett lege. Meine Sorge steigt ins Unermessliche, als ich den bleichen Farbton ihrer Haut unter dem Make-up bemerke. »Sie hat heute Morgen kaum etwas gegessen, und gestern haben Sie beide nur zu Mittag gegessen.«

Haben wir das?

Scheiße, Vika hat recht. Alina hat heute Morgen weniger als die Hälfte ihrer Schüssel Grechka gegessen und gestern am frühen Nachmittag nur ein paar Bissen. Davor war sie über einen Tag lang bewusstlos, und wer weiß, wann sie das letzte Mal etwas gegessen hatte, bevor ich sie holte.

Wenn ich so darüber nachdenke, kann ich mich auch nicht daran erinnern, dass Alina in den letzten vierundzwanzig Stunden viel getrunken hat.

»Sie sagen also, dass mein Bruder seine Braut hungern ließ, nachdem er sie entführt hatte«, sagt Ruslan gedehnt. »Wie der Bösewicht aus dem Märchen.«

Ich muss mich zusammenreißen, ihn nicht zu schlagen. Wenn es nicht um Alinas Zustand ginge, würde ich es tun. »Halt die Klappe«, knurre ich ihn an, bevor ich mich an Vika wende. »Holen Sie mir etwas Wasser, oder besser noch Saft.«

Sie nickt und eilt davon, als Larson mit dem Erste-Hilfe-Kasten und einem Bündel Handtücher erscheint.

»Wir müssen sie abkühlen«, sagt er und nähert sich dem Bett. »Für den Fall, dass sie überhitzt ist.«

»Ich mache das.« Ich schnappe mir die kühlen, nassen Handtücher von ihm und lege sie über ihre Brust, ihren Hals und ihre Arme.

Heute Morgen sind es laue achtundzwanzig Grad Celsius, aber in der Sonne ist es noch ein paar Grad heißer. Ich denke, Vikas Theorie ergibt am meisten Sinn, aber ich kann eine Art Hitzschlag nicht ausschließen. Oder eine Nebenwirkung des Medikaments. Oder eine Krankheit. Oder eine Kombination aus all diesen Möglichkeiten.

Warum zum Teufel habe ich nicht daran gedacht, einen Arzt mitzunehmen?

Fluchend ziehe ich die Handtücher von Alina und schalte den Ventilator ein, damit der Luftstrom die Feuchtigkeit von ihrer Haut verdampft und die überschüssige Wärme ableitet. Dann drücke ich meine Lippen auf ihre glatte Stirn. Zum Glück scheint sie nicht übermäßig heiß zu sein, also kühlt sie entweder schon ab oder es ist kein Hitzschlag.

Bei meiner Berührung heben sich flatternd Alinas lange Wimpern, und ihre jadefarbenen Augen sind benommen und unkonzentriert. Dann blinzelt sie, einmal, zweimal, und Bewusstsein kehrt in ihren Blick zurück.

Das enge Band um meine Brust lockert sich leicht. »Du bist ohnmächtig geworden, als wir Fotos gemacht haben«, antworte ich auf ihre unausgesprochene Frage. »Was ist passiert? Fühlst du dich krank?«

Alina blinzelt, hebt ihre Hand und drückt sie mit dem Handrücken an ihre Stirn. »Ich … Ich bin mir nicht sicher.«

»Frisch gepresster Orangensaft«, sagt Vika, die mit einem hohen Glas und einem Strohhalm an meinem Ellenbogen auftaucht. »Trinken Sie den. Der wird helfen.«

Ich schnappe mir ein paar Kissen und stütze Alina, während Vika den Strohhalm an ihre Lippen führt. Gehorsam nimmt Alina ein paar Schlucke und leert dann, sehr zu meiner Erleichterung, das Glas vollständig. Fast augenblicklich kehrt ein Hauch von Farbe in ihr Gesicht zurück, und ihr Blick wird klarer.

»Besser?«, frage ich, und sie nickt und richtet sich auf. *Blitz.*

Sie zuckt zurück, und ich drehe mich mit zusammengebissenen Zähnen zu meinem Bruder um.

Er wirft mir einen engelsgleichen Blick zu. »Was? Du willst doch Bilder für die Nachwelt, oder nicht?«

Am liebsten würde ich ihm meine Faust ins Gesicht schlagen. Immer wieder. Bis ich den Knorpel in seiner Nase knirschen höre. Und genau das werde ich tun, wenn Alina nicht hier ist und es miterlebt. Fürs Erste bleibe ich ruhig, während ich mit dem Daumen in Richtung Tür zeige. »Raus. Jetzt sofort.«

Er macht eine spöttische Verbeugung und verschwindet aus der Kabine. Vika und Larson haben meine Stimmung genau erkannt und eilen ihm hinterher, so dass ich mit meiner Braut allein bin.

Ich setze mich auf die Kante des Bettes und nehme ihre Hand zwischen meine beiden. Ihre Haut fühlt sich kühl an, während ihre Hand zart und zerbrechlich in meinem Griff liegt. »Wie geht es dir?«, frage ich leise und halte ihren Blick fest. »Ist dir übel? Schwindelgefühl? Kopfschmerzen?«

Ihre Wimpern schwingen nach unten und verdecken ihre Augen. »Ich … glaube nicht.«

»Tut dir etwas weh?«

»Nein.« Sie zieht ihre Hand weg und weicht meinem Blick immer noch aus. »Lass uns einfach mit der Hochzeit weitermachen.«

Sie will aufstehen, aber ich ergreife ihre Schultern und drücke sie zurück in die Kissen.

»Die Hochzeit kann warten.« Meine Stimme ist schärfer, als ich beabsichtigt hatte, aber ich kann nicht anders. Die Sorge ist ein nagender Schmerz in meiner Brust. Wenn ich ihr etwas angetan habe, was sie verletzt oder ihr geschadet hat … Mühsam beruhige ich meinen Tonfall. »Du wirst essen. Du wirst trinken. Und dann werden wir sehen, wie es mit der Hochzeit weitergeht.«

So sehr ich sie auch ganz und gar besitzen möchte, so sehr möchte ich, dass sie gesund und wohlauf ist.

»Mir geht es gut«, sagt sie und hebt ihr Kinn auf

ihre sture Art. »Ich will, dass die Hochzeit jetzt stattfindet.«

Ich neige meinen Kopf und betrachte sie. »Willst du das wirklich?«

Ihre Augen leuchten in einem helleren Grünton. »Nun, offensichtlich nicht. Ich will dich so gerne heiraten, wie ich mit einem Haifischschwarm schwimmen gehen will. Aber wenn ich muss, dann bringe ich es lieber hinter mich.«

Ich beiße die Zähne zusammen und erinnere mich daran, dass es ihr nicht gut geht. Dass ich ihr dieses hübsche Kleid nicht vom Leib reißen und ihr zeigen kann, was für eine hübsche kleine Lügnerin sie ist, die so tut, als wolle sie weder mich noch diese Ehe. Tief in ihrem Inneren weiß sie, dass sie zu mir gehört, aber trotzdem besteht sie darauf, mich zu bekämpfen und mir zu widerstehen.

Es kostet mich alles, was ich habe, um meine Gesichtszüge zu glätten und in einem kühlen, ungekünstelten Ton zu sagen: »In diesem Fall wirst du essen und trinken. Wenn ich dann sehe, dass es dir gut genug geht, können wir mit der Hochzeit fortfahren.«

Damit stehe ich auf und verlasse die Kabine.

Kapitel 6

Alina

Ich atme aus und lasse meinen Kopf zurück in die Kissen fallen, als sich die Kabinentür hinter Alexej schließt. Die Wahrheit ist, dass ich mich immer noch ein bisschen zittrig fühle und mein Puls zu schnell rast. Das könnte aber auch nur an seiner Nähe liegen und nicht an meinem Ohnmachtsanfall im viktorianischen Stil.

Ich schließe meine Augen und atme ein paarmal tief durch. Ich weiß nicht, warum ich ohnmächtig geworden bin, aber seit dem Orangensaft geht es mir besser, also hat Alexej vielleicht recht. Vielleicht brauche ich wirklich etwas zu essen und zu trinken.

Und sollte nicht an meine Eltern denken und daran, dass wir in dieselbe Richtung gehen.

Ich schließe die Tür vor diesem Gedanken, sobald er sein hässliches Haupt erhebt, aber es ist zu spät. Mein Herzschlag beschleunigt sich weiter, und meine

Lungen ziehen sich durch eine neue Panikwelle zusammen.

Scheiße. Vielleicht lag es nicht am Mangel an Essen.

Ich konzentriere mich darauf, flache, gleichmäßige Atemzüge zu machen und an gar nichts zu denken. Als das nicht klappt, denke ich an Slava und wie glücklich er mit Nikolai und Chloe ist. Ich erinnere mich daran, dass meine Ehe mit Alexej sein Glück und seine Sicherheit garantiert, und die Panik verschwindet allmählich und lässt eine grimmige Entschlossenheit zurück.

Ich werde Alexej heiraten.

Heute.

So bald wie möglich.

Dann und nur dann werde ich mich um den Rest kümmern.

Die Kabinentür öffnet sich, und Alexej kommt mit einem Tablett herein, das Vika für ihn vorbereitet haben muss. Das Essen darauf ist einfach: ein gebuttertes Toastbrot mit einer Portion Marmelade, ein weiteres Glas Orangensaft und zwei geschälte hartgekochte Eier.

»Du wirst das alles essen«, sagt Alexej mit unerbittlicher Miene, während er das Tablett auf meinen Schoß stellt und sich auf die Bettkante setzt. »Ich will sehen, wie du jeden Krümel verschlingst, verstanden?«

Ich rolle mit den Augen. »Ja, Meister. Ich verstehe und ich gehorche, Meister.«

Alexejs Mundwinkel zucken. »Aha.« Er hebt den

Toast auf und löffelt das Gelee auf eine Ecke.
»Aufmachen.«

Gehorsam beiße ich in das süße, knusprige Brot.
Sofort läuft mir das Wasser im Mund zusammen, und
ich will mehr. Normalerweise esse ich keine derart
zuckerhaltigen Dinge, aber im Moment ist es genau das
Richtige.

»Gutes Mädchen«, murmelt Alexej und beobachtet
mich aufmerksam, während ich schlucke.

Errötend greife ich zu ihm hinüber, um ihm den
Toast abzunehmen, aber er gibt ihn mir nicht.
Stattdessen hält er es außerhalb meiner Reichweite und
löffelt mehr Gelee in eine andere Ecke, bevor er ihn zu
meinem Mund führt. Seine Augen glänzen dunkel,
während er darauf wartet, was ich tun werde, und ich
schockiere mich selbst, indem ich in den Toast beiße,
während er ihn mir hinhält, wie einem Haustier, das
von seinem Besitzer mit der Hand gefüttert wird.

»Das ist richtig. So ein braves Mädchen«, sagt er
leise, und meine Wangen werden noch heißer, als er
die Aktion wiederholt und mir noch mehr Toast mit
Marmelade gibt.

Ich sollte protestieren. Ich sollte mir das Brot von
ihm schnappen und es essen, wie die mündige
Erwachsene, die ich bin. Aber das tue ich nicht.
Irgendetwas daran – wie er mich beobachtet, wie er
mich für jeden Bissen lobt – beruhigt die Panik in
mir und bringt die Stimmen des Untergangs in
meinem Kopf zum Schweigen. Ich esse den ganzen
Toast aus seiner Hand, und als ich den letzten Bissen

nehme, berühren meine Lippen seine Finger und es fühlt sich … sinnlich an. Ein Kribbeln tanzt über meine Haut, und seine Augenlider werden schwer, als er ein Ei in die Hand nimmt und es zu meinem Mund führt.

Ich weiß, dass wir ein gefährliches Spiel spielen, aber ich kann mich nicht überwinden, aufzuhören. Ich halte seinem Blick stand, während ich in den hingehaltenen Toast beiße und nichts mehr schmecke, während die Luft zwischen uns von hitziger Spannung erfüllt ist. Seine Augen werden dunkler, sein Atem wird schneller und mein Körper reagiert mit einer Welle des Verlangens. Meine Brustwarzen durchbohren das enge Mieder meines Kleides und meine inneren Muskeln krampfen sich vor Verlangen zusammen. Wieder einmal reicht der Sauerstoff nicht aus, aber die Schwindelgefühle, die ich verspüre, sind keine Ohnmachtsanfälle. Stattdessen fühle ich mich, als wäre ich in einem lebhaften Traum gefangen, in einer alternativen Realität, in der es nur uns beide gibt und nichts anderes zählt.

»Meine süße Alinyonok …« Seine Stimme wird rau und samtig, während ich seine Finger ablecke, um das erste Ei komplett zu verzehren. »So ein gutes, liebes Mädchen.«

Ich sollte mich dafür schämen, wie ich mich verhalte. Ich sollte damit aufhören und ihn zurechtweisen. Aber ich lasse mich von ihm mit dem zweiten Ei füttern, obwohl ich schon satt bin, und als er mir das Glas Orangensaft an die Lippen bringt, sauge ich die säuerliche Flüssigkeit mit dem Strohhalm auf und gehorche seinen gemurmelten Anweisungen.

Als der letzte Schluck des Saftes getrunken ist, stellt er das leere Glas auf den Nachttisch und bewegt das Tablett von meinem Schoß auf den Boden. Dann nimmt er mein Kinn in eine große Hand und presst seine Lippen auf meine.

Der Kuss ist federleicht und dauert nur einen Moment, doch als er sich zurückzieht, kribbelt mein ganzer Körper, und mein Puls ist unruhig.

»Jetzt bist du bereit«, murmelt er und mustert mein Gesicht, das der Hitze nach zu urteilen, die unter meiner Haut pulsiert, ein sehr gesund aussehendes Rosa sein muss. Er beugt sich vor, schiebt einen Arm unter meine Knie und den anderen hinter meinen Rücken und hebt mich trotz meiner Beteuerungen, dass ich laufen kann, so leicht wie ein Kleinkind vom Bett hoch.

Peinlich berührt verstecke ich mein Gesicht in seinem Nacken, während er mich aus der Kabine und die Treppe hinauf zum Deck trägt, wo Ruslan mit der Kamera unter dem Überhang wartet. Er macht einige Fotos mit mir in Alexejs Armen und dann noch ein paar mehr, als Alexej mich hinstellt, aber meine Schultern vorsichtig festhält – vermutlich, um mich festzuhalten, falls mir schwindlig wird.

»Geht es dir gut?«, fragt Alexej sanft und blickt auf mich herab. Ich nicke und bin plötzlich zu erschöpft, um zu kämpfen. Ich weiß nicht, ob es an meiner Ohnmacht liegt oder an der seltsamen Stimmung zwischen uns in der Kabine, aber ich fühle mich auf eine seltsam reinigende Art und Weise ausgepresst und leer.

Als ich in den dunklen, magnetischen Blick des Mannes schaue, den ich heiraten werde, fühlen sich die Angst und die Sorge, die mich so lange gequält haben ... weit weg an. Nicht verschwunden, aber auch nicht mehr so lebendig präsent. Oder vielleicht bin ich es, die nicht ganz präsent ist, immer noch in diesem traumähnlichen Zustand gefangen, in dem Alexej und unsere gemeinsame Zukunft nichts sind, was man fürchten muss.

Zufrieden darüber, dass ich nicht wieder in Ohnmacht falle, lässt mein zukünftiger Mann meine Schultern los und umklammert meine rechte Hand mit einem warmen, besitzergreifenden Griff. »Wenn das so ist, dann lass es uns tun.«

Er schaut nach vorn, und ich folge ihm und bemerke zum ersten Mal, dass Larson bereits hier ist und vor uns steht. Aus dem Augenwinkel sehe ich, dass sich auch Vika nähert. Von irgendwoher ertönt leise Musik aus den Lautsprechern, die vielleicht in die Wände eingebaut sind, und weitere Blitze gehen los, während Ruslan wie ein mit einer Kamera bewaffneter Hai um uns herumkreist.

Larson beginnt zu sprechen, und seine Worte erreichen meine Ohren, werden aber nicht wirklich aufgenommen. Stattdessen mischen sie sich mit dem Geräusch der Wellen, die sich am Rumpf brechen, und mit dem Gefühl der warmen, salzigen Brise auf meinem Gesicht.

»Ich will«, sage ich im richtigen Moment, und dann ist Alexej dran.

»Ich will«, sagt er fest.

Als er mich zu sich dreht, greift er in seine Jackeninnentasche und holt ein kleines Samtkästchen heraus, das er öffnet und zwei Ringe zum Vorschein bringt – einen zarten, mit Diamanten besetzten Platinreif und einen dickeren Platinreif ohne Steine. Sie sind schön, auch wenn sie nur zwei weitere Glieder in den Ketten sind, mit denen er mich an sich bindet. Wenn ich sie anschaue, erinnere ich mich an den Verlobungsring, den er mir zu meinem achtzehnten Geburtstag geschenkt hat. Seit jener Nacht habe ich ihn nicht mehr getragen, aber ich habe ihn immer noch zu Hause in Moskau, in einem Safe in meinem Penthouse versteckt. Aus irgendeinem Grund bin ich ihn nie losgeworden.

Dieser Ehering ist eine schöne Ergänzung dazu.

Mein Herz setzt einen Schlag aus, und ein Teil des traumähnlichen Gefühls verblasst, als meine Angst zurückkehrt, aber es ist zu spät. Alexej steckt mir den Diamantring an den linken Ringfinger und legt den Platinreif auf meine umgedrehte Handfläche – damit ich ihn auf seinen Finger schiebe. Ich fummele dabei mit meinen untypisch ungeschickten Fingern, und er hilft mir mit einem ironisch geschwungenen Mund.

Endlich ist es geschafft.

»Sie dürfen die Braut küssen«, verkündet Larson,

und Alexej nimmt mein Gesicht zwischen seine beiden Handflächen, um meine Lippen in einem tiefen, hungrigen Kuss zu fordern, der keinen Zweifel daran lässt, dass ich jetzt ihm gehöre.

Dass ich sein Besitz bin, in guten wie in schlechten Zeiten.

Kapitel 7

Alexej

»Glückwunsch, großer Bruder«, sagt Ruslan, als Alina sich entschuldigt, um gleich nach der Zeremonie auf die Toilette zu gehen, und Larson und Vika zu ihren Aufgaben zurückkehren. »Du hast jetzt alles, was du dir immer gewünscht hast.«

»Nicht alles. Noch nicht.« Ich verfolge Alina mit meinen Augen, bis sie unter dem Deck verschwindet, während mein Schwanz hart von dem Kuss ist und meine Brust eng vor Sorge. Vielleicht hätte ich mit ihr gehen sollen, um sicherzustellen, dass sie nicht wieder ohnmächtig wird. Andererseits schien es ihr während der gesamten Zeremonie gut zu gehen. Ich sollte trotzdem einmal nach ihr sehen, falls … »Es geht ihr gut«, sagt Ruslan und stellt sich vor mich. »Sie hatte also eine kleine Panikattacke. Welche Frau würde das an ihrer Stelle nicht? Gewaltsam entführt, unter Drogen gesetzt und gezwungen, einen Mann zu heiraten, den sie hasst …«

Meine Faust trifft seinen Kiefer und bringt ihn ausnahmsweise zum Schweigen. Er taumelt zurück und grinst, wobei er blutige Zähne zeigt. »Das wolltest du doch schon den ganzen Morgen, oder nicht?« Er spuckt über die Reling ins Wasser. »Was würde deine neue Frau sagen, wenn sie das sehen könnte?«

»Fick dich!« Wenn Alina nicht wäre, würde ich nicht nach einem Schlag aufhören, und das weiß er. Wenn wir uns gegenseitig so auf die Nerven gehen, sind wir nicht zimperlich. Aber ein richtiges Sparring steht heute nicht auf dem Plan, es sei denn, ich will, dass meine Frau sieht, dass ich der gewalttätige Wilde bin, für den sie mich hält.

Meine Frau. Ich genieße die Worte in meinem Kopf, auch wenn die Wut auf meinen Bruder in mir kocht. Er war von Anfang an gegen meine Verlobung mit Alina – nicht, dass ich ihn jemals nach seiner Meinung gefragt hätte.

Zum Glück scheint er zu erkennen, dass ich an die Grenzen meiner Toleranz stoße. »Vater hat vor ein paar Minuten eine Nachricht geschickt«, sagt er, und seine Miene wird ernst. »Er möchte mit dir sprechen.«

Ein grimmiges Lächeln huscht über mein Gesicht. »Sag ihm, dass ich damit beschäftigt bin, zu heiraten.«

»Gerne.« Ruslans Lächeln spiegelt das meine wider. In diesem Punkt sind wir auf der gleichen Seite. »Ich habe auch von Lykow gehört. Die Molotows drehen gerade richtig auf. Zwei unserer Lagerhäuser in der Nähe von Moskau wurden bereits überfallen, und es gab einen Cyberangriff auf unsere Tochtergesellschaft in Kasachstan.«

Wie erwartet. »Sag Lykow, dass er befugt ist, alles auszugeben, was er braucht, um die Sicherheit an allen unseren Einsatzorten zu erhöhen. Sie werden uns auf jede erdenkliche Weise verfolgen.«

Alinas Brüder werden den Überfall auf Nikolais Anwesen und meinen Anspruch auf Alina nicht einfach so hinnehmen. Das habe ich von Anfang an gewusst. Was ich getan habe, war das Äquivalent einer Kriegserklärung und es wird blutig werden.

»Er ist schon dabei«, sagt Ruslan. »Außerdem werden wir uns in ein paar Tagen mit dem U-Boot in Verbindung setzen.«

»Gut.«

Das bedeutet, dass Ruslan endlich nach Hause reist, um in meiner Abwesenheit die Zügel in die Hand zu nehmen. Er hat darauf bestanden, mir bei der Operation in Idaho zu helfen, aber die ist jetzt abgeschlossen. Das gilt auch für die Hochzeit. Es gibt keinen Grund mehr für ihn, hier zu sein, und einer von uns muss in Moskau sein und sich um unsere Geschäfte kümmern – vor allem, weil es unserem Vater schlecht geht.

Ruslan wendet sich schon zum Gehen, als ich leise frage: »Wie geht es ihm?«

Mein Bruder bleibt stehen und schaut mich mit hochgezogenen Augenbrauen an. »Willst du das wirklich wissen?« Auf meinen steinernen Blick hin seufzt er und sagt: »Die Ärzte glauben, dass er nur noch Wochen hat. Vielleicht auch weniger.«

Etwas dreht sich in meiner Brust, wie eine Schraube, die sich tiefer eingräbt. Ich wende mich ab, um meinen Gesichtsausdruck zu verbergen, gehe zur Reling und starre auf das dunkelblaue Wasser, das ruhig in der Sonne schimmert.

Einen Moment später gesellt sich Ruslan zu mir.

»Es ist nicht deine Schuld, weißt du?«, sagt er, seinen Blick auf den Horizont gerichtet, als ich ihn ansehe. »Meine auch nicht. Es ist seine, seine allein.«

Ich blicke zurück auf das Wasser. »Ich weiß.«

»Ich bin mir nicht sicher, ob du das tust.«

Ich schweige, denn was gibt es zu sagen? Es gibt keine Möglichkeit, die Vergangenheit zu ändern oder etwas zu reparieren, was unwiederbringlich kaputt ist. Bis vor einigen Wochen, als Ruslan das Tagebuch unserer Schwester aus ihren Teenagerjahren fand, war ich blind. Jetzt sehe ich alles, und die Wut, die mich verzehrt, ist so giftig, dass ich keine andere Wahl habe, als mich von Moskau fernzuhalten, bis der Mann, der uns gezeugt hat, seinen letzten fauligen Atemzug tut.

»Er hat wieder über Slava geredet«, sagt Ruslan vorsichtig. »Er verlangt, dass wir ihn den Molotows wegnehmen.«

»Das ist nicht der Deal, den ich gemacht habe.«

Ruslan steht mir gegenüber und stützt einen Unterarm auf die Reling. »Warum hast du diesen Deal gemacht? Wir hätten gewonnen. Ein bisschen mehr

Anstrengung, und es hätte alles vorbei sein können. Du hättest Alina und den Jungen haben können.«

»Nicht ohne ihren Bruder zu töten.«

Ruslan leitete das Team, das die Wachen am Rande des Geländes ausschaltete, also war er nicht mit mir in der Garage. Er hat die tödliche Entschlossenheit in Nikolai Molotows Augen während unserer Auseinandersetzung nicht gesehen. Alinas Bruder hätte bis zum Tod gekämpft, um seine Familie zu schützen und seinen Sohn zu behalten. Noch wichtiger ist, dass Slava behalten werden wollte. Mein Neffe hat seinen Vater und seine neue Frau mir vorgezogen, und nachdem ich Ksenias Tagebuch gelesen habe, kann ich nicht sagen, dass er die falsche Wahl getroffen hat. Wenn ich damals gewusst hätte, was ich heute weiß, wenn Ruslan das Tagebuch früher gefunden hätte, wenn Ksenia sich mir einfach anvertraut hätte …

»Und warum willst du ihn nicht töten?«, fragt Ruslan und unterbricht damit mein sinnloses Grübeln.

»Ein Molotow weniger, um den man sich sorgen muss.«

Ich ziehe meine Augenbrauen hoch. »Du weißt, dass ich mit einer Molotowa verheiratet bin, oder nicht?«

»Sie ist jetzt eine Leonowa.«

Ja, das ist sie. Ich kann nicht anders, als bei dem Gedanken eine Welle der Zufriedenheit zu spüren. Aber zu Ruslan sage ich: »Das heißt nicht, dass sie mich nicht hassen würde, weil ich ihren Bruder getötet habe.«

Ruslan schnaubt. »Sie hasst dich bereits.«

Nein, das tut sie nicht. Ich weigere mich, das zu glauben. Unsere Beziehung ist alles andere als einfach, aber Alina hasst mich nicht wirklich. Ich erinnere mich an ihre Anteilnahme bei der Spendenaktion nach Ksenias Tod, an die Momente der Verbundenheit, die wir so kurz teilten. In gewisser Weise liegt ihr etwas an mir, auch wenn ich für sie immer noch ein Fremder bin. Aber das wird nicht lange so bleiben. Hier, mitten auf dem Ozean, werden wir auf absehbare Zeit nur zu zweit sein, und sie wird mich kennen- und lieben lernen.

Ich sage zu meinem Bruder nur: »Das werden wir ja sehen.«

Er schnaubt wieder und blickt auf das Meer, genau wie ich. Wir stehen Seite an Seite und nehmen die endlose blaue Weite vor uns in uns auf, bis die Sonne auf unsere Köpfe scheint und es zu heiß wird, um sie zu ertragen. In diesem Moment stoße ich mich vom Geländer ab und gehe auf die Treppe zu.

Es ist Zeit, nach meiner frisch angetrauten Frau zu sehen.

KAPITEL 8

ALINA

Ich will gerade die Kabine verlassen, als Alexej im Flur auftaucht und mit langen Schritten auf mich zukommt.

»Du hast dich umgezogen«, sagt er und bleibt einige Schritte vor mir stehen, um mich zu mustern.

»Warum nicht? Die Hochzeit ist vorbei, nicht wahr?« Ich trage wieder das grüne Kleid von heute Morgen. Es ist kühl und bequem, viel angenehmer als das lange weiße Kleid.

Er legt den Kopf schief und betrachtet mich. »Wie fühlst du dich?«

»Gut.« Und das stimmt. Ich hatte überlegt, ob ich meinen Ohnmachtsanfall als Ausrede nutzen sollte, um für den Rest des Tages in der Kabine zu bleiben und so hoffentlich seine Gesellschaft zu vermeiden, aber ich habe mich dagegen entschieden. Ich würde mich nicht nur zu Tode langweilen, sondern es ist auch besser, wenn ich mich nicht zu sehr mit meiner Situation beschäftige.

Auf dem Deck kann ich wenigstens mit Alexejs Bruder reden und ihn ein bisschen kennenlernen.

»Bist du dir sicher?«, fragt Alexej und verengt seine Augen.

Ich zögere. Was wird er tun, wenn es mir nicht gut geht? Mich nach Hause nach Moskau bringen?

Sein Gesicht spannt sich an. »Scheiß drauf. Ich besorge dir einen Arzt.« Er dreht sich um und geht auf die Treppe zu, während ich ihm ungläubig hinterherschaue.

Es gibt einen Arzt an Bord? Es sei denn, er meint …

Ich eile ihm hinterher. »Alexej! Warte!«

Er bleibt stehen und sieht mich an. »Was?«

»Docken wir irgendwo an? Damit ich zum Arzt gehen kann?«

Bitte sag Ja. Bitte sag Ja.

»Nein.« Er dreht sich um, geht weiter und verschwindet die Treppe hinauf, bevor ich noch weitere Fragen stellen kann.

Ich folge ihm, aber als ich das Deck erreiche, spricht er bereits unter dem Überhang mit seinem Bruder.

»… mindestens eine Woche Verspätung«, sagt Ruslan, als ich näher komme. »Bist du sicher, dass das wirklich notwendig ist?«

»Ich entscheide, was nötig ist«, sagt Alexej in einem harten Ton. »Du musst sie nur an Bord holen.«

Wen an Bord holen? Wie? Ich sterbe vor Neugierde,

aber bevor ich fragen kann, nickt Ruslan knapp und geht nach unten.

Alexej wendet sich mir zu, und sein Gesicht ist finster. »Was machst du denn hier oben? Du solltest dich hinlegen und etwas ausruhen.«

»Ich will mich nicht ausruhen. Ich will …« Ich zerbreche mir den Kopf, um etwas Unverfängliches zu finden, was ich tun könnte. »Ich will schwimmen.«

Alexej runzelt die Stirn. »Dafür geht es dir nicht gut genug.«

»Sagt wer?« Je mehr ich darüber nachdenke, desto verlockender klingt ein Bad im Meer. Es kann auch nicht schaden, ein wenig schwimmen zu trainieren, falls sich eine Fluchtmöglichkeit ergibt. »Ernsthaft, mir geht es gut. Das war nur …« Ich höre auf, weil ich die Erinnerung nicht noch einmal erleben will.

Alexejs Gesichtsausdruck wird eindringlicher. »Das war nur …?«

»Ich bin ausgeflippt, okay?« Ich atme ein und kämpfe gegen die plötzliche Enge in meiner Lunge an. »Ich … habe mich an meine Eltern erinnert, das ist alles.«

Sein Gesicht wird weicher. »Alinyonok …«

»Lass es.« Ich will sein Mitleid nicht. »Können wir einfach schwimmen gehen? Bitte!«

Er überlegt einen Moment und nickt dann. »In Ordnung. Gehen wir uns umziehen und dann schwimmen.«

Er führt mich zurück unter Deck, während seine Hand leicht auf meinem unteren Rücken ruht, und ich kann nichts tun, um sie nicht abzuschütteln. Nicht, weil seine Berührung unangenehm ist. Ganz im Gegenteil. Es hat fast etwas ... Beruhigendes, seine große Hand auf mir zu spüren. Auf eine gewisse Art sogar etwas Tröstliches, was ich nicht näher erläutern möchte.

Das merkwürdige Gefühl hält an, als wir die Treppe hinunter und zurück zur Kabine gehen. Ich erwarte, dass er mit mir hineingeht, aber zu meiner Überraschung bleibt er ein paar Meter davor vor einer anderen Tür im Flur stehen.

»Hier bewahre ich meine Kleidung auf«, erklärt er, als ich überrascht zu ihm aufschaue. »Treffen wir uns oben an Deck?«

»Oh, sicher.« Ich blinzele, als er die Tür öffnet und in einer anderen Kabine verschwindet, die nur mit einem großen Schreibtisch und einem Stuhl statt einem Bett ausgestattet ist. Ist das sein Büro? Wenn ja, warum bewahrt er seine Kleidung dort auf?

Na ja, egal.

Ich gehe in unsere normale Kabine und eile zum Kleiderschrank, wo ich Dutzende von Badeanzügen finde. Ich entscheide mich für einen neonblauen, sportlichen Einteiler, weil er nicht so freizügig ist und das Schwimmen erleichtert. Nicht, dass Alexej nicht schon alles von mir gesehen hätte, aber trotzdem kann ich nicht verhindern, dass mir bei dem Gedanken, dass wir zusammen fast nackt im Meer sein werden, heiß wird.

Vielleicht war das keine so gute Idee. Was die Ablenkung angeht, ist es sogar eine recht beschissene.

Jetzt ist es zu spät. Ich ziehe ein blaues Strandkleid an, das zum Badeanzug passt, stecke meine Füße in ein Paar weiße Flip-Flops, atme tief durch und verlasse die Kabine.

———

Alexej wartet unter dem Überhang auf mich, wo jemand zwei Liegestühle und einen kleinen Beistelltisch mit fruchtig aussehenden Getränken gebracht hat – vermutlich, damit wir uns nach dem Schwimmen im Schatten entspannen und auftanken können. Zu meiner Erleichterung ist Alexejs Bruder nirgends zu sehen, aber ich sehe eine große Flasche Sonnencreme in Alexejs Händen, als er sich von seinem Liegestuhl erhebt.

Meine Frühstückstortur wird sich gleich wiederholen.

Kaum bin ich im Schatten, befiehlt Alexej mir, mein Strandkleid auszuziehen. »Du gehst nicht ungeschützt in die Sonne«, sagt er und öffnet die Flasche, als ich ein paar Meter entfernt stehen bleibe und ihn misstrauisch beobachte.

Er hat sich eine schwarze Badehose angezogen und trägt, zumindest im Moment, ein schwarzes T-Shirt. Es ist ein Outfit, das zu ihm passt und die kraftvollen Muskeln seiner Beine und die tätowierte Pracht seiner Arme hervorhebt. Ich schlucke trocken und erinnere mich daran, wie es sich anfühlte, in diesen Armen zu liegen, unsere nackten Körper aneinandergepresst, während er immer wieder in mich eindrang.

»Lass mich das machen«, platzt es aus mir heraus, und ich spüre, wie mein Gesicht bei der Erinnerung daran scharlachrot wird. Ich weiß schon, wie das ausgehen wird, aber ich muss es versuchen.

Es ist schon schlimm genug, dass wir gleich nass und fast nackt zusammen sein werden. Wenn er mich auch noch mit der Sonnencreme einreibt, könnte das zu viel für mein inneres Gleichgewicht sein – das Wenige, das ich in seiner Nähe noch aufrechterhalten kann.

»Zieh dein Strandkleid aus«, wiederholt er mit unerbittlicher Miene, während er auf mich zukommt. »Du wirst sowieso nicht in der Lage sein, dir selbst den Rücken einzucremen.«

Ich möchte einwenden, dass ich zumindest den Rest meines Körpers mit Sonnencreme einschmieren kann, aber ich weiß, dass er sich nicht davon abbringen lassen wird. Zähneknirschend drehe ich meinen Rücken zu ihm und ziehe das Strandkleid über meinen Kopf. Ich spüre, wie sein glühender Blick über meine Beine, meinen Hintern und die Vertiefung meiner Taille wandert. Mein Badeanzug ist alles andere als sexy, aber er enthüllt trotzdem mehr, als er verbirgt, und obwohl er mich schon überall berührt hat, fühle ich mich wie ein Kaninchen, das einem Tiger auf einem Silbertablett präsentiert wird.

»Alinyonok ...« Seine Stimme ist leise und heiser,

als er direkt hinter mir stehen bleibt, so nah, dass ich die Hitze seines kräftigen Körpers spüre, als er seine sonnengebräunten Hände auf meine Schultern legt. »Du bist so verdammt umwerfend.«

Meine ganze Haut entzündet sich. Ich weiß, dass er mich will. Ich weiß, dass er mich körperlich attraktiv findet, und trotzdem fühle ich mich bei seinen Worten wie ein Teenager nach seinem ersten Kuss. Oder vielleicht sind es seine Berührungen, die diesen Effekt haben, als er beginnt, die Sonnencreme unter den Trägern meines Badeanzugs zu verteilen, seine Finger sind köstlich stark und rau. Vielleicht fühle ich mich aber auch so, weil *er* mir meinen ersten Kuss gab – oder besser gesagt, ihn mir raubte – als ich ein Teenager war.

Was auch immer der Grund dafür ist, es ist diesmal viel schlimmer als heute Morgen, als er mich mit Sonnencreme eingeschmiert hat. Zumindest saß ich da. Während seine Hände über mich fahren und die Creme in meine Haut einmassieren, kostet es mich meine ganze Kraft, aufrecht stehen zu bleiben. Meine Knochen scheinen geschmolzen zu sein, genauso wie der Rest meines Körpers. Ich atme zittrig, heißes Verlangen überkommt mich, meine Brustwarzen sind hart und mein Inneres ist weich und flüssig.

Wenn er mich zwischen meinen Beinen berührt, wird er es merken. Er wird spüren, wie feucht ich bin.

Das hier sollte nicht sexuell sein. Er sorgt nur dafür, dass ich nicht in der Sonne verbrenne. Aber alles zwischen uns ist sexuell, und seine Berührung lässt mich brennen. Mein Körper hat vor langer Zeit entschieden, dass er diesen Mann – diesen gefährlichen, gewalttätigen Mann – will, und nichts, was seitdem passiert ist, hat etwas daran geändert.

Nachdem er mit meinen Schultern, meinem Nacken, meinem Dekolleté, meinen Armen und meinem Rücken fertig ist, dreht er mich zu sich um und hockt sich vor mich, wie beim letzten Mal. Mein Puls beschleunigt sich weiter. Seine warmen und schwieligen Handflächen streichen über meine Füße, meine Knöchel, meine Waden, meine Knie ... Ich halte den Atem an, als er meine Oberschenkel erreicht und beginnt, die Sonnencreme überall einzumassieren, wobei seine Berührung täuschend platonisch wirkt. Erst als er zu mir aufschaut und sich seine und meine Augen treffen, sehe ich den Hunger, der in diesen dunklen Tiefen brodelt – derselbe Hunger, der sich an mir festkrallt und meinen Widerstand zum Gespött macht.

Während er meinen Blick festhält, bewegt er seine Hände noch weiter nach oben und reibt die Sonnencreme auf die Seiten meiner Hüften, auf die Unterseiten meiner Pobacken und den entblößten Bereich vorn, der nur Zentimeter von dem Teil von mir entfernt ist, der für ihn schmerzt und pulsiert. Als er die Ränder meines Badeanzugs erreicht, lächelt er, und seine Lippen formen eine verruchte, gefährlich verführerische Kurve. Ich erschaudere von der Intensität meines Verlangens, von dem verzweifelten Drang, meine Hüften so anzuwinkeln, dass seine

Finger gegen den schmalen Streifen neonblauen Stoffs drücken, der mein Geschlecht schützt. Dass sie das Nervenbündel berühren, das ...

»Das sieht heiß aus und so, aber ihr solltet euch vielleicht eine Kabine nehmen.«

Ruslans spöttischer Tonfall reißt mich aus meiner sinnlichen Trance. Ich versteife mich, trete einen Schritt zurück und werfe das Strandkleid, das ich immer noch umklammere, auf einen der Liegestühle, weil ich nicht weiß, was ich sonst tun soll. Alexej hat sich bereits hingestellt und starrt wütend seinen Bruder an, der ein paar Meter entfernt dasteht und breit grinst. Wie Alexej hat er seinen formellen Anzug abgelegt und ein T-Shirt und eine Badehose angezogen. Er scheint auch schwimmen zu wollen.

»Ich mache mein Gesicht selbst«, sage ich knapp und greife nach der Flasche Sonnencreme in Alexejs Händen.

Diesmal lässt er mich gewähren, und ich trage die Creme schnell auf meine Wangen, meine Stirn, meine Nase und mein Kinn auf, bevor ich sie vorsichtig einmassiere. Es ist mir eigentlich egal, ob ich mein Make-up verschmiere – mein Gesicht wird ohnehin gleich nass –, aber alte Gewohnheiten lassen sich nur schwer ablegen.

»Warum zum Teufel bist du hier? Hast du nichts in deiner Kabine zu tun?«, knurrt Alexej und mustert seinen Bruder, als wolle er ihm ein Veilchen verpassen.

Apropos, sehe ich da einen Bluterguss an Ruslans Kiefer?

»Nein«, sagt Ruslan. »Nichts, was nicht warten kann, bis ich wieder zu Hause bin. Ich habe zufällig mitbekommen, dass ihr schwimmen gehen wollt und fand, dass das eine tolle Idee ist. Also habe ich mir gedacht, dass ich einfach mitkomme.«

Meine Ohren spitzen sich. Er kehrt nach Moskau zurück? Wie? In einem beifälligen, fast schon desinteressierten Tonfall frage ich: »Und wann kehrst du nach Hause zurück?«

Alexejs Bruder grinst mich an. »Willst du mich loswerden? Keine Angst, ich lasse euch in den Flitterwochen allein, sobald …«

»Ruslan.« Alexejs Stimme ist wie das Knallen einer Peitsche. »Spring einfach rein, ja?«

»Gerne.« Ruslan zieht sein Hemd mit dem faulen Selbstvertrauen eines Mannes aus, der topfit ist und das auch weiß.

Als er an mir vorbeischlendert, sehe ich, dass sein Körper ähnlich proportioniert ist wie Alexejs und genauso muskulös, aber mit weniger Tattoos. Trotzdem spüre ich nichts von dem unangenehmen Verlangen, das jede Minute in der Gesellschaft meines frisch angetrauten Ehemannes zu einer besonderen Art von Folter macht. Ich nehme an, das ergibt Sinn. Ich war schon mit vielen gutaussehenden, gut gebauten Männern zusammen, aber keiner von ihnen hat auch nur den kleinsten Funken in mir entzündet. Die reichen Jungs in meinem Internat hatten Zugang zu den besten Personal Trainern und Diätassistenten, ganz zu schweigen von Schönheitschirurgen, und doch hatten sie alle die Anziehungskraft von Ken-Puppen auf mich. Das Gleiche gilt für die Jungs, die ich auf dem College kennengelernt habe. Natürlich wusste ich zu dem Zeitpunkt schon, dass Alexej mir nachstellte, also könnte das meine Gefühle beeinflusst haben.

Es ist schwer, sich zu einem Mann hingezogen zu fühlen, wenn man weiß, dass er wahrscheinlich deswegen sterben wird.

Ich muss Ruslan angestarrt haben, während ich in meinen Gedanken versunken war, denn sobald er die Steuerbordleiter erklimmt und einen perfekten Sprung von der obersten Sprosse ausführt, ergreift Alexej meinen Arm und zieht mich näher zu sich heran, wobei er seinen Kopf senkt, um seine Lippen auf mein Ohr zu legen. Seine Stimme ist wie in Seide gehüllter Stacheldraht, als er flüstert: »Gefällt dir, was du siehst?«

Bevor ich antworten kann, dreht er mich zu sich herum. Sein Kiefer ist fest zusammengebissen, ein winziger Muskel zuckt an seinem Ohr, als er seinen Griff auf meinen Nacken verlagert und sich vorbeugt. Seine Augen sind kohlrabenschwarz, als er sagt: »Mein Bruder – und jeder andere Mann – ist für dich tabu. Verstehst du das?«

Mein Herzschlag beschleunigt sich und ein kalter Schauer breitet sich auf meiner Haut aus, als ich die tödliche Wut in seinem Blick sehe. Doch irgendein Teufel treibt mich dazu, zu erwidern: »Oder was? Wirst du deinen Bruder töten, so wie du Josh und diesen Typen auf Bali getötet hast? Es war kein Zufall, dass er mit seinem Roller über die Klippe gefahren ist, oder?«

Alexejs Hand spannt sich um meinen Nacken, seine Finger drücken sich schmerzhaft in meine Haut, während er mit der anderen Hand meine Hüfte festhält. »Nein.« Das kaum hörbare Wort kommt durch zusammengebissene Zähne, während er sein Gesicht senkt, bis sein Mund nur noch wenige Zentimeter von meinem entfernt ist. »Das war es verdammt nochmal nicht.«

Seine Lippen prallen auf meine, und der Kuss ist hart und schmerzhaft. Er spricht eher von Besitz als Begehren, von Gewalt als Lust. Doch ein vertrautes Feuer strömt durch meine Adern, die schwelende Glut des Bedürfnisses in mir entzündet sich zu Flammen, die alles verbrennen, was ich bin. Als er seinen Kopf hebt, klammere ich mich an ihn, schwach und atemlos, zitternd vor Verlangen. Auch er atmet schwer, sein Gesichtsausdruck ist immer noch dunkel, immer noch gefährlich besitzergreifend.

Er führt seine Hand zu meinem Gesicht und drückt seinen Daumen gegen meine geschwollenen Lippen. »Das gehört mir.« Seine Stimme ist ein raues, animalisches Knurren. »Und das hier«, er klemmt seine andere Hand zwischen meine Schenkel und berührt mein Geschlecht durch meinen Badeanzug hindurch mit einem harten Druck, der mich nach Luft schnappen lässt, »gehört definitiv mir.«

Bevor ich auf diese grobe Aussage antworten kann, lässt er mich los und tritt zurück. Mit einer schnellen

Bewegung zieht er sein Shirt aus, lässt es auf eine Liege fallen, geht zur Leiter und springt mit der gleichen Leichtigkeit wie sein Bruder über Bord.

Erschüttert starre ich ihm hinterher, wobei mein Verstand nur einen einzigen zusammenhängenden Gedanken fassen kann.

Mein Mann ist angsteinflößend.

KAPITEL 9

ALEXEJ

Fast zehn Minuten vergehen, bevor Alina die Steuerbordleiter hinunter in die Wellen steigt. Ich drehe mich auf den Rücken und lasse mich treiben, während ich sie beobachte und der dunkle Hunger noch immer in mir brennt. Ich bereue unsere letzte Abmachung zutiefst, das Versprechen, dass ich sie heute nicht ficken werde. Mittlerweile sollte ich es besser wissen, als ihren Bitten nachzugeben, aber trotzdem sind wir wieder hier. Zumindest hätte ich ein paar Stunden mit ihr in der Kabine verbringen und meine Lust auf andere Weise stillen sollen, bevor wir hier herausgekommen sind.

»Du weißt, dass sie jetzt deine Ehefrau ist, oder nicht?« Ruslan lässt sich neben mir auf den Rücken fallen und hält sich mit trägen Bewegungen seiner Arme über Wasser. »Du brauchst sie nicht anzustarren wie ein hungriger Wolf. Du kannst sie einfach haben.«

Mein verdammter Bruder. Ich knirsche mit den

Zähnen und bekämpfe den Drang, ihn zu ertränken. Er hat Glück, dass die Kühle des Wassers die glühende Eifersucht gemildert hat, die mich durchströmt hat, als ich bemerkt habe, dass Alina ihn bewundernd angesehen hat. Nicht, dass Ruslan jemals etwas mit ihr anfangen würde – er weiß, dass ich ihn dafür umbringen würde, Bruder hin oder her –, aber der bloße Gedanke, dass sie ihn oder einen anderen Mann als mich wollen könnte ...

Ich beiße die Zähne fester zusammen und gebe mein Bestes, um Ruslan zu ignorieren, während ich Alina dabei zuschaue, wie sie vorsichtig das Wasser mit ihrem Fuß testet. Sie sieht unglaublich anmutig aus, wie sie sich an der Leiter festhält, und ihr einteiliger Badeanzug erinnert mich an das Outfit einer Ballerina, nur ohne den Rock. Natürlich hatte keine Ballerina jemals diese Wirkung auf mich. Selbst im kühlen Wasser des Pazifiks bin ich halbsteif, während ich sie betrachte. Sie hat lange Beine und schlanke Kurven, ihr Körper ist so verdammt perfekt, dass er eigentlich verboten sein sollte. Meine Hände jucken förmlich danach, ihre glatte Haut zu streicheln, ihre festen, runden Brüste zu umfassen und die seidige Nässe zwischen ihren ...

Scheiße. Warum habe ich diesen idiotischen Deal gemacht? Oder diesem Schwimmen zugestimmt? Ich könnte jetzt mit ihr im Bett liegen, anstatt hier draußen mit meinem Arschloch von einem Bruder zu schwimmen. Andererseits hat Ruslan recht – sie ist jetzt meine Frau. Ich kann sie jederzeit haben, wenn ich will. Was sind schon ein paar Stunden mehr, wenn ich bereits ein Jahrzehnt gewartet habe?

»Spring einfach rein«, ruft Ruslan, als Alina ihren Fuß aus dem Wasser zieht und auf die nächste Sprosse der Leiter steigt, wobei sie beide Füße bis zu den Knöcheln eintaucht. »Es ist nicht so kalt, wie es auf den ersten Blick scheint.«

Sie schaut über ihre Schulter zu uns. »Ich weiß.« Sie holt tief Luft, hält sich die Nase zu und stößt sich von der Leiter ab.

Mein Puls beschleunigt sich, als sich das Wasser über ihrem Kopf schließt. Ich weiß, dass sie schwimmen kann, aber sie ist vorhin umgekippt. Was ist, wenn ihr wieder schwindlig wird oder sie in Ohnmacht fällt oder ... Verdammt, ich hätte diesem Schwimmen nicht zustimmen sollen. Ich drehe mich um und pflüge mit schnellen Zügen durch das Wasser. Es dauert nur wenige Sekunden, bis ich sie erreiche, aber da ist sie schon aufgetaucht und streicht sich lächelnd mit beiden Händen die nassen Haare aus dem Gesicht.

Etwas in mir zieht sich zusammen, als hätte eine Hand durch meinen Brustkorb gegriffen und sich zu einer Faust um mein Herz gelegt. Diese pure, ungeschminkte Freude in ihrem Gesicht ... dieses Lächeln, so echt und strahlend – so etwas habe ich noch nie gesehen. Meine Alinyonok ist nicht mehr nur schön, sondern glüht wie ein Engel, der von innen heraus leuchtet. Es fühlt sich falsch an, sie in diesem Moment zu wollen, fast frevelhaft, aber die Lust in mir brennt nur noch heißer. Ich will sie mit jeder verkorksten Faser meines Wesens, mit jeder perversen Zelle in meinem Körper. Ich will sie, aber ich kann sie nicht haben.

Zumindest nicht, bis wir allein sind.

Sie muss die dunkle Frustration auf meinem Gesicht bemerken, denn sie hört auf zu lachen und betrachtet mich misstrauisch. »Hi.«

»Selber hi.« Da ich nicht widerstehen kann, ergreife ich ihren Arm und ziehe sie zu mir. Ich ignoriere ihr erschrockenes Keuchen, als ihr Körper unter Wasser an meinen stößt. Bevor sie sich wegstoßen kann, lege ich einen Arm um ihren schlanken Rücken und greife mit einer Hand nach ihrem Kiefer, halte ihr Gesicht fest und nutze ihre geöffneten Lippen, um sie innig zu küssen.

Sie schmeckt nach Meer und sich selbst, nach Salz und Süße und purem Sex. Ich möchte sie verschlingen, so tief in sie eindringen, dass sie nie mehr von mir getrennt sein will, aber alles, was ich in diesem Moment haben kann, ist dieser Kuss, also mache ich das Beste daraus, streiche mit meiner Zunge über jede seidige Oberfläche ihres Mundes, knabbere an ihren weichen, prallen Lippen und atme ihre warmen, keuchenden Atemzüge ein. Im Hinterkopf weiß ich, dass mein Bruder in der Nähe schwimmt und zweifellos eine sarkastische Bemerkung machen wird, aber das ist mir scheißegal.

Sie gehört mir. Endlich, nach all den Jahren, gehört sie ganz mir.

Als ich mich zwinge, aufzuhören, sind ihre Hände in meine Schultern gekrallt und ihre Beine sind fest um meine Taille geschlungen. Sie atmet flach und starrt mich an. Ihre Lippen sind geschwollen und geöffnet, ihr roter Lippenstift ist größtenteils verschwunden und ihre Wimperntusche um ihre bezaubernden Augen verschmiert – und ich bin so hart, dass ich auf der Stelle kommen könnte. Das Wasser, das so kühl und erfrischend auf meiner Haut war, fühlt sich jetzt an, als würde es mich bei lebendigem Leib kochen, und es kostet mich meine ganze Kraft, mich vorsichtig von ihr zu lösen, damit ich mein Versprechen nicht breche, indem ich sie hier und jetzt nehme, auf dem offenen Ozean, mit meinem Bruder neben uns und dem Boot, das langsam davontreibt.

Ruslan ist ungewohnt still, als ich Alina widerwillig loslasse und einen Meter Wasser zwischen uns kommen lasse. Das reicht zwar nicht aus, um die starke Anziehungskraft zu mindern, die sie auf mich ausübt, aber es muss reichen. In diesen Gewässern könnte es Haie geben, und obwohl es unwahrscheinlich ist, dass sie uns belästigen, weigere ich mich, mehr als einen Meter von ihr entfernt zu sein, wenn auch nur die geringste Gefahr drohen könnte.

»Ich …« Sie leckt sich über die Lippen und bewegt ihre Arme an den Seiten, um sich über Wasser zu halten. »Ich schwimme ein wenig, okay?«

Ohne meine Antwort abzuwarten, dreht sie sich auf den Bauch und steuert mit einem entschlossenen, aber ineffizienten Brustschwimmen auf die Yacht zu. Ich folge ihr, bleibe an ihrer Seite, und wir drehen ein paar Runden, an deren Ende sie sichtlich außer Atem ist, um das Boot.

»Ich glaube, ich habe jetzt genug«, sagt sie und hält sich an der Leiter fest. »Du kannst gerne mehr schwimmen. Wir sehen uns später.«

Dann zieht sie sich selbst aus dem Wasser und zeigt ihre perfekten Kurven und ihre nasse, schimmernde Haut.

Scheiße. Ich bin wieder hart.

Ich will ihr gerade hinterherklettern, aber als sie aus meinem Blickfeld verschwindet, beschließe ich, dass ein paar weitere Runden um das Boot genau das Richtige sein könnten, um das Feuer in mir abzukühlen. Sie ist wahrscheinlich auf dem Weg zur Dusche, und wenn ich sie jetzt dort sehe, breche ich vielleicht mein Wort und nehme sie.

»Du solltest ihr beibringen, besser zu schwimmen.«

Ich drehe mich um und sehe Ruslan neben mir treiben. »Natürlich werde ich das.«

Das ist eigentlich mein Ziel für die nächsten Wochen. Meine Alinyonok ist bestenfalls eine gute Schwimmerin. Das wusste ich schon, da ich sie bei einigen ihrer Strandurlaube beobachtet habe, aber ihr Mangel an Können hat noch nie eine Rolle gespielt. Jetzt aber. Wir könnten eine Weile auf See sein und ich muss wissen, dass sie sich in Sicherheit schwimmen kann, wenn sie trotz meiner Wachsamkeit über Bord geht.

Mein Bruder betrachtet mich neugierig. »Hast du keine Angst, dass sie versucht, zu fliehen?«

»Sie wird es versuchen.«

»Scheiße.« Ruslan stößt einen Atemzug aus und spritzt Wassertropfen um sich herum. »Ljoscha, bist du sicher …«

»Ich weiß, was ich tue.« Mein Ton ist scharf, schneidend. Wir hatten diesen Streit schon ein halbes Dutzend Mal und ich werde nicht nachgeben, wenn ich so kurz davor bin, alles zu bekommen, was ich will.

Ein Blick, der dem Mitleid beunruhigend nahe kommt, legt sich auf das Gesicht meines Bruders. »Tust du das?«

»Das tue ich«, sage ich fest, und ohne auf seine Antwort zu warten, schwimme ich mit langen, wütenden Zügen davon.

KAPITEL 10

ALINA

Mein Herz rast immer noch, als ich aus der Dusche trete, aber nicht wegen der Anstrengung beim Schwimmen, sondern weil ich nicht aufhören kann, an Alexej und meine dummen, unlogischen Reaktionen auf ihn zu denken. Noch schlimmer ist, dass ich langsam den Verdacht habe, dass die Abmachung, die wir heute Morgen getroffen haben, in seinem Kopf nicht dieselbe ist wie in meinem. Ich hatte gehofft, er würde mich überhaupt nicht berühren, aber seine eigentlichen Worte waren, dass er mich nicht ficken würde, und angesichts der Art und Weise, wie er sich nach der Hochzeit verhalten hat, ist heute definitiv kein Nicht-Berühren-Tag.

Ich versuche, mich zu beruhigen, föhne mir die Haare, schminke mich neu – nachdem ich eine dicke Schicht Sonnencreme aufgetragen habe, um eine weitere Tortur durch Alexej zu vermeiden – und ziehe mich an. Ich wünschte, ich hätte etwas, was mich ablenkt, wie ein gutes Videospiel, aber ich habe in der Kabine nichts in dieser Richtung gesehen. Trotzdem zögere ich, wieder an Deck zu gehen und Alexej und seinem Bruder gegenüberzutreten. Beide Männer sind mir unangenehm, wenn auch aus unterschiedlichen Gründen.

Ich gehe zum Bett hinüber und setze mich. Ich denke darüber nach, was Ruslan zu sagen begann, bevor Alexej ihn unterbrach – irgendetwas über unsere *Flitterwochen*. Die Andeutung war, dass Alexejs Bruder bald abreisen wird. Heißt das, dass wir irgendwo andocken und ihn absetzen werden? Oder ist ein Hubschrauber auf dem Weg zu ihm?

Das bedeutet, dass wir uns in der Nähe des Landes befinden, wo Alexej wahrscheinlich den Arzt holen will.

Ich zerquetsche die kleine Blüte der Hoffnung, sobald sie sich in meiner Brust entfaltet. Alexej wäre nicht so dumm, mir so schnell eine Gelegenheit zur Flucht zu geben, nicht nach allem, was er durchgemacht hat, um mich hierherzubringen. Aber trotzdem … was wäre, wenn …

Die Kabinentür öffnet sich, und Alexej tritt ein. Seine Badehose ist triefend nass, und seine kräftigen Muskeln spannen sich unter seiner tätowierten, wassergegerbten Haut. Er muss gerade mit dem Schwimmen fertig geworden und direkt hierhergekommen sein – etwas, was ich aus irgendeinem Grund nicht erwartet habe.

Ich schlucke, schlage meine Beine so lässig wie

möglich übereinander und versuche, das Bild einer coolen, ungekünstelten Eisprinzessin zu vermitteln. Das ist nicht einfach. Alexej halbnackt ist ein schöner Anblick, aber Alexej halbnackt und nass ist der Stoff, aus dem meine abgefucktesten erotischen Träume gemacht sind. Mein Atem geht schneller, während sich meine inneren Muskeln anspannen und mich daran erinnern, dass ich wund bin und das Salzwasser das *nicht* besser gemacht hat.

»Du duschst hier?«, frage ich und schaffe es irgendwie, einen halbwegs normalen Tonfall zu treffen.

Er zieht eine dunkle, spöttische Augenbraue hoch. »Warum sollte ich nicht?«

»Hast du keine andere Kabine? Die, in der deine Kleidung ist?«

»Das ist mein Büro«, antwortet er und bestätigt damit meine Vermutung. »Und meine Kleidung ist nur vorübergehend da. Mein persönlicher Einkäufer hatte nicht verstanden, wie wenig Platz hier ist, und hat es mit deiner Kleidung übertrieben, so dass in diesem Schrank kein Platz für meine ist. Ich habe Vika bereits gebeten, die Situation zu bereinigen, indem sie einige deiner Sachen in die andere Kabine und einige meiner Sachen hierherbringt.« Er geht durch den Raum und bleibt neben dem Bett stehen. Er schaut auf mich herab und sagt: »Du wirst ihr helfen.«

Ich blicke ihn an und stehe auf – ein Fehler, denn dadurch sind wir so nah beieinander, dass sein Körper fast den meinen berührt. Und ich muss immer noch den Hals heben, um seinen Blick zu treffen. Trotzdem weigere ich mich, mich einschüchtern zu lassen. »Warum sollte ich?«

Ich will seine Sachen ganz sicher nicht hierhaben.

»Weil sonst womöglich die Klamotten, die du nicht magst, im nächsten Schrank landen und umgekehrt«, antwortet er mit einer Logik, die mich verrückt macht.

»Als ob mich das interessiert. Ich mag diese Klamotten alle nicht.«

Ich hatte noch keine Gelegenheit, mir die meisten von ihnen anzusehen, aber was ich bisher gesehen habe, ist genau nach meinem Geschmack – doch das werde ich ihm nicht sagen.

»Wenn das so ist, werde ich Vika helfen.« Seine Lippen verziehen sich zu einem spöttischen Lächeln, und er hebt seine Hand, um mir eine Haarsträhne hinters Ohr zu streichen, bevor er mit den Fingerknöcheln über meinen Kiefer fährt. »Weißt du, ich glaube, es gibt bestimmte Klamotten, in denen ich dich am liebsten immer sehen würde ... wie Bikinis, Badeanzüge und Dessous. Oder vielleicht gar nichts.«

Ich schlage seine Hand weg, bevor sie mein Schlüsselbein berühren kann. »Warum hast du mir dann einen Schrank voller Designer-Outfits geschenkt?«

»Weil ich wollte, dass du dich hier wohlfühlst und wie zu Hause. Aber wenn dir sowieso alles missfällt ...« Er zuckt mit den breiten Schultern, wodurch kleine Wassertropfen auf mich zufliegen.

Ich kämpfe gegen den perversen Drang an, die restlichen Tropfen von seiner Brust zu lecken.

Stattdessen gehe ich einen Schritt zur Seite, um mehr Abstand zwischen uns zu bringen, und sage mit so viel Eiseskälte, wie ich aufbringen kann: »Du tropfst wie ein nasser Hund.«

Er sieht nicht beleidigt aus. Seine onyxfarbenen Augen schimmern amüsiert, und einer seiner Mundwinkel verzieht sich zu einem ausgesprochen wölfischen Grinsen. »Willst du mich abtrocknen und mir beim Umziehen helfen?«

»Auf keinen Fall«, sage ich und hasse mich sofort dafür, wie atemlos die Worte herauskommen. Da die Klimaanlage kühle Luft durch die Lüftungsschächte pumpt, ist es im Zimmer fast kühl, aber ich fühle mich errötet und übermäßig warm – und ich weiß genau, woran das liegt.

Ich hatte noch keine Gelegenheit, Alexejs Tattoos aus der Nähe zu betrachten, aber jetzt kann ich nicht anders, als einen Blick auf seine tätowierte Haut zu werfen. Die Tattoos, die seine Brust und Arme zieren, sind ein wahres Kunstwerk, bei dem jedes Bild nahtlos in das nächste übergeht. Viele der einzelnen Tattoos sind Drachen, die so detailliert und realistisch gezeichnet sind, dass sie aussehen, als würden sie jeden Moment Feuer spucken. Bei jeder Bewegung seiner Schultermuskeln biegen sich die Flügel eines Drachens, als würde er gleich die Flucht ergreifen und ...

»Gefällt dir, was du siehst?«, fragt Alexej mit dunkler Belustigung, die aus jeder Silbe tropft, und mir wird heißer.

Ich zwinge meinen Blick zu seinem Gesicht hinauf und frage: »Warum die Drachen?«

Es hat keinen Sinn, so zu tun, als ob ich nicht hingestarrt hätte.

»Kein besonderer Grund«, antwortet er. »Ich mochte einfach die Art, wie der Künstler sie gezeichnet hat.«

So einfach? Irgendwie bezweifele ich das. »Warum überhaupt so viele Tätowierungen?«

In unseren Kreisen in Moskau, selbst in meiner Generation, sind Tattoos immer noch ein Tabu – vor allem auffällige, sichtbare wie die, die Alexej trägt. Sie werden zu sehr mit Gefängnissen und Arbeitslagern in Verbindung gebracht, und obwohl die Geschäftspraktiken der reichsten Russen oft illegal sind, sehen sie sich selbst nicht gerne als Kriminelle. Ich weiß, dass mein Vater das nicht getan hat.

Alexejs weiße Zähne blitzen in einem scharfen, gefährlichen Grinsen auf. »Was denkst du, meine Schöne? Ich brauchte etwas, um mich von der Tatsache abzulenken, dass ich dich nicht haben konnte.«

Mein Atem stockt, ich werde rot, und die Hitze breitet sich in meinem Nacken und meiner Brust aus. Ich möchte mich wegdrehen, um mich vor der sengenden Intensität seines Blicks zu verstecken, aber meine Füße sind wie festgewachsen, und jeder Versuch, zu antworten, bleibt mir im Hals stecken. Als ich es endlich schaffe, zu reden, ist meine Stimme angestrengt. »Du hättest eine andere haben können.«

»Ja, das hätte ich.« Er tritt auf mich zu, nimmt

meine Hände in seine und hält sie fest an seinen Seiten, während er mit tiefer, rauer Stimme sagt: »Ich wollte niemand anderen, Alinyonok. Ich habe noch nie jemanden so gewollt, wie ich dich will. Und für mich geht es nicht nur um Sex. Ich will dich im Arm halten, für dich sorgen, dich beschützen ...« Seine Augen leuchten voller dunkler Inbrunst. »Ich will dich glücklich machen.«

Ein heißer, stechender Druck sammelt sich hinter meinen Lidern, und ein merkwürdiger Kloß sitzt in meinem Hals. Zu meinem Entsetzen erkenne ich, dass ich kurz davor bin, zu weinen – und das nicht aus Angst oder Wut. Alexejs jahrzehntelange Besessenheit von mir ist erschreckend, völlig unerwünscht, aber auch ... oh fuck. Ich blinzele schnell, um zu verhindern, dass die Feuchtigkeit, die sich in meinen Augen angesammelt hat, herausspritzt, aber es passiert trotzdem.

Noch schlimmer ist, dass ich ihn dabei anschaue und er sieht, wie sein Eingeständnis auf mich wirkt, wie seine Worte gegen jede Logik und jeden gesunden Menschenverstand an meinen Gefühlen zerren. Ich hasse ihn, das tue ich wirklich, und doch gibt es einen kleinen, bedürftigen Teil in mir, der nicht anders kann, als das zu wollen, was er anbietet, der versucht ist, den Köder zu schlucken, obwohl er weiß, was mich erwartet, wenn ich es tue.

»Alinyonok ...« Seine Stimme wird weicher, sanfter, auch wenn eine wilde, gefährliche Flamme in seinen Augen brennt. Langsam, als hätte er Angst, mich zu erschrecken, senkt er seinen Kopf, bis seine Lippen an meinem Ohr schweben, sein Atem ist warm auf meiner Haut, als er flüstert: »Gib uns eine Chance. Es wird klappen, versprochen.«

Und bevor ich mich abwenden kann, presst er seine Lippen auf den feuchten Fleck auf meiner Wange, küsst die Tränen weg und zieht wie der Puppenspieler, der er ist, an den Fäden, die er mit mir verknüpft hat.

KAPITEL 11

ALEXEJ

Es hat sich etwas verändert. Etwas hat sich zwischen uns verändert. Ich kann es fühlen.

Sie wendet ihre Wange nicht von meinen Lippen ab. Sie versteift sich nicht und versucht auch nicht, sich zu entfernen, als ich sie mit meinen Händen näher an mich heranziehe, bis ihr Kleid an meine nasse Haut gepresst ist und ihr flacher Bauch meine steife Erektion berührt. Ich kann das Salz ihrer Tränen schmecken, und es macht mich so verdammt hart, dass ich fast vor Verlangen zittere, sie auf das Bett zu drücken, ihr die fadenscheinige, hübsche Unterwäsche vom Leib zu reißen und tief in ihre weiche, nasse Hitze einzutauchen.

Aber ich habe es versprochen. Ich habe es verdammt nochmal versprochen.

Also wende ich alle Techniken der Selbstbeherrschung an, die ich im Laufe der Jahre gelernt habe, und fahre mit meinen Lippen zu ihrem

Kinn hinunter, um die köstlichen Tränen aufzulecken. Sie schließt die Augen, und ich spüre, wie sie erzittert, als ich mich ihrem Mund nähere, diesen weichen roten Lippen, die mich seit einem Jahrzehnt in den Wahnsinn treiben. Aber ich küsse sie nicht. Mein Ziel ist ihre andere Wange, mehr von dieser köstlichen, salzigen Nässe, die mir sagt, dass ich zu ihr durchdringe, dass sie endlich hört, was ich sage.

Ihre Wimpern flattern, als ich mit meinen Lippen über ihre geschlossenen Lider streiche, und etwas regt sich in mir, ein seltsames, starkes Gefühl, das mit der Lust, die in meinen Adern brennt, konkurriert und sie noch verstärkt, genau wie den Hunger nach ihr, der keine Grenzen kennt. Ich habe ihr die Wahrheit gesagt: Ich will sie glücklich machen und ihr alles geben, was sie sich jemals gewünscht hat. Aber ich will sie auch nehmen. Sie verzehren. Ihren Widerstand brechen, bis sie zugibt, dass sie mir gehört – dass sie *immer* mir gehören wird.

Als sich ihre Augenlider heben und ihre jadegrünen Augen zum Vorschein kommen, lasse ich meine Lippen auf die ihren gleiten und genieße ihren Geschmack, sie zu spüren und ihre üppige Sinnlichkeit. Sie war nie in der Lage, mir ihre körperliche Reaktion zu verweigern – und das ist sie auch jetzt nicht. Als ich mit meiner Zunge über ihre Lippen streiche, öffnet sie sie und lässt mich in die weichen, heißen Vertiefungen ihres Mundes. Ihre Zunge umschlingt meine, erst sanft, wie das zarte Streicheln eines Schmetterlings, dann entschlossener, mit offenem Hunger. Ich stöhne, vertiefe den Kuss und sie presst ihren Körper gegen meinen, während ihre Hände meine Seiten umklammern.

Zumindest in diesem Punkt sind wir uns einig.

Sie will mich. Sie kann sich nicht dagegen wehren.

Aber trotzdem kämpft sie, stelle ich abrupt fest. Sie hat ihre Hände zwischen uns geschoben und versucht, mich wegzuschieben, wobei sich ihre scharfen kleinen Zähne in meine Unterlippe graben. Der winzige Schmerzstoß überrascht mich so, als würde man plötzlich von einem knuddeligen Kätzchen gekratzt. Ich zucke zurück, starre sie ungläubig an und sie drückt fester gegen mich, befreit sich und stolpert zurück.

»Du hast es versprochen!« Tränen glitzern wie Regentropfen auf ihren langen Wimpern, als sie zu mir aufschaut und ihre roten Lippen beben, während sie sich zurückzieht. »Alexej, du hast es versprochen …«

Wut schießt durch mich hindurch, überlagert von dem bitteren Gefühl des Verrats. Es ist unlogisch, ich weiß, aber noch vor wenigen Augenblicken fühlte es sich so an, als wären wir auf derselben Seite und würden endlich all die unnötigen Hindernisse überwinden, die sie in ihrem Kopf aufgebaut hat. Und hier sind wir wieder, und sie erinnert mich an ein Versprechen, das ich nie geben sollen hätte. Ein Versprechen, das ich auf keinen Fall brechen werde.

»Ich habe gesagt, dass ich dich nicht ficken werde. Ich habe nicht versprochen, nichts anderes mit dir zu tun.« Meine Worte sind hart und abgehackt, und mein

Tonfall eisig, während in mir ein Feuer tobt, eine Mischung aus Lust und Wut, die keinen Platz für Vernunft und Geduld lässt.

Elf Jahre lang habe ich gewartet und mich mit Gedanken an sie verzehrt, mit Fantasien darüber, wie es sein wird, wenn sie endlich mir gehört – und sie spielt immer noch Spielchen und weigert sich, die Wahrheit zuzugeben.

Sie hebt ihr Kinn, ganz mutig, jetzt, wo ein paar Schritte zwischen uns sind. »Semantik – wie schön.« Spott schleicht sich in ihren Tonfall. »Ich schätze, Deals mit dem Teufel erfordern präzise Formulierungen.«

Ich fletsche meine Zähne in einem humorlosen Grinsen. »Oh, das tun sie.«

Wir schauen uns angespannt an, und zwischen uns pulsieren die Emotionen. Die Entfernung, die uns trennt, ist mehr als nur physisch. Ich spüre, wie sich ihre Mauern erheben und ihre Abwehrkräfte wieder in Position gebracht werden. Wo eben noch Zärtlichkeit war, ist jetzt Wut. Auf ihrer Seite und auf meiner. Dass ich dem, was ich will, so nahe gekommen bin – dass sie nachgegeben und ihre Gefühle zugegeben hat –, hat mir nur gezeigt, wie weit mein eigentliches Ziel noch entfernt ist. Ich schätze, ein naiver Teil von mir war davon überzeugt, dass sie, wenn wir jemals die Chance hätten, für längere Zeit zusammen zu sein, erkennen würde, was für mich schon immer offensichtlich war: wie perfekt wir füreinander sind. Aber so läuft das nicht. Nicht einmal annähernd.

Obwohl ich ihr Ehemann bin, sieht sie mich immer noch als ihren Feind an und will sich mit allem, was sie hat, gegen mich wehren – und mir geht langsam die Geduld aus.

Letzteres muss sich in meinem Gesicht widerspiegeln, denn sie erblasst und macht einen weiteren Schritt zurück – und in mir legt sich ein Schalter um.

»Scheiß drauf«, knurre ich, und mit drei langen Schritten bin ich bei ihr und reiße sie in meine Arme.

KAPITEL 12
ALEXEJ

Es gab eine Zeit, da wusste ich nicht, dass Lust wehtun kann, dass Verlangen Schmerz sein kann. Zu meinem vierzehnten Geburtstag bezahlte mein Vater eine Edel-Hure, die mich entjungferte, und in den nächsten Jahren wurde der Sex fast zu einem täglichen Vergnügen. Ich mochte meine Frauen älter, erfahren und sehr geschickt im Bett. Models, Schauspielerinnen, Prominente – sie alle wurden von der Macht und dem Reichtum der Leonows angezogen. Ich konnte jede Nacht eine andere Frau ficken, und das tat ich auch oft. Mädchen in meinem Alter langweilten mich, also machte ich mir nicht die Mühe, sie zu daten. Warum sollte ich das tun, wenn ich auch ohne jede Anstrengung oder Verpflichtung Sex haben konnte? Wenn die bloße Erwähnung meines Nachnamens ausreichte, um jederzeit und überall gefickt zu werden?

Als Teenager hätte ich mir nicht vorstellen können,

dass ich bald nur noch eine Frau haben wollte. Oder genauer gesagt ein zu junges Mädchen und später eine zerbrechliche, traumatisierte junge Frau, von der ich mir nicht erlauben konnte, sie zu haben.

Bis jetzt.

Sie windet sich in meinen Armen, als ich sie zu unserem Bett trage, aber ich ignoriere ihre Bemühungen, sich zu befreien. Ich neige meinen Kopf und bringe meine Lippen zu ihren. Sie versucht, ihren Kopf zur Seite zu drehen und mich wegzustoßen, indem sie ihre Handflächen gegen meine Schultern drückt, aber ich lasse das nicht zu.

Genug ist genug. Ich habe es satt, dass sie diese Spiele spielt.

Ihre Lippen öffnen sich unter dem Druck meiner hungrigen Küsse, und ihre Hände greifen instinktiv nach meinen Schultern, während ich meine Zunge tief in ihren Mund schiebe und die Flammen schüre, von denen ich weiß, dass sie in ihr brennen. Und in mir.

Verdammt, wie ich für sie brenne.

Mein Schwanz ist schmerzhaft hart in meiner Hose, und der nasse Stoff engt mich ein. Frustriert knurrend, lege ich sie auf das Bett und richte mich auf, um mich auszuziehen.

Sie krabbelt keuchend zurück, und ihre jadefarbenen Augen sind groß. »Alexej, bitte ...« Ihre Stimme zittert. »Bitte nicht ...« Sie verschluckt sich an den Worten, als ich meine Hose nach unten schiebe und sie wegstoße.

Ich atme tief ein, als die kühle Luft über meinen

geschwollenen Schwanz strömt und das heftige Verlangen in mir ein wenig lindert. Am liebsten würde ich ihre Beine aufreißen und mich in ihrer glitschigen Hitze vergraben, aber das tun wir heute nicht.

Ich ergreife ihre Knöchel und ziehe sie zu mir heran, wobei ich ihre erfolglosen Bemühungen, mich abzuschütteln, ignoriere. Ich halte mich an einem Knöchel fest und weiche einem Tritt ihres anderen Fußes aus, während ich den Rock ihres Kleides hochschiebe und ihren Unterkörper freilege. Ihre Unterwäsche ist ein Stück schwarze Spitze, die meinen ungeduldigen Fingern nicht gewachsen ist. Ein kurzes Ziehen, und sie landet zusammen mit meiner Badehose auf dem Boden, während ich den Anblick ihrer weichen, rosafarbenen Falten genieße, die bereits mit dem verräterischen Zeichen ihrer Erregung glänzen – auch wenn sie immer noch versucht, mich zu treten und so tut, als ob sie das nicht will.

»Halt still«, knurre ich und halte ihre Knie fest, während ich mich auf das Bett knie. »Wenn du das nicht tust, breche ich mein verdammtes Versprechen.«

Ich weiß nicht genau, was ich sage, aber es muss Wirkung zeigen, denn sie hört auf, sich zu wehren, und erstarrt an Ort und Stelle. Sie atmet flach, als ich meine Hände unter ihre Knie klemme und ihre Beine über meine Schultern lege, um ihren gesamten Unterkörper vom Bett zu heben. Dann, mit ihrer Muschi ganz nah an meinem Gesicht, beginne ich, zu schlemmen.

Sie schreit auf und kneift die Augen zusammen, während ich mit meiner Zunge durch ihre Falten fahre und jeden Tropfen Feuchtigkeit aufnehme, den ich finde. Ihr Geschmack – süß, dezent moschusartig und ganz Frau – macht mich wild. Ich lecke sie wie ein Besessener, wie das hungrige Tier, das ich bin. Jahrelang habe ich davon geträumt, von ihrem Geschmack auf meinen Lippen, ihrem Duft in meinen Nasenlöchern, ihrem lustvollen Stöhnen in meinen Ohren, und endlich sind wir hier. Ich will sie verzehren, verschlingen, sie in jeder Hinsicht besitzen. Ich will ihr Vergnügen und ihren Schmerz beherrschen, damit ich jeden ihrer Gedanken so besitzen kann, wie sie die meinen.

Sie bäumt sich in meinem Griff auf, ihre Schreie werden lauter und unzusammenhängende Bitten vermischen sich mit abgehacktem Stöhnen, während ich kräftig an ihrer Klitoris sauge und noch mehr köstliche Nässe auf meine Zunge spritzt. Sie ist nah dran, das spüre ich, also werde ich langsamer und halte sie am Rande des Abgrunds, bis sie zittert und keucht und mein Name ein gestöhntes Gebet auf ihren Lippen ist.

»Alexej, bitte, Alexej … oh Gott!«

Dunkle Befriedigung durchströmt mich, auch wenn mein eigener Körper vor unerfülltem Verlangen zittert. In diesem Moment bin ich ihr Gott. Ich bin ihr Ein und Alles, und sie kann es nicht leugnen. Sie kann mich nicht wegstoßen und behaupten, mich zu hassen, wenn ihre Beine so fest um meinen Hals geschlungen sind, dass ich kaum atmen kann. Sie kann sich nicht wehren, wenn sie sich gegen mich windet und verzweifelt nach der Erleichterung sucht, die nur ich ihr geben kann.

Ich bin versucht, sie noch länger zu quälen, um sie für all die Qualen bezahlen zu lassen, die sie mir angetan hat, aber mein eigener Hunger ist zu stark, um zu widerstehen. Ich sauge einige Male fest und rhythmisch, bringe sie über die Schwelle, und während sie keucht und am ganzen Körper zittert, lecke ich sie durch die Nachbeben und lasse sie wieder auf das Bett sinken.

Sie öffnet ihre Augen, und ihre Pupillen sind immer noch unfokussiert, als ich ihr das Kleid über den Kopf ziehe und es beiseitewerfe. Sie trägt keinen BH, stelle ich in einem entfernten Winkel meines Verstandes fest, als ich ihre blassen, runden Brüste und ihre harten, rosafarbenen Brustwarzen betrachte – ein verführerischer Anblick, der mich unheimlich hart macht. Das Verlangen, das mich durchströmt, ist roh und wild, gewalttätig in seiner Intensität, und es kostet mich alles, was ich habe, um ihre Schultern sanft zu umfassen und sie mir zugewandt auf ihre Hände und Knie zu schieben. Sie blinzelt mich verwirrt an, und ich fahre mit meiner Hand durch ihr Haar und neige ihren Kopf zurück. Dann versteht sie mich. Ihre Augen weiten sich, als ich meinen geschwollenen Schwanz zu ihren geöffneten Lippen führe und, bevor sie sich wehren kann, die Eichel hineinschiebe.

Als ich ihren heißen, feuchten Mund spüre, brechen die Reste meiner Selbstbeherrschung zusammen, und ich stoße meine Hüften vor und schiebe die Hälfte meiner Erektion in ihren Mund. Sie würgt und spuckt, also ziehe ich mich zurück, um sie atmen zu lassen, und stoße dann wieder zu, diesmal tiefer, bis ich die Rückseite ihrer Kehle spüre. Sie wehrt sich, und ihre Augen tränen, als sie mit einer Hand gegen meinen Hüftknochen stößt, aber ich kann mich nicht länger zurückhalten, als ich anfange, ihr Gesicht ernsthaft zu ficken. Ein Jahrzehnt lang haben mich diese glänzenden roten Lippen verhöhnt und mir alle möglichen sündigen Freuden versprochen – und dieses Versprechen wird mehr als erfüllt. Meine Schönheit ist nicht sehr geschickt im Blasen, ganz im Gegenteil, aber das ist der heißeste Blowjob, den ich je bekommen habe, da ihre Unschuld ein Aphrodisiakum ist.

Ich bin der einzige Mann, der weiß, wie sie aussieht, wenn sie würgt und an meinem Schwanz erstickt, und der Höhlenmensch in mir genießt diese Tatsache.

Ich halte ihr Haar fest im Griff und ficke ihren Mund so, wie ich ihre Muschi ficken will – hart und schnell, ohne mich zurückzuhalten. Ich weiß, dass ich sanfter sein sollte, sie langsam einführen sollte, aber etwas Dunkles und Ursprüngliches ist in mir ausgebrochen und weigert sich, in seinen Käfig zurückzukehren. Rücksichtslos benutze ich ihren Mund, während ich ihr sage, was für ein gutes Mädchen sie ist, wie sehr ich es liebe, ihre Kehle zu ficken, wie gut sich ihre weichen, prallen Lippen um meinen Schwanz herum anfühlen ... wie wunderschön sie mit ihrem von Tränen und Speichel verschmierten Make-up aussieht.

Sie würgt wieder, ihre Kehle krampft um meinen Schwanz, als ich vollständig in sie eindringe, und ihre Augen werden wild und panisch, während sie verzweifelt nach Luft schnappt und sich in meine Seite krallt.

»Es ist okay, du schaffst das«, flüstere ich heiser und weiß kaum, was ich sage, als der herannahende Orgasmus, heiß und elektrisch, meine Eier zusammen- und meine Wirbelsäule mit Gänsehaut überzieht. »Das ist es, mein süßes Mädchen … Oh verdammt!«

Ich komme so heftig, dass es rot und schwarz vor meinen Augen aufblitzt und brennende Ekstase durch jede Zelle meines Körpers schießt, während Spermastrahlen aus meinem Schwanz austreten und sich tief in ihre Kehle ergießen. Das quälende Vergnügen geht immer weiter, und als ich schließlich leer bin, ziehe ich mich widerwillig aus ihrer Kehle zurück und lasse sie nach Luft schnappend auf das Bett fallen.

Sie zittert immer noch und atmet unregelmäßig, als ich mich neben sie lege, sie in meine Arme nehme und ihr Gesicht an meine Brust drücke. Ich war zu grob, das weiß ich, und ein Teil von mir ist entsetzt über das, was ich getan habe. Aber ein anderer, größerer Teil erfreut sich daran, wie sie sich jetzt an mich klammert, weil sie Trost braucht … obwohl ich der Grund für ihren Kummer bin.

Vielleicht hatte sie gestern recht, als ich ihr sagte,

dass ich sie nicht verletzen will und sie mich einen Lügner nannte. Ich will ihr nicht wehtun – das wollte ich nie – aber ich kann nicht leugnen, dass ein Teil von mir bereit ist, ihren Widerstand mit allen Mitteln zu brechen.

Vor nichts zurückschrecken wird, um sie zu meiner zu machen.

Ich ziehe sie tiefer in meine Umarmung und streichele ihren Rücken, bis ihre Atmung gleichmäßiger wird und ihr Körper sich sanft an meinen schmiegt ... bis das neu entdeckte Monster in mir wieder zur Ruhe kommt und sich damit zufriedengibt, sie zu halten und zu warten, bis es wieder auftauchen kann.

KAPITEL 13

ALINA

Ich muss in Alexejs Umarmung eingeschlafen sein, denn als ich blinzelnd die Augen öffne und meinen Kopf drehe, fällt die Sonne in einem ganz anderen Winkel in die Kabine. Ich schlucke, spüre den rauen Geschmack meiner missbrauchten Kehle und schmecke den moschusartigen Nachgeschmack des Spermas. Zögernd ziehe ich mich zurück und schaue in Alexejs Gesicht. Seine Augen sind geschlossen, seine Lippen leicht geöffnet, und sein kräftiger Brustkorb bewegt sich mit gleichmäßigen Atemzügen auf und ab.

Er schläft.

Mein Ehemann schläft.

Mein Magen zieht sich bei diesem Gedanken zusammen, und mir läuft die Schamesröte über die Wangen, als ich merke, dass wir beide nackt sind, unsere Beine ineinander verschlungen, und meine Haut an seiner klebt. Noch schlimmer ist, dass ich mich genau daran erinnere, was passiert ist, bevor wir eingeschlafen sind – wie er mir glühende Lust bereitet hat, um sich dann rücksichtslos die seine zu nehmen und mich dabei wie eine Sexpuppe zu behandeln. Und ich ... ich habe es nicht komplett gehasst.

Nein, was denke ich nur? Natürlich habe ich es gehasst. Ich habe jede Minute dieses erzwungenen Blowjobs gehasst, außer vielleicht die Zeit danach, als er mich umarmte und ich mich ganz leicht und schwebend fühlte, als wäre ich high. Und es ist möglich, dass ich es nicht gerade gehasst habe, als er mich mit diesen dämonisch dunklen Augen angestarrt und mich gelobt hat, wobei seine tiefe, samtige Stimme wie eine Liebkosung über meine Ohren glitt und die Benutzung meines Mundes, wenn nicht gerade angenehm, so doch zumindest erträglich machte.

Scheiße. Ich denke, ich habe es nicht komplett gehasst.

Ich schließe meine Augen und atme tief und langsam ein, dann schaue ich durch die Wimpern zu meinem Mann hoch. Im Schlaf sehen die meisten Männer entspannt und ein bisschen jungenhaft aus, aber nicht Alexej. Seine Gesichtszüge sind nach wie vor kantig und hart, die Linie seines Kiefers ist so grausam wie immer. Selbst die dunklen Halbmonde seiner dichten Wimpern mildern sein Aussehen nicht ab, sondern betonen eher die scharfen Kanten seiner Wangenknochen.

Er sieht wild und gefährlich aus ... so gefährlich, wie er ist.

Ich denke darüber nach, mich vorsichtig aus seiner

Umarmung zu winden und mich für die nächsten Stunden irgendwo zu verstecken. Aber wo? Die Yacht ist nicht besonders groß. Sobald er aufwacht, wird er mich finden – vorausgesetzt, ich schaffe es, mich von ihm zu lösen, ohne ihn zu wecken.

Bevor ich eine Entscheidung treffen kann, ändert sich der Rhythmus seines Atems und seine Wimpern heben sich, um seine dunklen, hypnotischen Augen zu enthüllen – Augen, die kein bisschen schläfrig oder unkonzentriert aussehen. Hat er nicht geschlafen? Oder wechselt er immer in Sekundenbruchteilen vom Schlaf zum Wachsein, wie eine Art futuristischer Roboter?

Was auch immer es ist, er ist hellwach und blickt mich direkt an, so dass jeder Gedanke an Weglaufen und Verstecken hinfällig ist.

Ich schlucke erneut, schmecke ihn tief in meiner Kehle, und die brennende Hitze breitet sich in meinem Nacken und meiner Brust aus, als eine dunkle, sinnliche Krümmung auf seinen Lippen erscheint.

»Hattest du ein schönes Nickerchen, meine Schöne?«, fragt er mit schlaftrunkener Stimme und streicht mit einer Hand mein Haar zurück, das zweifellos einem Rattennest ähnelt, wie ich verlegen feststelle.

Im Allgemeinen bin ich im Moment alles andere als eine Schönheit, mein Make-up ist halb verschwunden und mein Atem riecht nach Sperma.

»Entschuldigung«, sage ich mit angestrengter Stimme und klemme meine Hände zwischen unsere

Körper, um seine Schultern zu drücken. »Ich muss ins Bad.«

»Gleich«, sagt er mit leuchtenden Augen, und bevor ich reagieren kann, krallt er seine Hand in mein Haar und küsst mich. Hungrig, innig, als hätte er seine Lust schon seit Jahren nicht mehr gestillt und nicht erst vor ein paar Stunden.

Als ob ich die sexyeste Frau der Welt wäre und nicht das Durcheinander, das ich gerade bin.

Hilflos ergebe ich mich dem Kuss, denn meine Verlegenheit ist nichts gegen die Erregung, die in meinem Inneren brodelt. Ich vergesse, dass ich mir die Zähne putzen und das Gesicht waschen muss, dass ich die Ehe nicht will und mein Mann mich dazu gezwungen hat. Alles, was ich will, ist mehr, und als er sich schließlich zurückzieht, blinzele ich ihn dummerweise enttäuscht an.

»Geh«, sagt er und lässt mich los, um sich aufzusetzen und die Füße vom Bett zu schwingen. Seine Stimme ist heiserer als zuvor, während er sich mit der Hand über das Gesicht wischt und mich nicht anschaut. »Du musst doch ins Badezimmer, oder nicht?«

Oh, richtig. Um nicht noch einmal rot zu werden, springe ich vom Bett, schnappe mir einen Bademantel und ziehe ihn an, während ich mich auf den Weg zu dem Ort mache, den ich angeblich brauche. Und Junge, ich brauche ihn, stelle ich fest, als ich mich im Spiegel sehe. Die Tatsache, dass er mich küssen wollte, während ich so aussehe, ist unglaublich. Mit dunklen

Spuren von Mascara auf meinen Wangen, verschmiertem Lippenstift und verfilztem Haar sehe ich aus wie eine Sexarbeiterin nach einer harten Nacht. Und das bin ich in gewisser Weise auch.

Alexej hat für den Sex mit mir einen Preis bezahlt – mit Blut und Leben. Denn darum geht es in dieser Ehe schließlich: Er bekommt meinen Körper, wie und wann immer er will. Und ich kann mich nicht einmal wirklich wehren.

Angewidert wende ich mich vom Spiegel ab und schnappe mir eine Zahnbürste. Warum kann ich nicht stärker sein, wenn es um ihn geht? Würde er mich noch wollen, wenn er mich jedes Mal in sein Bett zwingen müsste? Wenn die Berührung seiner blutbefleckten Hände mich kalt und trocken zurückließe, wie es eigentlich sein sollte?

Wütend putze ich meine Zähne und spucke die Zahnpasta aus. Ich hasse mich selbst. Das tue ich wirklich. Warum interessiert es mich eigentlich, wie ich in seiner Gegenwart aussehe? Wenn überhaupt, dann sollte ich mein Bestes tun, um ihn abzustoßen, damit er es nicht erträgt, mich zu berühren – denn ich scheine seinen Berührungen nicht widerstehen zu können. Dieser Zwang, mich herauszuputzen und mich begehrenswerter zu machen, ergibt in Anbetracht meiner Situation keinen Sinn, aber ich kann meine Hände nicht davon abhalten, nach der Haarbürste und den Schubladen mit meinen bevorzugten Make-up-Marken zu greifen.

Ohne sie fühle ich mich nackt. Nackter, als ohne Kleidung.

Ein paar Minuten später sind mein Gesicht und meine Haare wieder normal, und ich fühle mich ein bisschen besser. Ich habe mehr Kontrolle, auch wenn das eine Illusion ist. Ich habe in dieser Situation keine Kontrolle, kein Mitspracherecht, bei nichts, was mit mir passiert. Alexej trifft hier alle Entscheidungen, egal, wie sehr ich versuche, einen Deal zu machen.

Ein Klopfen an der Badezimmertür reißt mich aus meinen Gedanken.

»Alinyonok?«

Bei seinem Kosenamen für mich, den er mit seiner tiefen, rauen Stimme ausspricht, schlägt mein Herz schneller. »Ja?«, antworte ich und binde den Gürtel des Bademantels fester um mich.

»Das Abendessen ist fertig«, antwortet er. »Zieh dich an, und wir treffen uns an Deck.«

Abendessen? Wie lange habe ich geschlafen? Ich habe nirgendwo eine Uhr entdeckt, also habe ich keine Ahnung, wie spät es ist. Im Allgemeinen habe ich keine Ahnung, wie lange es her ist, dass er mich von meiner Familie weggeholt hat. Zwei Tage? Länger? Inzwischen müssen meine Brüder verrückt geworden sein und alle verfügbaren Ressourcen einsetzen, um uns aufzuspüren.

Ein tiefer, pulsierender Schmerz bildet sich an der Rückseite meines Schädels, ein schraubstockartiger Druck zieht meine Schläfen zusammen. Ich zucke zusammen, und Angst füllt meinen Magen. Es ist der

Beginn einer Migräne, einer meiner schlimmen, nicht der Spannungskopfschmerz, der heute Morgen vor dem Frühstück aufzutauchen drohte. Ich erkenne den heimtückischen Beginn und frage mich, warum ich sie jetzt bekomme und nicht schon gestern oder vor der Hochzeit, als ich auf jeden Fall mehr Angst vor meinem Schicksal hatte. Nicht, dass ich jetzt nicht ängstlich wäre. Wenn überhaupt, hat mir das, was nach dem Schwimmen passiert ist, gezeigt, dass eine Schwangerschaft nicht das Einzige ist, was man in Alexejs Bett fürchten muss – einem Ort, an dem ich nach diesem Abendessen zweifellos landen werde.

»Alina?« Seine Stimme nimmt einen anderen Ton an. »Geht es dir gut?«

Er klingt besorgt. Irgendwie weiß er, dass etwas nicht stimmt.

»Alina?« Der Türgriff klappert heftig. »Antworte mir.«

Ich reiße mich aus der Lähmung, die mich festhält, und gehe zur Tür, um sie aufzuschließen, bevor er sie aufbricht. »Mir geht es gut«, sage ich und reiße die Tür auf. Ein Anflug von Übelkeit verleugnet meine Worte, als der Schmerz in meinem Schädel durch die scharfe Bewegung stärker wird.

Er hält meine Arme fest, und seine dunklen Augen bohren sich in mich. »Du bist blass.«

Das kann er trotz der ganzen Schminke erkennen? Ich habe wohl doch nicht so gute Arbeit geleistet, wie ich dachte. »Ich bin …« Ich schlucke gegen einen weiteren Anfall von Übelkeit an. »Ich bekomme nur einen meiner Kopfschmerzschübe, das ist alles.«

Er flucht, und die Worte sind leise und harsch. »Dann musst du dich hinlegen.«

Bevor ich protestieren kann, dass ich nicht zurück ins Bett will, hebt er mich wieder hoch und trägt mich dorthin. Er legt mich so vorsichtig auf die Decke, als wären meine Knochen aus Streichhölzern, dann geht er zur Tür und hinaus in den Flur.

Erst als er weg ist, merke ich, dass er die Kabine völlig nackt verlassen hat.

KAPITEL 14

ALEXEJ

»Was zum Teufel …?«, ruft Ruslan, als ich in mein Büro stürme und die oberste Schublade meines Schreibtischs aufreiße, hinter der er mit seinem Laptop sitzt. »Hast du etwas vergessen … wie eine Hose?«

»Ich brauche Alinas Medizin«, sage ich knapp, während ich die Tabletten und eine Flasche Wasser hole. »Und Vika, um ihr Nadel-Voodoo zu machen. Sag ihr, sie soll alles, was sie braucht, in unsere Kabine bringen.« Während ich spreche, gehe ich zum Kleiderschrank und schnappe mir die erste Jeans, die ich finde – schon allein, um meinen Bruder zum Schweigen zu bringen.

Ruslans Ton wird ernst. »Alina hat einen ihrer Migräneanfälle?«

»Ja.« Sie täuscht ihn auch nicht vor. Ihr Gesicht hatte diesen blassen, leicht grünlichen Farbton, an den ich mich von ihrer Party zum achtzehnten Geburtstag erinnere.

»Scheiße.« Ruslan steht auf. »Das ist scheiße. Ich hatte gehofft …«

»Ich auch.«

Ich verlasse das Büro und gehe zurück in die Kabine, in der ich Alina zurückgelassen habe. Im Laufe der Jahre habe ich zahlreiche Ärzte zu ihrem Zustand befragt, aber es gab nur wenig, was sie mir sagen konnten, ohne die eigentliche Patientin zu sehen und einen Haufen Tests durchzuführen – obwohl ich ihnen alle ihre Krankenakten geschickt habe, auf die ich Zugriff hatte. Diese Aufzeichnungen waren erstaunlich spärlich. Anfangs war sie wegen ihrer Migräne bei ein paar verschiedenen Ärzten, und das auch nur, um die Schmerzmittel zu bekommen, die sie fast betäuben.

Es ist, als ob es sie nicht interessiert, dass es ihr besser geht.

Aber mich interessiert es. Ich will, dass sie gesund ist und es ihr gut geht, und ich werde alles tun, was nötig ist, um das zu erreichen. Die Flasche mit den Tabletten in meiner Hand ist das stärkste Migränemedikament auf dem Markt, das mir der beste Neurologe in Moskau gegeben hat. Sobald wir nach Hause kommen, werde ich sie für eine gründliche Untersuchung zu ihm bringen, aber in der Zwischenzeit sollte dies die schlimmsten Schmerzen lindern. Ich glaube nicht, dass sie dieses Medikament schon einmal ausprobiert hat – zumindest wurde es ihr laut ihren Unterlagen nie offiziell verschrieben. Und natürlich gibt es immer noch Vika.

Apropos, ich höre das schnelle Getrappel der Füße meiner Köchin und drehe mich um und sehe, wie sie mit einer großen schwarzen Aktentasche in der Hand den Flur entlang auf mich zueilt.

»Sind Sie bereit?«, frage ich und sie nickt mit ernsten, dunklen Augen.

»Okay. Gehen wir hinein.«

Ich öffne die Tür zur Kabine und gehe mit Vika auf den Fersen hinein. Alina liegt auf dem Bett, bekleidet mit einem ihrer Schlaf-Peignoirs und mit einem nassen Handtuch auf der Stirn. Ich verfluche mich dafür, dass ich ihr letzteres nicht gegeben habe, bevor ich gegangen bin. Das ist ein Fehler, den ich nicht noch einmal machen werde.

Ich durchquere das Zimmer und deponiere die Tabletten und die Wasserflasche auf dem Nachttisch, bevor ich mich neben meiner Frau auf die Bettkante setze. »Ist es schon so schlimm?«, frage ich leise, und meine Stimme ist leise und beruhigend. Ich weiß aus eigener Erfahrung, dass Lärm und Kopfschmerzen nicht zusammenpassen – obwohl meine nie so lähmend waren wie ihre.

Alina nickt ruckartig und presst die Lippen zusammen. Ich schnippe mit den Fingern nach Vika, die in der Kabine herumläuft und die Jalousien herunterzieht, um die restlichen Sonnenstrahlen des frühen Abends zu verdrängen. Sie eilt herbei, während ich zwei Tabletten auf meine Handfläche schüttele.

»Nimm die hier«, sage ich zu Alina, während ich das Handtuch entferne und meinen Arm um ihren schlanken Rücken lege, um sie sanft in eine halb sitzende Position zu bringen.

Sie blinzelt mich eulenhaft an. »Was ist das?«

»Migräne-Medikamente. Mach den Mund auf.«

Sie zögert, aber dann muss sie sich dafür entscheiden, mir zu vertrauen. Gehorsam öffnet sie ihren Mund und ich lege ihr die Tabletten auf die Zunge, bevor ich ihr die Flasche Wasser reiche. Nachdem sie sie geschluckt hat, lasse ich sie wieder auf ihr Kissen sinken und drehe mich zu Vika um, die bereits ihre Tasche geöffnet und ihre Nadeln am Fußende des Bettes ausgebreitet hat.

»Was ist das?«, fragt Alina misstrauisch und stützt sich auf ihren Ellenbogen, um meinem Blick zu folgen.

»Vika war in ihrem früheren Leben eine Ärztin für Akupunktur«, sage ich. »Sie glaubt, sie kann dir bei deiner Migräne helfen.«

»Ich habe bei den besten Praktikern in China gelernt«, sagt Vika leise und stellt sich mit ein paar Nadeln in der Hand neben mich. »Wenn Sie mir erlauben ...«

Alina blickt mich unsicher an. »Ich schätze ...«

»Lass es sie versuchen«, sage ich. »Es wird nicht wehtun.«

Ich glaube nicht an Meridiane, Chi und all diesen Mist, aber Vikas Nadeln haben bei meinen Spannungskopfschmerzen und einigen alten Verletzungen meiner Männer wahre Wunder bewirkt.

Ich werde nie wissen, wie viel davon auf den Placebo-Effekt zurückzuführen ist, aber so wie ich das sehe: wenn es funktioniert, dann funktioniert es.

»Lehnen Sie sich zurück und entspannen Sie sich«, fordert Vika sie auf. »Sie werden es nicht einmal spüren, das verspreche ich.«

Alina schaut skeptisch, gehorcht aber, und Vika macht sich an die Arbeit. Innerhalb weniger Minuten sieht meine Frau wie ein Nadelkissen aus – ein wunderschönes Nadelkissen, aber immer noch ein Nadelkissen. Meine Brust zieht sich zusammen, als ich sehe, wie sie eine Grimasse zieht, weil sie einen besonders starken Schmerz in ihrem Kopf verspürt, und ich nehme ihre Hand in meine und streiche mit meinem Daumen über die Innenseite ihres Handgelenks, um sie abzulenken. Ich wünschte, ich könnte mehr tun. Ich wünschte, ich wäre derjenige, der da liegt und leidet, und nicht sie. Wenn nur …

»So«, murmelt Vika und tritt zurück. »Warten Sie einige Minuten. Bewegen Sie sich nicht, okay?«

»Okay«, murmelt Alina und schließt ihre Augen. Ich spüre, wie die Spannung in ihrer Hand etwas nachlässt, während ich ihr Handgelenk weiter streichele. »Kommen Sie einfach bald wieder, um sie zu entfernen, bitte.«

»Ja, natürlich.«

Mit ein paar schnellen Schritten ist Vika weg und hat die Tür sorgfältig hinter sich geschlossen.

KAPITEL 15

ALINA

Es passiert langsam, schrittweise und dann scheinbar auf einmal. Die Übelkeit verschwindet, und das heftige Trommeln in meinem Schädel lässt nach, während der stechende Schmerz zu einem leisen Pochen in meinen Schläfen verblasst. Und die ganze Zeit spüre ich seine Berührung: seine Hand, so groß und warm, die raue, schwielige Kante seines Daumens, der über mein Handgelenk reibt, mich beruhigt und entspannt, irgendwie den Schmerz wegzieht.

Liegt es an den Medikamenten? Die haardünnen Nadeln, die mich in ein Stachelschwein verwandelt haben? Oder vielleicht ist es einfach die hypnotische Art, mit der er mein Handgelenk reibt, die mich tief in meinem Inneren wärmt und den ängstlichen Knoten in meinem Magen auflöst – den Knoten, der sich gebildet hat, als ich daran gedacht habe, dass meine Brüder uns aufspüren könnten, stelle ich erschrocken fest.

»Fühlst du dich besser?«, fragt Alexej leise, und ich öffne dankbar für die Unterbrechung meine Augen. Ich will nicht darüber nachdenken, was es bedeutet, dass der Gedanke, gerettet zu werden, diese Migräne auslöst, wo doch in der Vergangenheit der Auslöser immer die Angst war, zu ihm zu gehören.

»Ja, viel besser«, gebe ich zu. »Wie viel Zeit ist vergangen?«

Er lächelt und ausnahmsweise verbirgt sich hinter der zynischen Kurve seiner Lippen nichts als warme Freude. »Etwa zehn Minuten. Es ist noch zu früh, dass die Medikamente wirken, also müssen Vikas Fähigkeiten punktgenau sein. Buchstäblich.«

Oder deine Berührung magisch.

Aber ich sage es nicht. Das kann ich nicht. Stattdessen lache ich leise über sein Wortspiel und schließe meine Augen, in der Hoffnung, dass er nicht aufhört, mein Handgelenk zu reiben – und das tut er auch nicht. Bald hört auch das leise Pochen der restlichen Kopfschmerzen auf und ich fühle mich schläfrig.

»Ich habe vergessen, dir zu sagen, dass die Tabletten dich schläfrig machen können«, murmelt Alexej und massiert mit dem Daumen meine Handfläche. Ich seufze zufrieden, als ich spüre, wie die Nadeln aus meinem Kopf entfernt werden.

Ist Vika zurück? Ich habe sie nicht einmal hereinkommen hören. Vielleicht hat sie in China neben der Akupunktur auch ein paar Ninja-Fähigkeiten gelernt. Nein, Moment, das ist Japan …

———

ICH WACHE AUF UND SPÜRE, WIE WARME LIPPEN ÜBER meine Augenlider streichen.

Ist das ein Traum? Ich möchte, dass es ein Traum ist ...

»Frühstückszeit, Schlafmütze«, murmelt Alexejs tiefe Stimme in meinen Ohren, und eine kratzige Wange reibt sich an meinem Kiefer, während ich einen sanften Kuss auf meine Schläfe bekomme.

Dann ist es kein Traum. Zumindest keiner der Träume, die ich bisher hatte. Normalerweise sind die Träume, in denen Alexej vorkommt, viel dunkler ... und unendlich viel erotischer. Widerwillig öffne ich meine Augen und sehe meinen Mann, der sich über mich beugt und ein zärtliches Lächeln auf den Lippen hat.

Ich blinzele und warte darauf, dass die Krümmung seines Mundes den gewohnt grausamen, ironischen Zug annimmt, aber die Zärtlichkeit ist immer noch da, genauso wie die Wärme in seinen Onyxaugen.

Unfähig, das zu ertragen, schaue ich weg und räuspere mich. »Frühstück, hast du gesagt?«

»Hmm-mm.« Er drückt mir einen weiteren weichen, süßen Kuss auf die Stirn, der mein Herz unruhig schlagen lässt. »Du hast etwa vierzehn Stunden geschlafen und das Abendessen ausgelassen, also wollte ich sichergehen, dass du etwas isst, bevor sich der gestrige Tag wiederholt.« Er umfasst meinen Kiefer und zwingt mich, ihm in die Augen zu sehen.

»Wie fühlst du dich? Hast du noch Kopfschmerzen, Übelkeit oder Schwindelgefühle?«

»Ich … nein.« Ich bin verblüfft, dass ich so lange geschlafen habe, aber ansonsten geht es mir gut. Vielleicht bin ich sogar ein bisschen hungrig.

Wie als Antwort auf diesen Gedanken gibt mein Magen ein lautes Knurren von sich.

Also eher *sehr* hungrig – und sehr verlegen, besonders als ich das Grinsen auf Alexejs Gesicht sehe.

Ich setze mich auf und tue mein Bestes, um die Röte zu ignorieren, die zweifellos mein Gesicht überzieht. »Frühstück klingt gut. Ich mache mich nur schnell fertig.«

»Okay.« Er lächelt immer noch und an den Augenwinkeln seiner dunklen Tiefen bilden sich Fältchen. »Wir sehen uns gleich da oben.«

Er drückt mir noch einen Kuss auf die Stirn und verlässt den Raum.

ICH HETZE IN REKORDTEMPO DURCH MEINE morgendliche Routine – weil ich Hunger habe und nicht, weil ich Alexej in irgendeiner Form sehen will. Während ich mir die Haare föhne, frage ich mich wieder, warum ich mir die Mühe mache, für einen Mann gut auszusehen, den ich nicht anziehen will, aber meine Hände arbeiten auf Autopilot, tragen Lippenstift und Wimperntusche auf, ziehen einen Spitzen-BH und einen String an, holen ein himmelblaues Seidenkleid und ein Paar nudefarbene hochhackige Sandalen aus dem Schrank.

Als ich an Deck auftauche, steht Alexej an der Reling auf der Steuerbordseite und spricht mit Ruslan. Als er meine Schritte hört, dreht sich Alexej zu mir um, und obwohl ich ihn vor weniger als einer halben Stunde gesehen habe, wird mein Mund trocken, als sich seine Anwesenheit wie ein Mantel um mich legt.

Heute Morgen trägt er wieder seine übliche dunkle Kleidung – ein weiteres schwarzes T-Shirt und eine dunkle Jeans. Da der Wind sein schwarzes Haar zerzaust und die Sonne die verschlungenen Muster der Tattoos auf seinen kräftigen Armen hervorhebt, sieht er aus wie ein moderner Pirat, ein wilder Kriegsherr der Meere.

Ich bin so sehr auf ihn konzentriert, dass ich seinen Bruder nur am Rande wahrnehme, als die beiden auf mich zukommen. Mein Herz pocht in meinem Brustkorb, und mein Gesicht fühlt sich an, als würde es trotz der dicken Schicht Sonnencreme, die ich unter meinem Make-up aufgetragen habe, brennen. Ohne jeden Grund denke ich daran, was er mir gestern im Bett angetan hat – und daran, dass es heute keine Abmachung gibt, die ihn davon abhält, sich zu nehmen, was er will.

Davon, alles mit mir zu machen, was er will.

Ich schlucke heftig und gebe mein Bestes, gelassen zu wirken, als er mit Ruslan an seiner Seite vor mir stehen bleibt.

»Du siehst wunderschön aus, Alinyonok«, sagt

mein Mann leise, und seine Augen glänzen. Obwohl ich dieses Kompliment schon eine Million Mal von allen möglichen Leuten gehört habe, überkommt mich eine seltsame Wärme in der Brust – das gleiche Gefühl, das ich heute Morgen in seiner Gegenwart hatte.

Es ist eine Wärme, die sowohl mit der erhitzten Spannung, die mein Inneres ausfüllt, verwoben ist, als auch ein Eigenleben hat, als er sich vorbeugt und einen besitzergreifenden Kuss auf meine Lippen drückt.

»Ich nehme an, du fühlst dich besser«, sagt Ruslan trocken, als Alexej sich aufrichtet, und ich blinzele, als ich seine Anwesenheit endlich richtig wahrnehme.

»Ja, viel besser«, sage ich und schenke ihm ein kühles Lächeln. »Danke.«

Er erwidert mein Lächeln mit einem scharfen, weißen Grinsen. »Ich bin erleichtert, das zu hören. Können wir jetzt bitte essen? Ich bin am Verhungern.«

Ohne eine Antwort abzuwarten, geht er zu dem Tisch unter dem Überhang, und Alexej und ich folgen ihm. Während wir gehen, legt Alexej seine Handfläche auf meinen Rücken, was ein warmes Kribbeln in mir auslöst, das ich so gut es geht ignoriere.

Kaum haben wir Platz genommen, erscheint Vika mit einem Wagen, der mit allen möglichen Gerichten beladen ist. Ich entscheide mich für mein übliches Grechka mit Obst, während die Männer ihre Teller mit Hummeromelett, Shrimps und gegrilltem Gemüse füllen. Ich rümpfe die Nase und beobachte sie. Ein so reichhaltiges, deftiges Essen so früh am Tag – trotz meines Hungers wird mir allein bei dem Gedanken daran schlecht.

»Was ist denn?«, fragt Alexej, und seine dunklen Augen sind sofort auf mich gerichtet. Es ist, als ob er einen sechsten Sinn hat, wenn es um mich geht.

»Nichts«, sage ich und lege meinen Löffel weg. »Mir ist nur ein bisschen übel, das ist alles. Wahrscheinlich die Nebenwirkung der gestrigen Medikamente.«

»Könnte sein«, sagt Alexej. »Nächstes Mal versuchen wir es zuerst mit Vikas Nadeln. Oder, noch besser, Vika kann prophylaktisch mit dir arbeiten und versuchen, die Kopfschmerzen ganz zu verhindern.«

Er fängt wieder an zu essen, und ich versuche, den durchdringenden Geruch der Eier und Meeresfrüchte nicht einzuatmen. Davon läuft mir das Wasser im Mund zusammen, und das nicht auf eine gute Art.

»Und, wie geht es Slava?«, fragt Ruslan und ich sehe zu ihm auf und blinzele verwirrt, bis mir einfällt, dass er auch der Onkel des Kindes ist, genau wie Alexej.

Es ist immer noch seltsam für mich, dass Alexej und ich gleichermaßen mit Nikolais Sohn verwandt sind – und Ruslan auch.

»Es geht ihm gut«, sage ich vorsichtig und greife nach einem Glas Orangensaft. Ich kann mir nicht vorstellen, dass Ruslan glücklich damit ist, dass meine Familie seinen Neffen entführt hat – auch wenn Nikolai als Slavas Vater jedes Recht dazu hatte. »Er wächst. Lernt Englisch.«

»Alexej hat gesagt, dass er sehr an deinem Bruder

und seiner neuen Frau hängt«, sagt Ruslan. »Hat er jemals über uns gesprochen? Vermisst er uns?«

Ich schaue zu Alexej, der mich aufmerksam beobachtet. Er muss die Antwort darauf auch wissen wollen.

»Er ... hat eine Zeit lang nicht viel geredet«, gebe ich zu. »Ich glaube, der Tod seiner Mutter und uns kennenzulernen war für ein so kleines Kind eine Menge zu verarbeiten.« Ich beiße mir auf die Lippe und schaue von Bruder zu Bruder. »Standet ihr beide ihm nahe?«

»Nicht so nah, wie wir es uns gewünscht hätten«, sagt Alexej. »Nachdem Ksenia schwanger wurde, zog sie nach Krasnodar, um bei der Schwester unserer Mutter zu leben. Wir haben sie und Slava kaum gesehen, außer an wichtigen Feiertagen.« Er presst die Lippen zusammen. »Jetzt wird mir klar, dass sie wahrscheinlich Angst hatte, dass wir herausfinden würden, wer Slavas Vater ist, wenn wir mehr Zeit mit ihrem Sohn verbringen.«

»Ihr habt meine Familie überhaupt nicht verdächtigt?«, frage ich, und Ruslan schüttelt den Kopf.

»Im Nachhinein betrachtet hätte uns Slavas Ähnlichkeit mit deinen Brüdern auf seinen Vater hinweisen sollen, aber keiner von uns hat in diese Richtung gedacht«, sagt er mit einer Grimasse. »Soweit wir wussten, hatte Ksenia noch nie einen Molotow getroffen. Als sie schwanger wurde, sagte sie, es sei von einem One-Night-Stand, und sie wollte nicht, dass wir das weiterverfolgen, weil sie kein Interesse daran hatte, mit dem Typen zusammen zu sein – also haben wir es bleiben lassen.«

»Ein Fehler, wie ich dir gesagt habe«, sagt Alexej grimmig. »Hätten wir mehr Druck gemacht oder zumindest einen DNA-Test ...«

»Wir haben die Wünsche unserer Schwester respektiert«, fährt ihn Ruslan an. »Wie es sich für eine Familie gehört.«

Die beiden Männer starren sich wütend an. Offenbar habe ich versehentlich einen alten Streit aufgewühlt. Wahrscheinlich sollte ich mich zurückziehen oder das Thema wechseln, aber irgendetwas Furchtloses treibt mich voran.

»Was ist mit eurem Vater?«, frage ich. »Hat er sich gut mit Slava verstanden?«

Ich schaue Alexej an, als ich die Frage stelle, und sehe, wie sich sein ganzer Körper versteift und sein Gesicht ausdruckslos wird.

»Er kannte den Jungen kaum«, sagt Ruslan schlicht, und als ich meinen Blick zu ihm richte, sehe ich den gleichen ausdruckslosen Ausdruck wie sein Bruder. »Zumindest haben sie nicht viel Zeit miteinander verbracht, bevor Ksenia starb.«

Ich nehme einen Schluck von meinem Orangensaft, um mir einen Moment Zeit zu nehmen, das alles zu verarbeiten. Es gibt so vieles, was ich nicht über meinen Mann und seine Familie weiß, und was ich weiß, ist nicht gut. Ich bin mit skrupellosen Männern aufgewachsen, aber Boris Leonow, Alexejs und Ruslans Vater, soll eine Klasse für sich sein. Ich habe Gerüchte über alles Mögliche gehört, von der Ermordung ganzer Familien bis hin zur grausamen Folter seiner Feinde – und wenn in unseren Kreisen offen darüber geflüstert wird, ist das kaum die Spitze des Eisbergs.

Ich kann mir nicht vorstellen, dass ein solcher Mann freundlich zu einem Kind sein kann ... Und die Art, wie Slava sich anfangs in Nikolais Nähe verhielt, ganz verschlossen und ängstlich, hat bei uns alle möglichen Verdachtsmomente hervorgerufen.

»Warum ist Slava dann zu deinem Vater gezogen?«, frage ich, und obwohl ich mich bemühe, meine Stimme ruhig zu halten, kommt die Frage wie ein Vorwurf rüber. »Gab es sonst niemanden, der ihn nach Ksenias Unfall aufnehmen können hätte?«

Zum Beispiel einer seiner Onkel – auch wenn es keine Garantie dafür gibt, dass *sie* freundlich zu dem Kind gewesen wären. Slava hat sich während der bewaffneten Auseinandersetzung zwischen Alexej und meinem Bruder nicht so verhalten, als hätte er Angst vor seinem »Onkel Ljoscha«, aber ich kann aus dieser kurzen Interaktion kaum Rückschlüsse auf ihre Beziehung ziehen.

Wenn ich nicht so genau aufgepasst hätte, wäre es mir vielleicht entgangen – ein Flackern von etwas, was so kalt und dunkel hinter Alexejs ausdrucksloser Fassade ist, dass mir das Blut in den Adern gefriert.

»Unser Vater liegt im Sterben«, sagt er ruhig. »Bauchspeicheldrüsenkrebs, wie du vielleicht schon gehört hast.«

Ich blinzele. Ich habe nichts davon gehört. Warum sollte ich …

»Deine Brüder wissen es. Sie haben sich in die Datenbank seiner Klinik gehackt«, beantwortet Alexej meine unausgesprochene Frage. Seine Augen glitzern durchdringend. »Sie haben es dir nicht gesagt?«

Ich schüttele fassungslos den Kopf. Wie lange wissen sie es schon? Und warum sollten sie es mir nicht sagen? Es sei denn … es war ein weiterer Fall, in dem meine Brüder mich wie ein Kind behandelten und versuchten, mich vor jeglichem Stress abzuschirmen – so wie damals, als sie mir nicht sagten, dass Alexej in den Vereinigten Staaten war und nach mir und Slava suchte. Wahrscheinlich dachten sie, dass alles, was mit den Leonows zu tun hat, noch mehr Kopfschmerzen bei mir auslösen könnte.

»Ich … Es tut mir leid.« Die Worte kommen wie auf Autopilot aus meinem Mund.

Alexej bricht in schallendes Gelächter aus. »Nein, tut es nicht.«

Er hat recht. Das tut es nicht. Wenn jemand dieses Schicksal verdient hat, dann ist es Boris Leonow. Deshalb ergibt der seltsame Schmerz in meiner Brust auch keinen Sinn. »Ist das also der Grund, warum Slava …«

»Nach Ksenias Tod zu ihm gezogen ist?«, wirft Ruslan ein. Seine grauen Augen glänzen mit dem gleichen harten Licht wie Alexejs. »Du hast es erraten. Es war der letzte Wunsch unseres Vaters: seinen Enkel besser kennenzulernen.«

»Ein Wunsch, den wir nie erfüllen sollen hätten«, sagt Alexej knapp, und als ich von Bruder zu Bruder schaue, wird mir klar, dass ich nicht die Einzige bin, die glaubt, dass Boris Leonow sein Leiden verdient hat.

Es steht Alexej und Ruslan deutlich ins Gesicht geschrieben.

Ich will weiter nachhaken, um herauszufinden, warum sie so fühlen, aber sie würden diese Fragen nicht beantworten, das weiß ich. Wenn die Mienen der beiden Männer vorher verschlossen waren, ist das nichts im Vergleich zu dem, was sie jetzt sind – jeder Gesichtszug ist so kalt und hart, als wäre er aus Eis gemeißelt. Vor allem Alexejs.

»Wie lange hat euer Vater noch?«, frage ich leise und schaue meinen Mann an. Ich sollte kein Mitleid für ihn empfinden, aber genau das ist der Schmerz in meiner Brust. Ich erkenne ihn jetzt, den dumpfen, drückenden Schmerz, der mich daran erinnert, wie ich mich fühlte, als ich von Ksenias tödlichem Unfall erfuhr.

Es ist, als ob Alexejs Verlust, seine Trauer, die meine wäre – und im Fall seines Vaters auch die dunkle Wut, die dahintersteckt.

Die gleiche Wut empfinde ich jedes Mal, wenn ich an *meinen* Vater denke.

»Wochen«, antwortet Ruslan, bevor Alexej dazu kommt. »Möglicherweise weniger. Der Krebs hat sich bereits auf alle lebenswichtigen Organe ausgebreitet. Die Ärzte sagen, es sei ein Wunder, dass er noch lebt.«

Mein Blick ist auf Alexej gerichtet, während Ruslan

spricht, so dass ich sehe, wie er sich beim letzten Satz fast unmerklich versteift. Meine Brust zieht sich fester zusammen. So sehr Boris Leonow auch ein Monster sein mag, er ist immer noch Alexejs Vater – so wie das Monster, das mich gezeugt hat, meiner war.

Trotz allem gibt es bis heute einen winzigen Teil von mir, der sich nach dem Papa meiner Kindheit sehnt, dem Mann, der mich einst auf seinen Schultern trug und mir einen Geburtstagskuchen kaufte, wenn Mama es nicht wollte. Diese Erinnerungen, so spärlich sie auch sind, leuchten hell in meinem Gedächtnis – vor allem, weil mein Vater mir den Rest der Zeit bestenfalls gleichgültig war.

»Es tut mir leid«, sage ich wieder, und diesmal meine ich es auch so. Ich weiß nicht genau, ob Alexej diese seltenen, hellen Erinnerungen an *seinen* Vater hat, aber ich vermute es.

Es ist sehr wahrscheinlich, dass wir viele Gemeinsamkeiten haben, was unsere Familien und ihre Verderbtheit betrifft.

Bei meinen Worten bewegt sich etwas in Alexejs Gesicht, und die harte, ausdruckslose Maske bricht für einen Moment. »Danke, Alinyonok«, sagt er leise und legt seine Hand auf meine, um mich mit ihrer Wärme und Stärke zu bedecken ... mit der beruhigenden Illusion, dass wir zusammengehören.

Aber das tun wir nicht. Das haben wir nie.

Er hat sich durch Betrug und Gewalt in mein Leben eingemischt und er ist dabei, noch viel Schlimmeres zu tun.

Gegen meinen Instinkt kämpfend, ziehe ich meine Hand weg und ignoriere die Art und Weise, wie sich sein Gesicht anspannt, als hätte ich ihm einen Schlag verpasst – und wie sich der Schmerz in meiner Brust durch den Verlust seiner Wärme verstärkt. Alexej braucht mein Mitleid nicht. Dieser Drang, ihn zu trösten, ihm den Schmerz zu nehmen, ist ebenso irrational wie gefährlich. Wir gehören nicht zusammen, nur weil unsere Familien verkorkst sind und ich verstehe, was er durchmacht. Das reicht mir nicht, um ihm all die schrecklichen Dinge zu verzeihen, die er getan hat und noch zu tun gedenkt.

»Wisst ihr was? Ich bin schon satt«, murmelt Ruslan und steht auf. »Bitte richte Vika meine Komplimente aus. Alles war wie immer köstlich.«

Weder Alexej noch ich reagieren auf seine Worte. Die Luft zwischen uns pulsiert vor erneuter Anspannung – einer Anspannung, die sich nur noch verstärkt, als Ruslan geht und uns mit aufeinandergerichteten Augen am Tisch sitzen lässt.

»Warum?« Alexejs Lippen bewegen sich kaum, als er spricht, seine Stimme ist leise und von schlecht kontrollierter Wut erfüllt. »Warum zum Teufel gibst du uns keine Chance?«

»Weil du nicht das bist, was ich will.« Das ist die Wahrheit, aber teilweise auch eine Lüge – und die Erkenntnis, dass es so ist, treibt mich an, weiterzugehen und härter zuzuschlagen, egal, wie rücksichtslos das sein mag. »Du, mein Vater, meine Brüder – ihr seid alle gleich. Ihr nehmt euch, was ihr wollt, ohne Rücksicht auf andere, ohne Rücksicht auf die Kosten oder Konsequenzen.« Sein Gesicht verfinstert sich gefährlich, während ich spreche, aber ich bin schon zu weit gegangen, um jetzt aufzuhören. »Du hast meine Familie manipuliert, damit sie dieser beschissenen Verlobung zustimmt, als ich noch ein Kind war, und hast mich dann ein Jahrzehnt lang verfolgt. Du hast jeden Mann getötet, der das Pech hatte, mich attraktiv zu finden, und du hast Gott weiß wie viele Wachen meines Bruders ermordet. Du hast mich in dein Bett und in diese Ehe gezwungen. Und du erwartest von mir, dass ich dich mit offenen Armen empfange?«

»Ja.« Die Antwort, unverblümt und kompromisslos, prallt wie eine Abrissbirne auf mich ein. In seinem dunklen Blick liegt kein Hauch von Zärtlichkeit mehr. Der Mann, der mich jetzt ansieht, ist der furchterregende Stalker meiner Alpträume, der Dämon, der seit unserer schicksalhaften Begegnung vor elf Jahren über mein Leben herrscht. Seine Augen glühen wie Kohlen in einem Kamin, als er sich vorbeugt und gleichmäßig sagt: »Das ist genau das, was ich erwarte, meine Schöne. Genau das wird jetzt passieren – ab heute.«

KAPITEL 16

ALEXEJ

Sie starrt mich trotzig an, ist ein Bild der Tapferkeit mit hocherhobenem Kinn, aber ich sehe die Angst dahinter. Angst vor mir, vor dem, was ich mit ihr machen werde.

Ich hasse das. Ich hasse es, dass es zwischen uns so sein muss, fast so sehr wie die Worte, die sie mir an den Kopf geworfen hat – und das umso mehr, weil nichts von dem, was sie gesagt hat, unwahr ist. Ich *bin* ein rücksichtsloser Bastard, der sich nimmt, was er will, und von dem Moment an, als ich sie sah, wollte ich sie haben. Und sie wollte mich, egal, wie sehr sie es abstreitet.

»Iss dein Essen auf«, sage ich, während sie mich mit ihren riesigen Jadeaugen in ihrem blassen Gesicht anstarrt. »Du brauchst die Energie.«

Ihre Kehle bewegt sich, als sie schluckt. »Ich bin nicht hungrig.«

»Iss, oder ich binde dich fest und füttere dich eigenhändig.«

Ihre zarten Nasenlöcher blähen sich auf, aber sie nimmt den Löffel wieder in die Hand. Ihre Schüssel mit Grechka ist fast voll – sie hat bisher kaum ein paar Bissen gegessen – und ich sehe ihr zu, wie sie langsam und widerwillig mit gesenktem Blick isst.

Vielleicht hätte ich sie füttern sollen. Verdammt, wir haben es beide beim letzten Mal genossen.

Ich wette, wenn sie an mein Bett gekettet wäre, würden wir es noch mehr genießen.

Das Blut schießt bei dem Gedanken in meinen Schwanz und die Erregung vermischt sich mit der Wut, die in mir brodelt. Vor Alina hätte ich nicht gedacht, dass ich auf so etwas stehe – ein guter, harter Fick hat mir immer gereicht – aber ich kann nicht leugnen, dass ich es genoss, ihren Mund grob zu benutzen und die Art und Weise, wie sie sich danach an mich geklammert hat. Ich kann auch nicht leugnen, dass meine Fantasien über sie im Laufe der Jahre immer düsterer geworden sind. Es ist, als ob die Frustration darüber, sie so lange nicht gehabt zu haben, das, was einst unkomplizierte Lust war, in den Zwang verwandelt hat, sie zu beherrschen und zu besitzen, jedes bisschen ihres Widerstands zu brechen, bis sie ganz und gar mir gehört.

Ich habe mein Bestes getan, um gegen diesen Zwang anzukämpfen, aber jetzt nicht mehr. Trotz all meiner Bemühungen, geduldig und zuvorkommend zu sein, hält sie mich für ein Monster, also kann ich mich auch wie eines verhalten.

Nichts anderes hat funktioniert.

Ich warte, bis ihre Schale leer ist und sie noch ein paar Schlucke von ihrem Orangensaft getrunken hat, bevor ich aufstehe und zu ihrem Platz gehe. »Steh auf.« Meine Stimme ist hart, als ich ihren Stuhl herausziehe. »Gehen wir.«

Sie steht langsam auf, und ihr Gesicht ist blass, als sie mich flehend anschaut. »Alexej ...«

Ich ergreife ihren Ellenbogen. »Geh ... oder ich werde dich tragen.«

Ich höre ihren schnellen Atem, spüre, wie sie nach Möglichkeiten sucht, das Unvermeidliche hinauszuzögern, und mein Entschluss festigt sich. Ich war geduldig und verständnisvoll, aber das hat mich nicht weitergebracht. Jedes Mal, wenn ich ihrem Flehen nachgegeben habe, habe ich es bereut – und sie auch.

Im Nachhinein betrachtet, hätte ich meine Skrupel wegen ihrer Jugend überwinden und sie mit fünfzehn nehmen sollen, um sie in jeder Hinsicht, außer der körperlichen, für mich zu haben. Ja, es hätte bedeutet, sie ihrer Familie zu entreißen und wahrscheinlich einen Krieg mit den Molotows auszulösen, aber da sind wir sowieso gelandet, nur, nachdem wir ein Jahrzehnt verschwendet haben.

»Alexej, bitte.« Ihre Stimme zittert, als ich sie die Treppe hinunterschiebe. »Es ist erst Morgen. Kann es nicht warten? Ich … ich habe immer noch Kopfschmerzen.«

»Dann könnten ein paar Orgasmen helfen.«

Sie lügt, was die Kopfschmerzen angeht, da sie mir vor weniger als einer Stunde erst gesagt hat, dass es ihr gut geht. Ich bin nicht überrascht, aber ich bin seltsam enttäuscht, dass sie ihren sehr realen Zustand als klischeehafte Ausrede benutzt. Egal, es wird nicht funktionieren. Ich ergreife ihren Ellenbogen fester, als sie auf der letzten Stufe stolpert, und ziehe sie dann den Flur hinunter in Richtung Kabine, wobei ich ihre Versuche ignoriere, sich zu wehren.

Ich öffne die Tür, schiebe sie hinein und schließe sie hinter uns. Erst dann lasse ich sie los. Sie weicht sofort zurück, und ihre Brust hebt und senkt sich.

»Alexej …« In ihrer Stimme liegt ein verzweifeltes Flehen. »Tu das nicht, bitte.«

»Was? Mit meiner Frau Liebe machen?«

»Liebe?« Sie stößt ein scharfes, bitteres Lachen aus. »Ist es das, was das hier für dich ist?«

Ihre Worte schneiden wie ein Beil. Ist es Liebe? So habe ich das noch nie gesehen. Besessenheit, Verlangen, Bedürfnis, Zwang – es ist einfacher, diese Worte auf das Hexengebräu in mir zu beziehen. Aber vielleicht ist es das, was Liebe ausmacht, dieses ständige, alles verzehrende Verlangen, das es mir unmöglich macht, mir ein Leben ohne sie vorzustellen.

Nicht, dass es für sie wichtig wäre. Sie fühlt nicht das Gleiche. Aber sie wird es. Wenn mein Kind erst einmal in ihrem Bauch ist, wird sie keine andere Wahl haben, als zu akzeptieren, dass sie mir gehört. Aber zuerst muss ich dafür sorgen, dass genau das passiert, und das bedeutet keine weiteren Verzögerungen.

Ohne Umschweife beginne ich, mich auszuziehen. Mein Handeln ist methodisch und überlegt. Sie muss wissen, dass ich kein Tier bin, das von Lust getrieben wird, sondern ein Mann, der ein Ziel vor Augen hat – und dass ich mich nicht beirren lasse, egal, wie hübsch sie mich anfleht. Nicht, dass die Lust nicht dazugehört. Ich hungere mit einer Intensität nach ihr, die selbst mir Angst macht. Trotzdem habe ich die Kontrolle, auch wenn diese Kontrolle am seidenen Faden hängt.

Sie bleibt an Ort und Stelle stehen und starrt mich an, während ich meine Kleidung ausziehe und sie auf einen Stuhl in der Nähe werfe. Ihre Lippen spitzen sich, als wolle sie etwas sagen, aber es kommen keine Worte aus ihrer Kehle. Stattdessen schluckt sie sichtlich und ihre Zungenspitze fährt über ihre Unterlippe und befeuchtet sie in einer schnellen, versteckten Bewegung, während ihr Blick auf meine herausragende Erektion gerichtet ist.

Meine Eier spannen sich vor Lust an, so intensiv, dass es mir den Atem raubt. Als ich sprechen kann, ist meine Stimme belegt und kehlig. »Zieh dein Kleid aus.«

Sie hebt ihre Augen zu meinen. »Nein.« Ihre Stimme zittert. »Das werde ich nicht.«

Ein raues Lachen entweicht meiner Kehle. »Ist das das Spiel, das du spielen willst, meine Schöne?«

Sie macht einen weiteren Schritt zurück. »Das hier ist kein Spiel. Ich will, dass du mich in Ruhe lässt.«

»Du weißt, dass das nicht passieren wird.« Mein Ton ist weich, fast sanft, trotz des Hungers, der in mir tobt. Denn es *ist* ein Spiel, bei dem sie will, dass ich den Bösewicht verkörpere. Und heute spiele ich es sehr gerne mit.

Ich verziehe meine Lippen zu einem dunklen Lächeln und gehe mit langsamen, entschlossenen Schritten auf sie zu. Sie schluckt, und ihr Blick schweift durch den Raum, als würde sie einen Ort suchen, an dem sie sich verstecken kann. Es gibt natürlich keinen. Die Kabine ist nicht klein, aber auch nicht riesig, und der einzige Ausgang ist hinter mir. Und selbst wenn sie es wie durch ein Wunder an mir vorbei schaffen würde, wären wir immer noch auf einem Boot mitten auf dem Ozean.

Sie muss zu demselben Schluss kommen, denn ihr Blick richtet sich resigniert und doch irgendwie trotzig erneut auf mein Gesicht. »Dafür werde ich dich hassen«, warnt sie, und ich lache grimmig und bleibe vor ihr stehen.

»Tust du das nicht schon?«

»Nicht so. Ich werde …«

»Du kannst mir später alle Details erzählen.«

Ich schiebe meine Finger in das Mieder ihres hübschen Kleides und zerreiße es.

KAPITEL 17

ALINA

Bei seinen kraftvollen Bewegungen schnappe ich nach Luft, und meine Hände fliegen hoch, aber das Kleid ist schon verschwunden und fällt wie ein Wasserfall aus himmelblauer Seide zu Boden, so dass ich nur noch mit meinem String-und-BH-Set und hochhackigen Sandalen bekleidet bin. Mein Instinkt sagt mir, dass ich zurückspringen soll, aber das hat er schon geahnt. Er umfasst meine Handgelenke und zieht mich mit eisernem Griff an sich, wobei ein spöttisches Lächeln seine Lippen ziert.

»Du hättest es ausziehen sollen, als es dir gesagt wurde, Alinyonok«, sagt er wie ein Elternteil, das sein Kind belehrt. »Wir haben hier nicht unendlich viele Kleider, weißt du?«

»Dann hör auf, sie zu zerreißen!« Zu spät merke ich, dass ich den Köder geschluckt habe. Ich atme zittrig ein und versuche, das rasende Pochen meines Herzens und die Art und Weise zu ignorieren, wie sich seine Finger wie eiserne Fesseln um meine Handgelenke legen und meine Ellenbogen angewinkelt halten, so dass mein Unterkörper fast seinen voll erigierten Schwanz berührt. »Ich sagte doch, ich will nicht …«

Er unterbricht mich mit einem Kuss. Seine Lippen sind rau und seine Zunge beinahe gewalttätig, als sie sich ihren Weg in meinen Mund bahnt, doch Erregung durchflutet meinen Körper, verwandelt meine Brustwarzen in harte Kieselsteine und erweicht mein Inneres. Es kostet mich meine ganze Kraft, nicht bei ihm zu schmelzen. Stattdessen kämpfe ich mit allem, was ich habe, gegen die Flutwelle des Verlangens an, die mich zu überschwemmen droht, und kämpfe dabei mehr gegen mich selbst als gegen ihn.

Es ist ein Kampf, den ich zwangsläufig verlieren werde, aber es befriedigt mich, wie er zusammenzuckt, als ich meine Zähne in seine Unterlippe versenke und den metallischen Geschmack von Blut schmecke. Es ist definitiv *sein* Blut dieses Mal, nicht meines, und ich fühle eine tiefe, dunkle Freude bei diesem Wissen. Ich habe mein Zeichen auf ihm hinterlassen, so wie er sein Zeichen auf mir hinterlassen hat. Ich habe seine Haut durchbrochen, so wie er meine durchbrochen hat. Ich habe ihm vielleicht nicht die Jungfräulichkeit gestohlen, aber mein Abdruck ist jetzt auf seinem Körper, auch wenn der Biss keine Narbe hinterlassen wird.

Aus einem seltsamen Impuls heraus sauge ich seine verletzte Lippe in meinen Mund, um noch mehr von dem metallischen Geschmack herauszuholen, und er knurrt tief in seiner Kehle, lässt meine Handgelenke los, um mit einer Hand meinen Nacken und mit der anderen meinen Hintern zu ergreifen und mich an seine massive Erektion zu ziehen, während seine Zähne in *meiner* Unterlippe versinken. Ich nutze meine neu gewonnene Freiheit, um mich an seinem Rücken festzukrallen, während ich mein linkes Bein um seine Hüfte schlinge und meine schmerzende Klitoris an der geschwollenen Länge seines Schwanzes reibe, getrieben von einem brennenden Verlangen, das sich jeder Vernunft widersetzt. Die hauchdünne Spitze meines Tangas ist das einzige Hindernis zwischen unseren nackten Körpern, und sie ist bereits durchnässt, durchtränkt von den Spuren meiner Lust. Unter anderen Umständen wäre ich beschämt, aber in dem erotischen Inferno, das mich verzehrt, ist kein Platz für Schamgefühle. Schon jetzt steigt die Anspannung in meinem Inneren, und jeder Hüftschwung reibt meine Klitoris an seiner Härte und bringt mich näher an meinen Orgasmus, auch wenn unsere Münder in einem Kampf der Zähne, Zungen und Lippen verharren. Es ist der gleiche Kampf, den auch unsere Körper austragen.

Es ist ein Kampf, bei dem es nur einen Gewinner geben kann, und dieser Gewinner bin nicht ich.

Oder vielleicht doch. Vielleicht ist die glühende Lust, die meine Nervenenden durchströmt, ein Sieg und keine Niederlage, denke ich vage, während sich meine inneren Muskeln in einer prickelnden Kaskade von Gefühlen zusammenziehen und wieder entspannen und sich meine Finger in die dicken Muskeln seiner Schultern graben. In gewisser Weise habe ich diesen Orgasmus gestohlen, ich habe ihn mir genommen, anstatt dass er mir aufgezwungen wurde. Ich habe seinen Körper als …

Das plötzliche Ziehen an meinem Tanga, bis er reißt, holt mich aus meinem Lustnebel in die Realität zurück. Mit einem Keuchen löse ich mich von seinem verschlingenden Kuss, lasse mein Bein fallen und drücke mit aller Kraft gegen seine Schultern, während das Wissen darüber, was wir tun, in mein serotoningesättigtes Gehirn eindringt. Aber es ist zu spät, denn er drückt mich bereits gegen eine Wand, ergreift meine Oberschenkel und hebt mich hoch, um mich zu spreizen.

Bevor ich ein einziges Wort sagen kann, drückt seine glatte, breite Eichel gegen meinen durchnässten Eingang und bahnt sich ihren Weg in meinen Körper. Er ist nicht grob, aber auch nicht sanft, und mein Atem entweicht in einem schmerzhaften Schrei, als seine dicke Länge mich bis zum Äußersten dehnt. Ich bin immer noch wund vom letzten Mal, nicht seinen gewaltigen Umfang gewohnt, und meine Nägel graben sich in seine Haut, als er auf halbem Weg innehält und seine Stirn an meinen Kopf presst. Ich höre sein schweres Atmen, während jeder Muskel in seinem mächtigen Körper vor Anstrengung vibriert.

»Geht es dir gut?« Seine Stimme ist rau und angestrengt. »Tue ich dir weh?«

Ja! Hör auf! Das sollte ich sagen, aber irgendwie ist das Wort, das aus meiner Kehle kommt, ein atemlos gestottertes »N-nein«.

Ich will es sofort zurücknehmen, aber ich komme nicht dazu. Ich klammere mich an seine Schultern und spüre den Schauer, der seine Wirbelsäule hinunterläuft, als er seine starre Selbstbeherrschung aufgibt. Seine Hüften krachen gegen mich, und sein harter Schwanz schiebt sich so tief in mich, dass die Luft aus meinen Lungen rauscht. Für eine Sekunde ist die Dehnung mehr, als ich ertragen kann, aber dann zieht er sich zurück, bevor er wieder in mich eindringt, wobei er sein Becken gegen meines presst. Der stechende Schmerz lässt nach, und das Unbehagen verwandelt sich in eine vertraute, schmerzende Enge, eine süße, quälende Spannung, die jedes Mal stärker wird, wenn er mich vollständig ausfüllt.

»Fuck«, sagt er rau gegen mein Haar. »Du fühlst dich so verdammt gut an.« Jedes Wort wird von einem tiefen, harten Stoß unterbrochen, der mich höher an die Wand drückt und mir ein Stöhnen entlockt.

Gut ist nicht das richtige Wort dafür. Als er ein hartes, treibendes Tempo vorlegt, fühle ich mich, als würde ich sterben, als würde er mir buchstäblich das Hirn herausficken. Meine Augen rollen in den Hinterkopf, und ich schließe die Augenlider fest, während sich mein Geist von allem anderen als den heftigen Empfindungen leert, die meinen Körper erschüttern. Ich weiß, dass irgendetwas daran nicht stimmt, dass ich dagegen ankämpfen sollte, aber ich weiß beim besten Willen nicht, was. Da ist nur Alexej, der sich in mein Fleisch bohrt und mich so tief ausfüllt, dass ich ohne ihn nie wieder ganz sein kann.

Der Orgasmus ist wie ein Lavastrom in mir, der unter enormem Druck nach oben schießt und mich mit Hitze füllt, bis ich einen Punkt erreiche, an dem es kein Zurück mehr gibt. Bis ich explodiere und in tausend Stücke zerbreche. Sein Name ist ein erstickter Schrei auf meinen Lippen, und meine inneren Muskeln krampfen um ihn herum, um seinen Schwanz zu melken, während er schneller und härter in mich stößt. Er wird auch kommen, jeden Moment, das spüre ich, und irgendwo in meinem Hinterkopf meldet sich eine Stimme der Vernunft, erst leise, dann lauter und eindringlicher.

Meine Augen fliegen auf, als ich mich daran erinnere, was ich nicht zulassen sollte. »Stopp!« Die Bitte kommt schwach und atemlos aus meinem Mund, und er hört mich nicht – oder wenn doch, ignoriert er sie. Ich versuche, ihn fester an den Haaren zu packen und seinen Kopf nach hinten zu ziehen. »Alexej, bitte … komm nicht in mir!«

Seine Augen treffen meine, und die glitzernden, dunklen Kugeln sind wild und verständnislos. Er ist zu weit, um aufzuhören, selbst wenn er es wollte. Doch dann flackert Verständnis über sein angespanntes Gesicht, und sein stürmisches Tempo verlangsamt sich.

Ich atme erleichtert aus und lockere meinen Griff um sein Haar.

Er hat mich gehört.

Er wird aufhören.

Er …

Seine Augen werden hart und leuchten dunkel, und er stößt so tief in mich hinein, dass ich aufschreie, als er meinen Gebärmutterhals trifft. Sein Blick bleibt an meinem haften, während er am ganzen Körper erzittert und tief in mir vergraben zu kommen beginnt.

KAPITEL 18

ALEXEJ

J edes Mal, wenn ich Alinas Bitten nachgegeben
habe, habe ich es bereut. Und ich hätte es auch
dieses Mal bereut – das sage ich mir, als ich sie
nach einer der unglaublichsten Erfahrungen
meines Lebens weinen höre. Ich halte sie fest, aber das
ändert nichts. Die Kluft zwischen uns ist riesig,
unüberwindbar. Obwohl sie nackt in meinen Armen
liegt und ihr nasses Gesicht an meiner Brust vergraben
hat, könnte sie genauso gut tausend Meilen entfernt
auf dem Gelände ihres Bruders eingesperrt sein,
unerreichbar, unantastbar.

Sie weint leise, ohne theatralische Vorwürfe, und
doch brennt jede Träne, die auf meine Haut fällt, wie
heißes Wachs. Mein Brustkorb fühlt sich schwer und
eng an, und jeder Atemzug ist anstrengend.

Ich hätte nicht gedacht, dass es so sein würde.

Ich wusste nicht, dass sich ihr Elend anfühlen

würde wie ein Buttermesser, das mich in kleine Stücke schneidet.

»Stopp«, hat sie gesagt, aber ich habe weitergemacht. Denn in diesem Moment konnte ich nur daran denken, sie mit meinem Samen zu füllen und sie auf die primitivste Weise an mich zu binden. Ich hatte beschlossen, dass es das Beste für uns beide ist. Warum habe ich dann jetzt das Gefühl, dass ich es versaut habe? Als ob ich gerade etwas Schönes und Zerbrechliches kaputt gemacht hätte? Es gab nichts kaputt zu machen. Sie hat behauptet, dass sie mich ohnehin hasst. Und doch … Ich kneife meine Augen zusammen, lausche ihrem leisen Schniefen, und als sie gegen meine Brust drückt, um sich zu befreien, lasse ich sie los.

Sie schnappt sich den Bademantel und rennt ins Bad. Ich sehe zu, wie ihre schlanke Gestalt darin verschwindet, und jeder Muskel in meinem Körper spannt sich trotz der weltbewegenden Entladung, die ich gerade erlebt habe an. Ich will ihr nachgehen, um ihr zu sagen … was? Was zum Teufel soll ich ihr sagen?

Dass ich es nicht wieder tun werde?

Das wäre eine Lüge.

Dass es mir leidtut?

Sie würde mir ins Gesicht lachen.

Scheiße.

Ich drehe mich um und schlage auf ein Kissen.

Es ist nicht genug. Ich brauche etwas Härteres. Oder *jemanden*.

Das ist es. Ich springe auf und ziehe meine Hose an,

bevor ich aus der Kabine stürme. Ruslan hätte schon längst nach Hause reisen sollen, aber da er noch hier ist, kann er sich genauso gut nützlich machen.

Ich finde ihn in seiner Kabine, wo er ein Nickerchen macht. Als ich eintrete, gähnt er, setzt sich auf und reibt sich das Gesicht.

Ich werfe ihm eine Jeans zu. »Steh auf, verdammt!«

Sein Gesichtsausdruck wird schärfer, und alle Spuren von Schlaf verschwinden aus seinem Gesicht. »Was ist passiert?« Er springt vom Bett und zieht sich schnell die Jeans an, ohne sich mit Unterwäsche aufzuhalten. Wie ich, schläft er nackt. »Hat …«

»An Deck. Jetzt.« Ich drehe mich um und gehe zur Treppe. Ein paar Sekunden später holt Ruslan mich ein, und wir gehen zusammen nach oben.

Er muss meine Stimmung durchschaut haben, denn er stellt keine weiteren Fragen, und als wir das Deck erreichen, geht er sofort in die Defensive und hebt seine Fäuste, um sein Gesicht zu schützen, als ich den ersten Schlag ausführe.

Wir kämpfen schweigend und grunzen nur, wenn einer von uns beiden einen Treffer erzielt. Es ist Mittag, und die Sonne steht brutal hoch, aber das ist uns beiden egal. Wir sind es gewohnt, bei Minusgraden und sengender Hitze, im Regen und im Schnee, auf Dächern und knietief im Schlamm zu kämpfen.

Wenn unser Vater etwas richtig gemacht hat, dann war es, Speznas-Soldaten anzuheuern, die uns vom Kindergartenalter an ausbildeten. In den ersten Jahren wusste ich das nicht zu schätzen, aber jetzt ist ein guter, harter Kampf, oder alle anderen Formen von körperlicher Anstrengung das, was mich im Gleichgewicht hält. So habe ich es auch geschafft, all die Jahre des Wartens auf meine Braut zu überstehen, ohne verrückt zu werden.

Es ist ironisch, dass ich sie jetzt habe und trotzdem dieses Ventil brauche.

Wenn überhaupt, dann brauche ich es mehr denn je.

»Was zum Teufel ist passiert?«, fragt Ruslan, als wir danach zwei kalte Biere unter dem Überhang genießen. Wir haben es meistens vermieden, uns gegenseitig ins Gesicht zu schlagen, aber vom Hals abwärts wird es ihm wehtun und mir auch. Doch der schwere Druck in meiner Brust ist für den Moment verschwunden und durch ein reinigendes Hochgefühl nach dem Kampf ersetzt.

»Das geht dich einen Scheißdreck an«, sage ich und drücke die kalte Flasche an mein schweißnasses Gesicht. Ich habe nicht vor, ihm meine Probleme mit meiner Frau anzuvertrauen. Er würde nur antworten, dass er es mir gesagt hat.

Er lässt das Thema nicht fallen. »Ist es Alina?«, bohrt er nach und ich knirsche mit den Zähnen, als die Anspannung, die ich losgeworden bin, zurückkehrt und meine Schultern verspannt. »Hat sie etwas getan? Etwas gesagt?«

Scheiß drauf. Ich kippe die Flasche zurück und trinke den Rest meines Bieres aus, bevor ich sie mit einem Klirren auf den Tisch stelle. »Danke für das Training.«

Wenn ich jetzt nicht gehe, werden wir noch eines haben, und das wird nicht mit kalten Bieren enden.

———

DIE DUSCHE LÄUFT, ALS ICH NACH DEM SCHNELLEN Abspülen und Umziehen in meinem Büro in die Kabine zurückkomme. Alina ist immer noch im Bad – ich runzele die Stirn und schaue auf mein Handy – nach fast einer Stunde. Was zum Teufel macht sie da drin? Ich bin versucht, zu klopfen und sie aufzufordern, die Badezimmertür zu öffnen, aber dann erinnere ich mich an ihre leisen Tränen.

Scheiße.

Ich wische mir mit der Hand über das Gesicht und wünschte, ich könnte die Erinnerung aus meinem Gedächtnis löschen. Nicht die vom Sex –diese Bilder speichere ich für immer –, aber von den Folgen. Von dem dumpfen, unlogischen Pochen der Schuldgefühle tief in meiner Brust. Und da ist noch etwas anderes, ein seltsames Unbehagen, das ich nicht genau zuordnen kann – eines, das, jetzt, wo ich darüber nachdenke, nicht direkt mit Alinas Tränen zu tun zu haben scheint.

Es ist, als ob etwas an einer Saite ganz hinten in meinem Kopf zupft und sie verstimmt vibrieren lässt. Dieses Gefühl habe ich manchmal, wenn Gefahr droht. Ist es das, was es ist? Gibt es etwas, was ich übersehen habe, als ich Alina aus Nikolais Anwesen geholt habe? Könnte ich einen Hinweis hinterlassen haben, der ihre Brüder zu uns führen wird?

Verdammt.

Ich überlasse Alina ihrer megalangen Dusche und mache auf dem Absatz kehrt, um in mein Büro zu gehen.

Ich habe keine Angst vor den Molotows. Selbst wenn Alina und ich in Moskau unter freiem Himmel auftauchen würden, könnten sie sie mir nicht wegnehmen. Aber es würde Blutvergießen geben. Viel Blutvergießen, und das will ich nicht, wenn meine Ehe so frisch und neu ist. Es ist schon schlimm genug, dass ich Gewalt anwenden musste, um meine Braut dazu zu bringen, unsere Verlobungsvereinbarung einzuhalten. Was Alina und ich jetzt brauchen, ist Zeit für uns selbst, eine lange, gemächliche Hochzeitsreise, in der wir uns ohne die Einmischung ihrer Familie kennenlernen können, vor allem, weil sie es nicht gutheißen würde, wenn ich einen Teil dieser Familie töten würde. Deshalb habe ich mich für diese Yacht entschieden, um mich eine Weile zu verstecken – aber der Plan funktioniert nur, wenn ihre Brüder uns nicht finden können.

Anders als in Moskau oder einer unserer anderen Hochburgen habe ich hier nicht die Ressourcen, um die Armee abzuwehren, die sie mitbringen würden.

Ich logge mich in meinen Computer ein und schicke eine Nachricht an unser Sicherheitsteam in Moskau, das die Molotows im Auge behält. Wenn Alinas Brüder also etwas unternehmen, sollte ich das bald erfahren. Ich sage unseren Hackern auch, dass sie sich vergewissern sollen, dass es keine Papier- oder

Online-Spuren gibt, die das Boot mit uns in Verbindung bringen oder seinen Standort verraten könnten. Dann trommele ich mit den Fingern auf meinem Schreibtisch und gehe jede Erinnerung an meinen Angriff auf Nikolais Gelände durch, um herauszufinden, was dieses beunruhigende Gefühl ausgelöst haben könnte.

Niemand kam nah genug heran, um mir einen Peilsender unterzuschieben. Alina hat auch keinen. Während sie betäubt war, habe ich jeden Zentimeter ihrer Haut in Augenschein genommen und einen Scanner über ihren Körper geführt, um sicherzugehen. Ich habe auch ihre Kleidung und alles andere, was einen GPS-Sender verstecken könnte, entsorgt.

Was ist es dann? Warum habe ich das Gefühl, dass ein Scharfschützenlaser auf meine Stirn gerichtet ist?

Ich lehne mich zurück und stoße einen frustrierten Atemzug aus.

Was zum Teufel übersehe ich?

Mir fällt nichts ein, also stehe ich auf und gehe zurück in die Schlafkabine, wo meine Frau hoffentlich die Dusche beendet hat.

KAPITEL 19

ALINA

Ich kauere immer noch mit den Knien an die Brust gezogen auf dem Fliesenboden der Dusche, während das Wasser von brühend heiß zu mäßig warm und dann kaum noch lauwarm wird. Das Gefühl ist unangenehm, also stehe ich auf und drehe das Wasser ab, bevor es ganz kalt wird.

Ich schätze, ich habe den Wassererhitzer auf dieser Yacht über seine Grenzen hinaus belastet.

Die gute Nachricht ist, dass ich es geschafft habe, mit dem Weinen aufzuhören. Die schlechte Nachricht ist, dass ich mich immer noch von innen mit Bleichmittel schrubben möchte, obwohl ich weiß, dass das sinnlos wäre. Wenn Alexejs Schwimmer so sind wie er, sind sie schon am Ziel und verwickeln mein armes Ei in eine Verbindung, die es nicht will.

Was zum Teufel habe ich mir dabei gedacht, ihm nachzugeben? So eifrig, so mutwillig an meiner eigenen Zerstörung teilzunehmen? Das heißt, bis zum allerletzten Moment, als ich gerade noch genug Verstand hatte, um Nein zu sagen – was er natürlich ignoriert hat.

Er hat seine Absichten mir gegenüber klar und deutlich geäußert. Warum habe ich geglaubt, ich könnte ihn mit einem Plädoyer in letzter Sekunde umstimmen? Eine Bitte, die noch viel überzeugender gewesen wäre, wenn ich nicht gerade auf seinem Schwanz gekommen wäre.

Mein Gesicht brennt, als ich ein Handtuch um mich wickele und mich vor den Spiegel stelle. Ich hasse die Frau, die mich mit ihren roten, geschwollenen Augen und ihrer geröteten, fleckigen Haut ansieht. Ich will sie auslöschen, also tue ich genau das und übermale sie mit Foundation, Mascara, Lippenstift – was auch immer nötig ist, um das Chaos in ihrem Inneren zu verbergen. Als Nächstes kommen Föhn und Glätteisen zum Einsatz, und bis mein Haar trocken und glatt ist, bin ich mehr oder weniger wie immer, wenn auch immer noch ein bisschen zittrig.

Alexej sitzt auf dem Bett, als ich aus dem Bad komme. Ich bin wieder einmal nur mit einem Handtuch bekleidet, und sein glühender Blick hilft mir nicht gerade dabei, mein Gleichgewicht zu halten. Ich möchte ihm eine Ohrfeige geben und gleichzeitig weglaufen und mich verstecken.

Es ist ihm hoch anzurechnen, dass er nicht selbstgefällig aussieht. Stattdessen ist seine Miene verschlossen und seine Augen sind unlesbar, abgesehen von der Hitze, die in ihren dunklen Tiefen schimmert.

Ich ignoriere ihn, gehe zum begehbaren Kleiderschrank und schnappe mir das erste Kleid, auf dem meine Hand landet – ein knallgelbes Baumwollsonnenkleid, das in keiner Weise meine Stimmung widerspiegelt. Schwarzer Tüll wäre viel angemessener, aber ich will nicht riskieren, dass Alexej nach mir in den Ankleideraum kommt, also begnüge ich mich mit meinem ersten Fund. Und weil ich nicht anders kann, ziehe ich ein Paar weiße Keilsandalen an, die lässiger sind als das, was ich normalerweise trage, aber zu dem sommerlichen Look des Kleides passen. Dazu kombiniere ich eine Perlenkette und kleine Perlenohrstecker, denn … warum auch nicht? Tun wir einfach so, als wären wir ein verliebtes Pärchen, das zu einem Kirchenpicknick geht.

Er ist aufgestanden, als ich herauskomme, eine große, dunkle, imposante Gestalt, die meine Handflächen schwitzen und mein Herz schneller schlagen lässt.

Gott, ich hasse ihn. Das tue ich wirklich.

Ich hebe mein Kinn so hoch wie möglich und versuche, an ihm vorbeizugehen.

Er ergreift meinen Ellenbogen und zwingt mich, ihm ins Gesicht zu sehen. »Geht es dir gut?« Seine tiefe Stimme ist ruhig und ernst, seine Augen wandern suchend über mein Gesicht.

Wenn ich es nicht besser wüsste, würde ich denken, dass er sich Sorgen macht.

»Was interessiert dich das?« Ich versuche, mich aus

seinem Griff zu befreien. »Du hast bekommen, was du wolltest. Und jetzt lass mich in Ruhe.«

Er lässt mich nicht los. Seine Augen verengen sich und seine Lippen verziehen sich zu diesem spöttischen Lächeln, das ich so gut kenne. »Du weißt, dass ich das nicht tun kann, Alinyonok. Wenn ich es könnte, hätte ich es schon längst getan.«

Gegen diese beschissene Logik kann man nicht ankommen.

Ich schließe besiegt die Augen, und als ich sie wieder öffne, hat er meinen Ellenbogen losgelassen und meine Hand in seine große Handfläche gepresst.

»Warum gehen wir nicht auf die Terrasse?«, schlägt er vor, und sein Lächeln wird weicher, als er zu mir hinunterschaut. »Es soll später am Nachmittag regnen, also ist das unsere Chance, den Sonnenschein zu genießen.«

Ich fletsche meine Zähne in einem freudlosen Lächeln. »Hast du keine Angst, dass ich verbrenne oder so?«

»Oh, ich werde dich mit Sonnencreme einschmieren, keine Sorge.«

Mein Magen zieht sich auf eine seltsame, fast schon mulmige Weise zusammen.

Nein. Ich kann im Moment unmöglich erregt sein. Nicht, nachdem er mir gerade diese schreckliche Sache angetan hat. Eigentlich sollte mich der bloße Gedanke an seine Hände abstoßen, aber anscheinend hat mein Körper andere Vorstellungen.

Vielleicht habe ich aber auch nur etwas Falsches gegessen, und mir ist tatsächlich übel.

Ich entreiße meine Hand aus seinem Griff. »Ich werde mich selbst mit Sonnencreme eincremen, vielen Dank.«

Ohne auf seine Antwort zu warten, marschiere ich zurück ins Bad und bedecke jeden Zentimeter meiner entblößten Haut mit einer dicken, weißen Schicht, die ich absichtlich nicht ganz einreibe, damit er sie sehen kann. Ich mache es sogar auf meinem Gesicht, auch wenn es mich innerlich schmerzt, wie ich danach aussehe – wie der Geist einer Geisha.

Mineralischer Sonnenschutz lässt sich nicht gut über Make-up auftragen.

Ich kämpfe gegen den Drang an, sie abzunehmen und mein Gesicht zu richten, und kehre ins Schlafzimmer zurück, wo Alexej zustimmend über den weißen Abdruck nickt.

»Wo ist deine?«, frage ich, nur um schwierig zu sein.

Es ist mir wirklich egal, ob er Hautkrebs bekommt.

Er zuckt in typisch männlicher Manier mit den Schultern. »Ich brauche sie nicht. Meine Haut ist dunkler, also …«

»Damit hast du höchstens einen Lichtschutzfaktor von 5, und der UV-Index liegt im Moment wahrscheinlich bei über 10.« Ich verschränke meine Arme vor der Brust. »Ich gehe nicht hoch, wenn du nicht auch eingecremt bist.«

Er zieht die Augenbrauen hoch, und ein Grinsen

umspielt seine Lippen. »Benimmst du dich schon wie eine Ehefrau?«

Verdammt sei er. Von mir aus kann er sich knusprig rösten. Ich hoffe sogar, dass er Hautkrebs bekommt und stirbt. Ich hoffe, es passiert morgen, damit ich seinen sonnenverbrannten Körper über Bord werfen und die Haie mit menschlichem Grillgut füttern kann. Oder noch besser ...

»Okay, ich mach's«, sagt er, unterbricht damit meine blutrünstigen Fantasien und geht zu meiner Überraschung ins Bad.

Als er eine Minute später wieder herauskommt, haben sein Gesicht, sein Hals und seine Arme einen deutlichen weißen Schimmer, der auf seiner gebräunten, tätowierten Haut noch viel deutlicher zu sehen ist. Außerdem sind weiße Flecken auf dem Kragen seines schwarzen T-Shirts zu sehen. Das alles sollte ihn lächerlich erscheinen lassen, aber das tut es nicht.

Er ist immer noch der heißeste und gefährlichste Mann, den ich je gesehen habe.

Mühsam schaue ich weg. »Ich hole mir einen Hut und eine Sonnenbrille.«

Ich gehe zum Schrank, schnappe mir die fraglichen Sachen – einen breitkrempigen Strohhut und eine übergroße Sonnenbrille – und gehe zur Tür. Er folgt mir und hat mich mühelos eingeholt, als wir in den Flur treten. Wir gehen schweigend, und ich kann nicht umhin, ihm heimlich einen Blick zuzuwerfen, während wir die Treppe hinaufgehen. Ausnahmsweise ist er nicht mit seiner üblichen Hyperintensität auf mich konzentriert. Stattdessen scheint er in Gedanken versunken zu sein, denn seine dunklen Augenbrauen sind leicht zusammengezogen und seine Stirn gerunzelt.

Ist etwas passiert? Wenn ja, wann? Wie?

Die Neugierde nagt an mir, aber ich halte die Fragen zurück. Ich will kein Gespräch mit ihm beginnen und so tun, als wäre alles vergeben und vergessen. Denn das ist es nicht. Was er mir heute angetan hat, ist schlimmer als Nikolais Anwesen zu stürmen und mich zu entführen. Schlimmer noch, als unsere Verlobung zu arrangieren, obwohl ich nicht ganz verstehe, warum.

Nein, ich rede nicht mit ihm, wenn ich es verhindern kann. Ich kann ihm vielleicht nicht meinen Körper verweigern, aber meinen Verstand habe ich immer noch unter Kontrolle.

»Da seid ihr ja, ihr beiden Turteltauben«, ruft eine vertraute Stimme, als wir auf das Deck treten, und als ich mich umdrehe, sehe ich Ruslan über die Leiter auf der Steuerbordseite klettern. Er muss gerade ein Bad im Meer genommen haben, denn er ist triefend nass und nur mit einer Badehose bekleidet.

Irgendein Teufel nimmt von mir Besitz, und plötzlich weiß ich, wie ich mich an Alexej rächen kann. Ungläubig starre ich auf Ruslans nackte Brust und lecke mir über die Lippen, als ob sie trocken geworden wären. Sicherlich ist es eine schöne Brust, aber sie löst bei mir dieselbe Reaktion aus wie eine Marmorstatue.

Doch mein Mann weiß das nicht. Er ist wahnsinnig eifersüchtig und besitzergreifend, und so wie ich ihn kenne ...

»Spring wieder hinein. Jetzt«, knurrt er seinen Bruder in einem Ton an, der keinen Widerspruch duldet, und dann ergreift er meinen Arm und dreht mich zu sich.

»Was?«, frage ich unschuldig und klimpere mit den Wimpern, als das Geräusch eines Plätscherns meine Ohren erreicht. Ich denke, Ruslan weiß, wann er hören muss. »Was ist los?«, fahre ich in demselben verwirrten Tonfall fort.

Ich habe keine Ahnung, warum ich versuche, meinen frisch angetrauten Ehemann zu provozieren. Ich erinnere mich an seine angsteinflößende Reaktion, als er das letzte Mal dachte, ich würde Ruslan zu viel Aufmerksamkeit schenken, und das will ich mir nicht noch einmal antun. Aber gleichzeitig möchte ich Alexej eine Ohrfeige verpassen, damit er wenigstens einen Bruchteil der Verwüstung spürt, die er mir angetan hat.

Sein Gesicht ist dunkel wie die Nacht, und seine Nasenlöcher sind gebläht, während er auf mich hinunterstarrt. Fatalerweise warte ich darauf, dass er mir sagt, dass ich ihm gehöre, dass ich nur Augen für ihn haben soll. Ich warte darauf, dass er seine Dominanz über mich auf die primitivste Art und Weise zeigt, aber das tut er nicht. Stattdessen nimmt er einen tiefen Atemzug, dann noch einen und lässt meinen Arm los.

»Tu das nicht«, sagt er ruhig. »Tu es einfach nicht.«

Ich blinzele, zu verblüfft, um etwas zu sagen, während er unter den Überhang geht und zwei Liegestühle vorbereitet, um sie von der grellen Nachmittagssonne abzuwenden. Wie telepathisch herbeigerufen, erscheint Larson mit zwei eiskalten, fruchtigen Getränken, die er auf den kleinen Tisch zwischen den beiden Stühlen stellt.

»Danke«, sagt Alexej, zieht sein T-Shirt aus und streckt sich auf einer der Liegen aus, während Larson nickt, bevor er verschwindet, um das zu tun, was er als Kapitän eben so tut.

Ich folge Alexejs Beispiel und tue mein Bestes, um meinen Blick von seiner nackten Brust abzuwenden, während ich es mir auf meiner Liege bequem mache. Inzwischen habe ich jeden Zentimeter von Alexejs hartem Körper gesehen und gefühlt, also sollte er nicht so faszinierend sein. Aber das ist er, zumindest wenn man das leise Brummen der Hitze zwischen meinen Schenkeln als Maßstab nimmt. Ich schlage meine Beine übereinander und versuche, sie nicht zusammenzupressen. Ich schließe die Augen, denn das ist die beste, wenn nicht sogar die einzige Möglichkeit, mich davon abzuhalten, all diese Muskeln und Tattoos anzustarren.

Alexej neben mir ist still, nur das Geräusch der Wellen, die sanft gegen den Schiffsrumpf plätschern, durchbricht die Stille, und als ich ihn unter meinen Wimpern hervor ansehe, stelle ich fest, dass er seine Augen ebenfalls geschlossen hat, obwohl seine Augenbrauen noch immer zusammengezogen sind.

Ich habe wirklich nicht die Absicht, mit ihm zu sprechen, aber etwas daran, zu sehen, wie er so tut, als wäre er entspannt, obwohl er genauso angespannt ist wie ich, macht es unmöglich, die Stille aufrechtzuerhalten.

»Ist es dir egal, dass ich das nicht will?« Meine Stimme ist tief und bitter. Ich weiß nicht, warum ich das Thema anspreche, wo die Antwort doch auf der Hand liegt – *ihm ist es egal* – aber meine Zunge scheint von selbst zu funktionieren.

Er öffnet die Augen, stützt sich auf seinen Ellenbogen und schaut mich an. »Was willst du?« In seinem Blick liegt echte Neugierde.

»Dass du mich in Ruhe lässt!«

Er macht eine knappe, abweisende Geste, als ob ich gerade Unsinn geredet hätte. »Was sind deine Ziele im Leben? Oder zumindest Karriereziele? Wenn du alle Freiheit der Welt hättest, was würdest du tun?«

Ich starre ihn an, da ich kurz verblüfft von der Frage bin. Das hat mich noch nie jemand gefragt. Mit meinem Erbe werde ich nie einen Finger in irgendeiner produktiven Funktion rühren müssen, und jeder, auch meine Brüder, geht davon aus, dass ich das nicht tun werde. Für die Welt bin ich eine feine Dame, ein hübsches, aber letztlich nutzloses Mitglied der High Society, und in gewisser Weise habe ich diese Rolle akzeptiert und meine ganze geistige Energie darauf konzentriert, etwas *nicht* zu sein – Alexejs Braut. Und doch gibt es eine Sache, die ich mir immer gewünscht habe, einen Kindheitstraum, von dem nur Konstantin weiß.

»Ich ...« Ich befeuchte meine Lippen. »Ich schätze, ich würde Videospiele programmieren.«

»Ah.« Alexej sieht nicht so überrascht aus, wie ich es erwartet hätte. »Warum hast du es dann nicht getan? Du bist jetzt seit drei Jahren aus der Schule raus. Das ist eine Menge Zeit, um eine Karriere zu starten, die du willst.«

Warum habe ich das nicht? Ich denke zurück an die dunklen Jahre meiner Collegezeit, als mich Kopfschmerzen davon abhielten, längere Zeit am Computer zu sitzen. Habe ich damals meinen Traum aufgegeben? Oder war es später, als ich aufgrund sozialer Verpflichtungen von Party zu Party, von Spendenaktion zu Spendenaktion und von Urlaub zu Urlaub hüpfte, während ich gleichzeitig versuchte, den gefährlichen Mann zu meiden, der mein Leben beschattete? Erst als ich Moskau verließ, um in die Einsamkeit und die natürliche Schönheit von Nikolais Bergdorf zu ziehen, erinnerte ich mich daran, wie viel Spaß es mir einst gemacht hatte, Programmiersprachen zu lernen und die visuellen Geschichten zu erschaffen, die Videospiele sind.

Mein vierzehnjähriges Ich würde sich für mich schämen, und in diesem Moment tue ich das auch.

»Ich habe angefangen, an einem Spiel zu arbeiten«, gebe ich zu und wende meinen Blick von Alexejs durchdringendem Blick ab. »Es ist nur ein kleines, einfaches, aber ...«

»Das ist großartig. Wo ist es?«

Ich blinzele und schaue wieder in sein Gesicht. »Wie meinst du das?«

»Ist es in der Cloud? Auf einer Festplatte? Was würdest du generell brauchen, um weiter daran zu arbeiten?«

Ich starre ihn fassungslos an. Bietet er das an, was ich denke? Mein Herz schlägt schneller, und ein Hoffnungsschimmer flackert in mir auf. »Jeder leistungsstarke Computer mit der richtigen Software würde funktionieren. Was ich bis jetzt geschrieben habe, ist in der Cloud, also brauche ich Zugang zum Internet und dann ...«

»Gib mir dein Login, und ich hole es für dich aus der Cloud.«

Der Hoffnungsschimmer blinzelt hervor. Natürlich würde er mir nicht einfach einen Laptop mit Internetanschluss in die Hand drücken und auf das Beste hoffen. Wenn ich mir einen Computer kaufe, wird er nicht einmal eine AOL-Verbindung haben. Und ihm mein Login geben? Als ob.

»Ich kann meine Hacker daran arbeiten lassen, wenn dir das lieber ist«, sagt Alexej, der meine Gedanken genau erraten hat. Seine dunklen Augen glänzen. »Es wird länger dauern, aber ...«

»Gut.« Ich atme tief durch. »Gut, ich gebe ihn dir.« Nicht, weil ich glaube, dass seine Hacker die Verschlüsselung, die Konstantin für unsere Familie entwickelt hat, überwinden werden, sondern weil sie es nicht tun werden – und ich will mein Spiel und einen Computer. Ich will es so sehr, dass es mir in den Fingern juckt, die Tastatur zu berühren. Außerdem habe ich nichts besonders Privates in meiner persönlichen Cloud, nur Schulaufgaben, Fotos und so weiter. Valery kümmert sich um mein Erbe und meine Investitionen, also werde ich Alexej keine Hintertür zu den Molotow-Unternehmensanteilen oder etwas in der Art geben.

»Gut. Und sag mir, welche Software du installieren musst.«

Ich sage es ihm. Mein Herz klopft wieder vor Aufregung, aber dieses Mal hat es nichts mit der Möglichkeit der Flucht zu tun. Bis zu diesem Moment war mir nicht klar, wie sehr ich das brauchte – an etwas anderes zu denken als an den Mann neben mir, an Problemen zu arbeiten, für die es tatsächlich Lösungen gibt.

»Okay«, sagt Alexej, legt sich zurück und schließt die Augen. »Bis morgen hast du alles.«

Auch ich lege mich zurück, und zum ersten Mal, seit er mich abgeholt hat, freue ich mich auf den nächsten Morgen.

Kapitel 20

Alexej

Ich mache keine Nickerchen. Ich schlafe nicht einmal besonders tief, denn meine Ohren sind immer auf Gefahr eingestellt. Doch an diesem warmen, feuchten Nachmittag, an dem dicke Wolken am Horizont aufziehen und den fernen Geruch von Regen mit sich bringen, schließe ich meine Augen und schlafe mit Alina an meiner Seite ein.

Der Traum schleicht sich langsam ein. Auf einer gewissen Ebene ist mir bewusst, dass es ein Traum ist. Er hat etwas Weiches, Verschwommenes an sich, als ob ich in einen Nebel eintauchen würde. Aber dann wird der Nebel alles, was real ist, und ich vergesse, dass es außerhalb davon noch etwas anderes gibt.

Da ist eine Frau. Eine hochschwangere Frau. Sie ist weich und warm. Sie riecht nach Vanille und Zitronen. Ich schmiege mich enger an ihre Seite. Seltsamerweise passe ich dort unter ihren Arm, obwohl ich ein großer Mann bin. Aber nein … das bin ich nicht.

Ich bin klein.

Ich bin ein Kind.

Diese Erkenntnis sollte schockierend sein, ist es aber nicht. Ich schmiege mich näher an die Frau und lausche ihrer melodiösen Stimme, eine meiner kleinen Hände ruht auf ihrem riesigen Bauch. *Mama.* Das Wort kommt zu mir aus dem Nebel und ich akzeptiere es, genauso wie ich das Wissen akzeptiere, dass in diesem Bauch meine kleine Schwester ist.

Mama spricht. Nein, sie liest vor. Sie hält ein Buch in ihren Händen.

Ich seufze zufrieden und höre mir die Geschichte an, während ich spüre, wie meine kleine Schwester in Mamas Bauch strampelt. »Sie spielt Fußball«, sagte Papa immer. Ich bin neidisch. Ich möchte mit ihr Fußball spielen. Ruslan ist noch zu jung, um gut darin zu sein, aber vielleicht ist meine kleine Schwester besser. Sie hat eine Menge Übung.

Tritt. Tritt. Tritt.

Die Tritte werden stärker.

Mama versteift sich.

Nein, das ist falsch. So funktioniert das nicht.

Da ist etwas Rotes auf den Laken.

Nein, nein, nein.

Die Laken sind jetzt durchnässt und mit Blut bedeckt.

»Mama?« Meine Stimme wird hoch. »Mama, wirst du sterben?«

Tritt. Tritt. Tritt.

Der riesige Bauch bewegt sich, und ich spüre, wie er

zu reißen beginnt. Nein, er reißt nicht. Er wird von innen aufgeschlitzt. Meine kleine Schwester. Sie hat ein Messer.

Das Blut ist überall, es bedeckt Mama, es bedeckt mich. Mein Herz schlägt wie die Flügel eines gefangenen Vogels, und mir ist schlecht. Ich klettere aus dem Bett und renne los. Aber meine Füße bewegen sich nicht. Ich bin wie erstarrt, unfähig, Hilfe zu holen.

Der Bauch öffnet sich.

Mama schreit.

»Alexej?«

Ich setze mich ruckartig auf, und der Nebel verflüchtigt sich in einem Lichtblitz.

»Geht es dir gut?«, fragt Alina und blickt mich mit unverhohlener Sorge an, und ich merke, dass ich so schwer atme, als wäre ich gerade zehn Meilen gesprintet.

Ich zwinge mich dazu, tief ein- und langsam auszuatmen.

Ein Traum. Es war nur ein verdammter Traum. Irgendwie habe ich es geschafft, hier draußen einzuschlafen und einen Alptraum zu haben.

Als Kind hatte ich nach dem Tod meiner Mutter immer Alpträume. Ich erinnere mich nicht mehr an alle Details, aber es hatte immer etwas mit Blut zu tun. Es ist Jahre – nein, Jahrzehnte – her, dass ich einen hatte. Waren sie immer so lebendig?

Meine Stimme ist heiser, als ich versuche, zu sprechen. »Es war nur ein Traum.«

Ich weiß nicht, ob ich versuche, Alina oder mich

selbst zu überzeugen.

Sie nickt, aber sie legt sich nicht wieder hin. Stattdessen betrachtet sie mich mit einer Neugierde, die ich zu jeder anderen Zeit zu schätzen wüsste. »Worum ging es darin?«, fragt sie leise.

Blut. Ein schiefgelaufener Kaiserschnitt. Ein Baby, das die Frau tötet, die ich liebe.

Mein Magen zieht sich zusammen, und ich schmecke Galle.

Ich schwinge meine Füße aus dem Liegestuhl und stehe auf. »Entschuldige mich. Ich muss etwas erledigen.« Meine Stimme ist angestrengt und meine Kehle so zugeschnürt, dass es ein Wunder ist, dass ich die Worte überhaupt herausbekomme, während ich auf Beinen weggehe, die sich anfühlen, als käme ich von einer dreitägigen Sauftour.

Ich weiß nicht, wohin ich gehe. Die Yacht fühlt sich plötzlich zu klein an, ein Gefängnis, das ich selbst gebaut habe. Verdammt, selbst der Ozean um uns herum ist zu klein, um die Emotionen, die in mir aufsteigen, einzudämmen. Als Kind tat ich mein Bestes, um nicht über meine Mutter und ihren Tod nachzudenken. Ich ließ zu, dass ich die Sanftheit ihrer Umarmung vergaß, damit ich mich am Ende nicht an ihre Schreie erinnern musste. Ich habe natürlich nie vergessen, dass sie an Komplikationen bei der Geburt gestorben ist, aber die Erinnerung an diesen Tag verblasste langsam, bis es mir eher wie eine Geschichte vorkam, die ich in den Nachrichten gehört hatte, als etwas, was mein Leben erschüttert hatte. Auch die

Alpträume verschwanden, und als ich ins Teenageralter kam, konnte ich so leidenschaftslos über den Tod meiner Mutter sprechen, wie es sich für den Sohn von Boris Leonow gehört – und über Schwangerschaft und Geburt denken, wie es jeder tut: ohne groß über die Risiken nachzudenken, die dieser Prozess mit sich bringt.

Meine Kehle schnürt sich weiter zu und droht mir die Luft abzuschnüren. Ich bin schon bei der Treppe – mit dem Autopiloten war ich auf dem Weg unter Deck –, aber ich drehe um und steuere auf den Rumpf zu, wo ich von Bord springe und die Leiter ignoriere.

Der Schock, in kühles Wasser einzutauchen, beseitigt die Überreste des Alptraums, und als ich auftauche, kann ich tatsächlich atmen.

Jetzt weiß ich auch, was mich quält, und das hat nichts mit den Molotows zu tun, die hinter uns her sind.

Als Alina aus Moskau verschwand, fühlte ich mich verraten. Es war irrational, denn sie hatte nie behauptet, dass sie sich für mich interessierte oder unsere Ehe wollte, aber ihr Verhalten auf der Spendengala hatte mir Hoffnung gemacht, dass sie langsam zur Vernunft kommen würde. Das Mitgefühl in ihrem Gesicht, als sie mir ihr Beileid zu Ksenias Tod aussprach, war nicht gespielt, und auch nicht ihre leidenschaftliche Reaktion, als ich ihr danach in der Garderobe ihr Jungfernhäutchen nahm. Diese Nacht fühlte sich wie ein Neuanfang für uns an – und dann verschwand sie.

Bei der ersten Andeutung von echter Intimität zwischen uns floh sie.

Während ich nach ihr suchte, heckte ich meinen Plan aus. Es war so einfach wie rücksichtslos: Sie finden, sie heiraten und sie mit einem Kind an mich binden. Oder besser gesagt, Kinder, Plural. Ich habe nicht daran gedacht, was es ihr antun könnte, Kinder in die Welt zu setzen. Was das für ihre Gesundheit und Sicherheit bedeuten könnte.

Nicht ein einziges Mal habe ich die Möglichkeit in Betracht gezogen, dass sie bei der Geburt sterben könnte, wie meine Mutter.

Wieder steigt mir die Galle im Hals auf, sauer und metallisch trotz des Salzwassers, das meine Lippen bedeckt. Ich tauche und schwimme mit kräftigen, blindwütigen Zügen unter Wasser, weg von der Yacht, weg von der schrecklichen Angst, die mich erfasst – eine Angst, die die ganze Zeit über in meinem Unterbewusstsein gesessen haben muss, selbst als ich meinen Plan gegen Alinas Einwände durchführte.

Diese Angst kann ich jetzt nicht mehr abschütteln.

Ich tauche für einen Atemzug auf, dann tauche ich wieder unter und schwimme. Ich schwimme, bis sich meine Arme schwer anfühlen und das Boot nur noch ein Fleck am Horizont ist. Erst dann kehre ich um, getrieben von einem urinstinktiven Drang.

Meine Frau.

Ich brauche sie in meinen Armen.

Jetzt.

KAPITEL 21

ALINA

I ch atme aus, als der schwarze Punkt, der Alexejs Kopf ist, aus den Wellen auftaucht, diesmal etwas näher.

Er schwimmt zurück. Endlich.

Ich habe keine Ahnung, was passiert ist und was ihn dazu gebracht hat, so von Bord zu springen, aber ich kann nicht behaupten, nicht ein bisschen besorgt gewesen zu sein, als er immer wieder aus dem Blickfeld verschwand, wobei er bei jedem Tauchgang so weit unter Wasser war, dass er zumindest zum Teil ein Delfin sein muss.

Ich vermute, dass sein seltsames Verhalten mit seinem Einschlafen zu tun hat. Auch ich habe ein halbstündiges Nickerchen gemacht und mich vom Rauschen der Wellen und der warmen, feuchten Brise, die meine Haut umspielt hat, einlullen lassen. Aber Alexejs Nickerchen muss tiefer gewesen sein, denn er hat immer noch geschlafen, als ich meine Augen geöffnet habe. Er hat geschlafen und seine Stirn war gerunzelt und sein Kiefer seltsam angespannt, so als hätte er zusammengebissene Zähne.

Hat er einen schlechten Traum gehabt? Ich war mir nicht sicher, also habe ich ihn eine Weile beobachtet, weil ich ungewollt fasziniert war – denn er ist wirklich ein gefährlich schöner Mann.

Erst als sich sein Gesicht zu einer Grimasse verzogen und seine Atmung gestockt hat, habe ich seinen Namen gerufen, um ihn vorsichtshalber zu wecken.

Ich stoße einen weiteren Atemzug aus, und der Knoten zwischen meinen Schultern löst sich, als die kraftvollen Bewegungen von Alexejs Armen ihn immer näher zur Yacht bringen. Ich mache mir keine Sorgen um ihn, wirklich nicht. Mir … gefällt der Gedanke nicht, dass er da draußen im dunkelblauen Wasser ist, so weit weg, dass ich ihn kaum sehen kann. Die Wolken am Horizont verdunkeln sich, und der Wind nimmt zu, so dass die Wellen an den Spitzen schäumen. Schon bald könnten wir mitten in einer ausgewachsenen Sturmböe stecken, und so gut Alexej auch schwimmen kann, er ist nicht immun gegen die Kräfte der Natur.

Es hilft auch nicht, dass die steigenden Wellen mich ein bisschen seekrank machen. Ich hoffe, das bedeutet nicht, dass sich noch mehr Kopfschmerzen ankündigen. Bei mir gehen Migräne und Übelkeit oft Hand in Hand.

Schließlich erreicht Alexej die Leiter auf der

Steuerbordseite. Ich beobachte, wie er sich aus den Wellen hievt. Er sieht aus wie ein Meeresgott, mit seinen schwarzen Haaren, die nach hinten gekämmt sind, und seinen tätowierten Muskeln, die nass glänzen und sich bei jeder Bewegung abzeichnen. Mein Herz pocht in meinem Hals, und trotz meines unruhigen Magens leckt ein heißer Hauch an meinem Inneren.

Nein. Verdammt. Ich muss damit aufhören.

Ich will mich vom Rumpf entfernen und zu meinem Liegestuhl zurückkehren, aber er ist schon oben auf der Leiter und sieht mir in die Augen. Sein Gesichtsausdruck hat etwas Wildes, und eine dunkle, grimmige Intensität überlagert die fleischliche Hitze in seinem Blick.

Ich schlucke und weiche instinktiv zurück. Er folgt mir wie ein tödliches Raubtier. Mein Herz schlägt schneller, und ein elektrischer Strom fließt meine Wirbelsäule herauf und hinunter. Mit einem zittrigen Atemzug schaue ich weg und drehe mich zu den Liegestühlen um, in der Hoffnung, dass ich die merkwürdige Spannung brechen kann, indem ich weggehe.

Das ist ein Fehler. Kaum habe ich ein paar Schritte gemacht, ist er schon bei mir und dreht mich mit einer nassen Hand an meinem Ellenbogen zu sich herum.

»Alinyonok …« In seiner Stimme liegt ein gequälter Ton, auch wenn in seinen Augen ein dunkles Feuer lodert. Er lässt meinen Ellenbogen los, nimmt mein Gesicht zwischen seine Handflächen und starrt mich an, während sich seine nasse Brust in einem harten, unregelmäßigen Rhythmus hebt und senkt.

Ich starre ihn ebenfalls an, und mein Puls rast in meinen Schläfen. Ich weiß nicht, was los ist, aber es macht mir Angst. Es fühlt sich an, als würde in ihm ein Sturm toben, der uns beide fortreißen wird, wenn wir nicht aufpassen. Vorsichtig lege ich meine Hände auf seine Handgelenke, und spüre die brutale Kraft seiner Knochen, Sehnen und Muskeln. Im Moment tut er mir nicht weh, aber er könnte es. So einfach. So wie mein Vater meiner Mutter wehtat.

Wie er sie tötete, bevor Nikolai ihn erwischte.

Ich muss zurückweichen oder irgendeinen Laut von mir geben, denn Alexejs Gesicht verzieht sich, und mit einem gequälten Stöhnen zieht er mich zu sich und beugt seinen Kopf, um mich so heftig zu küssen, dass ich keine Luft mehr in meine Lungen bekomme. Er nimmt alles, jedes Molekül meines Sauerstoffs, jeden Gedanken in meinem Kopf, und als er mich in seine Arme hebt und zur Treppe geht, steht mein Körper in Flammen, und die dunklen Erinnerungen sind weit weg, meine Ängste wieder nebulös, unausgesprochen. Alle bis auf eine …

»Warte«, keuche ich und drehe mich in seinen Armen, während er mich schnell die Treppe hinunter und durch den Flur trägt. »Alexej, stopp!«

Er ignoriert mich, wie immer. Wie er heute Morgen so anschaulich bewiesen hat, waren meine Einwände für ihn nie von Bedeutung. Als er die Kabine erreicht, tritt er die Tür ohne Rücksicht auf seinen nackten Fuß auf und bringt mich hinein, bevor er sie wieder zuschlägt.

»Ich muss dich sehen«, sagt er fieberhaft und legt mich auf das Bett. Seine Stimme ist rau, als er nach meiner Kleidung greift. »Scheiße, Alinyonok ... Ich muss dich spüren.«

Resigniert schließe ich die Augen und drehe mein Gesicht zur Seite, während er mich mit einer Mischung aus rücksichtsloser Effizienz und fiebriger Intensität auszieht. Ich weiß schon, wie das hier ablaufen wird: Er wird mich ficken, ich werde kommen, und dann wird er in mir kommen, so dass ich ihn und mich selbst hasse.

Im Handumdrehen bin ich nackt, und er streichelt meinen Bauch, umschließt meine Brüste mit seinen großen Händen und reibt mit seinen Daumen über meine Brustwarzen. Seine Berührungen sind hektisch, und doch ist etwas komisch an ihnen. Beinahe ... klinisch.

Was soll der Scheiß?

Ich öffne die Augen und drehe meinen Kopf, um Alexej anzusehen.

Er hat immer noch seine nasse Badehose an, die mit einer unübersehbar großen Erektion nach vorn ausgebeult ist. Aber die Art, wie er meinen Körper betrachtet, fühlt sich nicht im Geringsten sexuell an. Selbst als er meine Brüste in jeder Hand hält, scheint er nicht an Lust interessiert zu sein – weder an meiner noch an seiner. Es ist, als würde er mich untersuchen, so wie ein Arzt es tun würde. Was zum ...

Er lässt meine Brüste los, tritt zurück und fährt sich mit den Fingern durch die nassen Haare, eine Geste voller Frustration. Verwirrt starre ich ihn an, während er die Augen zusammenkneift, flucht, die Kabine verlässt, und die Tür hinter ihm zufällt.

Ernsthaft, was soll der Scheiß?

Plötzlich wird mir meine Nacktheit schmerzhaft bewusst, ich setze mich auf und schaue auf meine Brüste hinunter. Sie scheinen in Ordnung zu sein, rund und fest mit dunkelrosafarbenen Brustwarzen. Mein Bauch ist flach, auch wenn ich so gebückt sitze.

Soweit ich das beurteilen kann, habe ich mich nicht plötzlich in einen Oger verwandelt oder mir sind Hörner anstelle von Brustwarzen gewachsen.

Andererseits sind Männer wankelmütige Geschöpfe. Vielleicht ist er meiner einfach schnell überdrüssig geworden. Vielleicht entspricht die Realität nicht den Fantasien, die er sich im Laufe der Jahre zurechtgelegt hat.

Ich sollte froh sein. Ich sollte diese Entwicklung feiern, aber stattdessen zieht sich mein Herz zu einem kleinen Ball zusammen, und Scham krabbelt meine Wirbelsäule hinauf. Wenn meine Mutter hier wäre, würde sie mir sagen, dass ich das verdient habe, weil ich nicht auf sie gehört habe, weil ich nicht genug Sport getrieben, zu viel Junkfood gegessen oder meine Augenbrauen nicht gezupft habe. Sie würde sagen …

Die Tür fliegt knallend wieder auf, und Alexej kommt mit einer kleinen Schachtel in der Hand zurück.

Instinktiv greife ich nach der Decke, um meine Nacktheit zu bedecken, aber er steht schon mit leuchtenden Augen am Bett. Er lässt die Schachtel auf die Decke fallen, an die ich mich klammere, und ich bin schockiert, als ich sehe, was es ist.

Es ist eine Schachtel mit Kondomen.

In Magnum-Größe, versteht sich.

Mein Blick fliegt zu ihm hoch, und er nickt, wobei sich sein Kiefer anspannt.

»Wir werden es in Zukunft so machen«, sagt er mit belegter Stimme und zieht mich in seine Arme, wobei er seine Lippen auf meine presst.

Mit brennendem Hunger verzehrt er mich, und zum ersten Mal hasse ich mich nicht, als ich in seiner dunklen Umarmung verschmelze.

KAPITEL 22

ALINA

D ie Morgensonne scheint mir ins Gesicht, als ich die Augen öffne und mich ausgiebig strecke, wie eine wohlgenährte Katze. Ich bin am ganzen Körper wund – Alexej hat mich den ganzen Nachmittag, Abend und die Nacht nicht aus seinem Bett gelassen, außer für eine kurze Essenspause – aber ich fühle mich gut. Und das nicht nur, weil ich ein Dutzend Orgasmen hatte, während die Yacht in einem weiteren Sturm schaukelte. Ich spüre eine ungewöhnliche Leichtigkeit in meiner Brust, ein beschwingtes Gefühl. Ich bin beinahe … glücklich.

Nein. »Glücklich« ist ein zu starkes Wort, wenn man bedenkt, dass ich meiner Familie gestohlen und in eine Ehe gezwungen wurde, die ich nicht will, mit einem Mann, der mir seit zehn Jahren nachstellt. Aber ich bin hoffnungsvoll. Optimistisch, sogar. Ich weiß nicht, was während seines spontanen Schwimmens passiert ist, aber Alexej hat danach jedes Mal ein

Kondom benutzt, wenn er mich gefickt hat. Und das war sehr oft der Fall. Viermal? Fünfmal? Ich habe ehrlich gesagt den Überblick verloren.

Ich wollte ihn fragen, was sich geändert hat. Als wir letzte Nacht dalagen, betrunken vor Lust, unsere verschwitzten Körper ineinander verschlungen, hatte ich die Gelegenheit. Aber ich habe mich nicht getraut, dieses Thema anzusprechen, damit der Schalter, der in ihm umgelegt wurde, nicht wieder zurückspringt. Ich habe mich nicht getraut, etwas zu sagen. Stattdessen bin ich in seinen Armen eingeschlummert und habe mich in diesem traumhaften Zwielicht zwischen Schlaf und Bewusstsein treiben lassen, bis er sich zum x-ten Mal verhärtet und der Wahnsinn von vorn begonnen hat.

Ich bin allein in der Kabine, also lasse ich mir Zeit beim Aufstehen. Ich fühle mich faul, wie die oben erwähnte Katze. Und müde, obwohl ich zwischen all dem Sex eine ordentliche Portion Schlaf abbekommen habe. Selbst der Gedanke, einen Computer in die Hand zu nehmen, motiviert mich heute Morgen nicht, obwohl ich mich endlich aus dem Bett quäle, indem ich mir den nächsten Endgegner, den ich entwerfen werde, in allen Einzelheiten vorstelle.

Gähnend stolpere ich ins Bad und nehme eine lange, heiße Dusche, in der Hoffnung, dass ich dadurch wach werde. Werde ich nicht. Ich habe nicht einmal Lust, mir die Haare zu föhnen oder mich zu schminken, aber ich zwinge mich trotzdem dazu, damit ich mich nicht so fühle wie gestern, als ich dachte, der Anblick meines nackten Körpers würde Alexej abtörnen. Das ist natürlich nicht passiert, aber ein dummer, eitler Teil von mir hat immer noch Angst, dass es eines Tages passieren könnte. Mir wird schlecht, wenn ich nur an diese Möglichkeit denke. Oder ... vielleicht ist mir einfach nur übel.

Wenn ich so darüber nachdenke, ist mein Kopf ganz schwammig, so wie bei einer Erkältung oder Grippe, und mir ist wieder ein bisschen übel.

Könnte es sein, dass ich mir etwas eingefangen habe?

Ich schlucke übertrieben.

Nein, keine Halsentzündung.

Meine Nase läuft auch nicht.

Und ich glaube nicht, dass ich eine meiner Kopfschmerzen bekomme.

Alles in mir wird kalt.

Nein. Nein, nein, nein.

Hektisch zähle ich die Tage, die ich schon hier bin und atme erleichtert aus.

Selbst wenn ich schwanger wäre, würde ich so früh noch keine Symptome haben. Das erste Mal, dass Alexej und ich Sex hatten, war vor vier Tagen. Ich bin kein Gynäkologe, aber ich bin mir ziemlich sicher, dass die ersten Symptome bei Frauen erst viel später auftreten. Etwa Wochen oder Monate später. Das hier ist viel zu früh.

Mein Kopf beginnt zu pochen, und zum ersten Mal begrüße ich dieses Gefühl. Das ist der Grund für mein seltsames Unwohlsein: drohende Kopfschmerzen.

Keine Schwangerschaft. Es kann keine Schwangerschaft sein.

Wir benutzen jetzt Kondome, verdammt nochmal.

Frühstück. Das ist es, was ich brauche, auch wenn mein Magen im Moment nicht damit einverstanden ist. Ich muss etwas essen, bevor die Kopfschmerzen noch schlimmer werden, und dann werde ich um eine weitere Begegnung mit Vikas magischen Nadeln bitten.

Ich bin nicht schwanger. Ich weigere mich, es zu sein.

ALEXEJ ERWISCHT MICH IM FLUR, ALS ICH GERADE AUS der Kabine trete. Unter seinem tätowierten, muskulösen Arm befindet sich ein Laptop – ein großer, klobiger Laptop, der richtig Power hat.

Kopfschmerzen hin oder her, mir läuft bei diesem Anblick das Wasser im Mund zusammen.

»Ist der für mich?«, frage ich atemlos, ohne meinen Blick von der Beute abzuwenden.

»Mit all der Software und den Tools, die du brauchst«, antwortet Alexej amüsiert und reicht ihn mir.

Ich greife gierig danach. Er ist schwer, so wie ein richtiger Gaming-Computer es sein sollte. »Danke, danke, danke!«

Auf Alexejs Lippen liegt ein echtes Lächeln, und in seinem dunklen Blick liegt ein warmes Leuchten.

»Gern geschehen, Alinyonok. Sag mir Bescheid, wenn du noch etwas brauchst.«

Freiheit. Das letzte Jahrzehnt meines Lebens zurück. Dich nie zu treffen. Diese schneidenden Antworten kommen mir in den Sinn, aber nicht über die Lippen. Ausnahmsweise habe ich nicht vor, ihn zu ärgern, und das liegt nicht an den Orgasmen, an die sich mein Körper lebhaft erinnert.

Es fühlt sich an, als ob sich etwas zwischen uns verändert hat. Etwas Unbeschreibliches, aber trotzdem Lebenswichtiges.

»Ich könnte eine weitere Sitzung mit Vika gebrauchen«, sage ich und klemme den Computer unter meinen Arm. »Das hat beim letzten Mal wirklich geholfen.«

Alexejs Lächeln verschwindet. »Hast du wieder Kopfschmerzen?«

»Den Anfang von einer Migräne, denke ich.«

Es fühlt sich ein bisschen anders an, aber das sage ich ihm nicht. Ich erwähne auch nicht, dass mir plötzlich schwindlig ist.

Keine Schwangerschaft. Bitte lass mich nicht schwanger sein.

»In Ordnung.« Er nimmt mir den Laptop ab und führt mich zurück in die Kabine, wo er den Laptop auf einen Stuhl legt. »Geh zurück ins Bett. Ich schicke Vika mit dem Frühstück und ihrem Akupunkturset zu dir.«

Ich bin versucht zu widersprechen – ich bin angezogen und sonnengeschützt – aber mir wird immer schwindliger, und schwarze Punkte tanzen in meinen Augenwinkeln. Ich muss mich jetzt hinlegen, bevor ich wieder einen peinlichen Ohnmachtsanfall bekomme.

Als ob er die Dringlichkeit spüren würde, führt Alexej mich schnell zum Bett und hilft mir, mich hinzulegen. Sobald mein Kopf das Kissen berührt, schließe ich die Augen und atme flach ein und aus, während sich der Raum um mich herum dreht und meine Übelkeit noch schlimmer wird.

Es ist, als ob ich zu viel getrunken hätte, nur dass ich keinen Tropfen angerührt habe.

Alexej streicht mir mit seiner Hand über die Stirn, seine schwielige Handfläche ist kühl und trocken, und dann höre ich seine Schritte und das Geräusch einer Tür, die sich öffnet und schließt.

Ich liege still und bewege keinen Muskel, während sich der Raum weiterdreht, als wäre ich gerade aus einem Karussell gestiegen. Was zum Teufel ist mit mir los? Ich schlucke, während sich Speichel in meinem Mund sammelt, und dann schlucke ich wieder. Es hilft nicht.

Scheiße. Ich muss mich gleich übergeben.

Ich flüchte ins Badezimmer und schaffe es gerade noch rechtzeitig auf die Toilette.

Sobald mein Magen komplett leer ist, fühle ich mich besser. Zittrig, immer noch ein bisschen schwindlig und mehr als nur ein bisschen angewidert von mir selbst, aber wenigstens hat die Übelkeit nachgelassen. Meine Beine sind wie aus Gummi, aber ich schaffe es, aufzustehen und zum Waschbecken zu gehen, wo ich mir zweimal die Zähne putze und dreimal mit Mundwasser gurgele. Dann richte ich mein Gesicht und meine Haare und stolpere zurück zum Bett, wo ich mich hinlege und meine Augen schließe, weil ich nicht wahrhaben will, was schnell unbestreitbar wird.

Ob zu früh für Symptome oder nicht, ich bin höchstwahrscheinlich schwanger.

KAPITEL 23

ALEXEJ

Alina liegt blass und unbeweglich auf dem Bett, als ich mit Vika im Schlepptau in die Kabine zurückkehre. Meine Brust zieht sich weiter zusammen, und die Sorge ist wie ein rasendes Tier in mir. Zweimal Kopfschmerzen in genauso vielen Tagen und ein Ohnmachtsanfall während unserer Hochzeit – geht es ihr schlechter? Sollte ich sie in ein Krankenhaus bringen, anstatt mich auf das Ärzteteam zu verlassen, das das U-Boot auf meine Anweisung hin mitbringt? Selbst mit der außergewöhnlichen Geschwindigkeit des U-Boots ist es noch etwa drei Tage entfernt. Andererseits sind wir gut vier Seetage von jedem Ort mit einem anständigen Krankenhaus entfernt, also ist das immer noch der schnellste Weg, um sie medizinisch zu versorgen.

Ein Gedanke kommt mir in den Sinn, der ebenso unwahrscheinlich wie erschreckend ist. Ich verwerfe ihn sofort. Ich bezweifele, dass ich sie so schnell geschwängert habe, und es sind ja auch erst ein paar Tage vergangen. Ich weiß nicht so viel über die menschliche Fortpflanzung, wie ich sollte, aber ich bin mir sicher, dass es eine Weile dauert, bis die Hormone Auswirkungen auf die Gefühle einer Frau haben. Es sei denn … Ich ziehe mein Handy heraus, während Vika sich an die Arbeit macht und Nadeln auf Alinas Gesicht und Körper setzt.

Eine schnelle Suche zeigt, dass ich recht habe. Laut jeder seriösen medizinischen Quelle zeigen sich die Symptome einer Schwangerschaft nicht so früh. Aber … ich scrolle durch ein Forum nach dem anderen, und es gibt Frauen, die das Internet rauf und runter schwören, dass sie vom ersten Tag an wussten, dass sie schwanger waren. Ihre Brüste veränderten sich oder sie begannen, sich müde zu fühlen, oder ihnen war schlecht. Oder hatten Heißhungerattacken. Oder fühlten sich schwindlig. Oder bekamen Kopfschmerzen…

Scheiße. Sie könnte schwanger sein.

Ich kämpfe gegen den Drang an, mein Telefon gegen die Wand zu werfen.

Ich weiß, dass das mein Werk ist – das ist genau das, was ich erreichen wollte – aber das war vorher. Die bloße Möglichkeit bringt mich dazu, mir meinen Schwanz abschneiden zu wollen. So irrational es auch ist, nach diesem Traum bin ich davon überzeugt, dass sie sterben würde, wenn sie mein Baby bekäme – da würde ich es lieber tausendmal riskieren, sie an die Molotows zu verlieren.

»Alles erledigt«, sagt Vika leise und dreht sich vom Bett weg, um mich anzusehen. »Ich komme in einer halben Stunde mit dem Frühstück zurück, okay?«

Ich nicke knapp, da ich bereits zum Bett hinübereile. Als sich die Tür hinter Vika schließt, setze ich mich auf den Rand der Matratze und nehme Alinas Hand in meine, wobei ich darauf achte, die Nadeln in ihrem Handgelenk und Ellenbogen nicht zu verschieben. Ihre Handfläche ist klein in meiner, auch wenn ihre Finger lang und schlank sind. Ihre ovalen Nägel sind in einem glänzenden Rot lackiert. Ich streiche mit meinem Daumen über die Mitte ihrer Handfläche und staune, wie weich und zerbrechlich sie ist. Was zum Teufel habe ich mir dabei gedacht, sie zu schwängern? Sie der schmerzhaftesten und gefährlichsten Erfahrung auszusetzen, die eine Frau machen kann? Was denkt sich ein Mann dabei, seiner Frau so etwas anzutun? Ich habe den Vormittag damit verbracht, mich über die Millionen Dinge zu informieren, die während der Schwangerschaft und Geburt schiefgehen können, und ich bin ehrlich gesagt erstaunt, dass es die Menschheit noch gibt.

Für eine Frau ist ungeschützter Sex wie der Eintritt in ein Kriegsgebiet, mit einer nicht unerheblichen Wahrscheinlichkeit von Tod, Organschäden und PTBS.

»Wie geht es dir?«, frage ich leise, als Alinas Wimpern nach oben schwingen und ihre edelsteinähnlichen Augen enthüllen. »Gibt es schon eine Verbesserung? Willst du, dass ich auch die Migränetabletten hole?«

»Ein wenig, und nein«, murmelt sie und schließt wieder die Augen. »Mehr davon.«

Wovon? Den Nadeln? Braucht sie mehr davon? Ich will Vika gerade zurückrufen, als ich merke, dass Alina über meinen Daumen spricht, der Kreise auf ihrer Handfläche reibt. Mein Puls beschleunigt sich, und Wärme dringt in meine Brust ein. Es ist das erste Mal, dass sie um meine Berührung gebeten hat. Sie merkt wahrscheinlich nicht einmal, dass sie es getan hat, aber ich schon, und das verändert alles.

Ich beuge mich hinunter und küsse ehrfürchtig ihre weiche Handfläche, dann streichele ich sie weiter, wie sie es verlangt hat. Langsam lässt die Anspannung in ihrem Gesicht nach und ich kann wieder voll durchatmen, während sich mein Brustkorb vor Erleichterung ausdehnt.

Ich will, dass es ihr gut geht. Ich brauche es mehr als alles andere.

Es scheint kaum Zeit zu vergehen, bis Vika mit einem Tablett voller Essen zurückkommt. Bis dahin ist etwas Farbe in Alinas Wangen zurückgekehrt. Während Vika die Nadeln entfernt, beträufele ich eine Schüssel Buchweizen mit Honig und belege sie mit Beeren, so wie ich es bei Alina gesehen habe. Auf dem Tablett sind auch Eier, Toast und alle Arten von Frühstücksfleisch und Meeresfrüchten, aber ich vermute, dass meine Alinyonok keine Lust auf etwas so Extravagantes hat.

Sobald Vika geht, rümpft Alina die Nase und sagt: »Ich weiß nicht, ob ich jetzt essen kann. Ich habe keinen Hunger.«

»Wie wäre es mit ein paar Bissen?« Ich überrede sie und stopfe ein paar Kissen hinter sie, um sie in eine halb sitzende Position zu bringen. »Nur etwas, um deinen Blutzucker zu stabilisieren.«

Sie seufzt. »Okay.«

Sie greift nach der Schüssel, aber ich halte ihr schon einen Löffel mit Buchweizen und honiggetränkten Beeren hin. Sie zögert kurz, dann lässt sie mich den Löffel zum Mund führen. Ich lächele befriedigt, als ich sehe, wie sie das Essen kaut und schluckt, dann nehme ich einen weiteren Löffel und füttere sie damit. Gehorsam nimmt sie mein Angebot an, und das Blut schießt in meinen Schwanz, als ich sehe, wie sich ihre roten Lippen um den Löffel schließen.

Scheiße. Das hier sollte nicht erotisch sein.

Ich versuche, alle Gedanken daran zu vertreiben, was ich als Nächstes mit diesen vollen Lippen umschließen möchte, aber es gelingt mir nicht ganz. Alles, was Alina tut – auch schlafen und atmen –, macht mich an. Das war schon so, als ich sie das erste Mal sah, und es wird immer schlimmer. Ich kann nicht genug von ihr bekommen.

Jede Berührung, jeder Kuss macht mich nur noch süchtiger.

Sie ist auch so ein braves Mädchen, weil sie einen Löffel nach dem anderen isst, und das sage ich ihr mit heiserer Stimme. Es scheint sie nicht zu stören. Wenn überhaupt, sind ihre Augenlider auf Halbmast, während sie mich unter ihren langen, dichten Wimpern anschaut und ihre Brust sich in einem schnellen, flachen Rhythmus bewegt. Es dauert nicht lange, bis die Schüssel mit Buchweizen leer ist und ich so hart bin, dass mein Schwanz den Meeresboden durchbohren könnte.

»Wie geht es deinen Kopfschmerzen?«, frage ich, und meine Stimme ist heiser von dem Verlangen, das sie in mir weckt.

Ich habe nicht die Absicht, sie wieder zu nehmen. Ich muss nur wissen, dass es ihr gut geht und …

»Es ist besser«, flüstert sie, und ihre Augen sind wie endlose Jadebecken, dunkel, flüssig und geheimnisvoll. Sie lehnt sich leicht zu mir herüber, ihre Lippen sind geöffnet, und bevor ich mich zurückhalten kann, greife ich nach ihr, ziehe sie zu mir heran und neige ihr Gesicht, bis sich unsere Münder treffen. Ich versuche aufzuhören, aber ich schmecke den Honig und die Beeren in ihrem Atem und vertiefe den Kuss, weil ich verzweifelt nach mehr von dieser Süße, nach mehr von ihr verlange.

Und sie gibt mir mehr. Sie schlingt ihre Arme um meinen Hals und zieht mich nach unten, bis ich auf ihr liege und sie in die Matratze drücke. Sie hält mich fest und küsst mich zurück, wölbt sich gegen mich, und ich verliere den Kampf gegen die Lust in mir.

Ich nehme sie wie das Tier, das ich bin, und das Einzige, was mir in letzter Minute noch einfällt, ist, ein Kondom zu benutzen.

Nie wieder werde ich ihr Leben und ihre Gesundheit gefährden.

KAPITEL 24

ALINA

Ich schließe die Augen und lege meinen Kopf auf Alexejs Brust. Ich lausche dem gleichmäßigen Pochen seines Herzens, während eine angenehme Schläfrigkeit als Nachwirkung des sensorischen Sturms, der mich gerade zerrissen hat, über mich hinwegfegt. Meine Kopfschmerzen sind fast verschwunden, und die hypnotische Art, mit der Alexej seine Finger durch mein Haar streicht, macht mich unwillig, einen Muskel zu bewegen.

Er hat ein Kondom benutzt. Wieder.

Ich verstehe es nicht, aber ich kann nicht sagen, dass ich nicht dankbar bin. Das ist dumm und könnte der Beginn des Stockholm-Syndroms sein, denn Dankbarkeit ist nicht das, was ich gegenüber einem Mann empfinden sollte, der mich entführt, in die Ehe gezwungen und höchstwahrscheinlich bereits geschwängert hat.

Ich warte darauf, dass die Panik über mich

hereinbricht, aber das tut sie nicht. Vielleicht sind es die Endorphine vom Sex oder die Tatsache, dass ich nichts tun kann, wenn das Schlimmste passiert ist, aber ich fühle mich seltsam ruhig angesichts der Möglichkeit einer Schwangerschaft. Betäubt durch den Schock vielleicht? Es fühlt sich nicht so an, aber andererseits kann ich meinen Gefühlen in Alexejs Nähe nicht trauen. Seine bloße Anwesenheit bringt meinen inneren Kompass durcheinander. Wie ein starker Magnet bringt er mein Gefühl für Richtig und Falsch, Gut und Böse, Liebe und Hass durcheinander.

Nein. Nicht Letzteres. Ich hasse Alexej Leonow immer noch. Das ist das Einzige, dessen ich mir sicher bin. Und was ist, wenn wir hier wie ein Liebespaar liegen? Wir sind trotzdem keines. Wir sind Stalker und Opfer, Entführer und Gefangene, Ehemann und Ehefrau wider Willen. Und das Schlimmste ist, dass ich immer noch nicht weiß, warum.

Warum ich? Warum hat er sich all diese Mühe gemacht, um mich zu bekommen?

Ich öffne die Augen und fahre mit meinem Finger seine Bauchmuskeln nach. »Liegt es also nur an meinem Aussehen? Oder weil ich hübsch und eine Molotowa bin?« Ich hebe meinen Kopf nicht, als ich die Frage stelle.

Ein Teil von mir hat Angst, dass ich die Antwort schon kenne.

Er lacht, und das Geräusch ist ein leises, tiefes Grollen unter meinem Ohr. »Du wirst keine Ruhe geben, was das betrifft, stimmt's?« Als ich schweige, seufzt er. »Es liegt nicht daran, dass du eine Molotowa bist. Das ist sogar etwas, was gegen dich spricht. Ich würde mich viel lieber nicht mit deiner Familie abgeben, glaub mir.«

Ich glaube ihm. Die Leonows sind reich und mächtig genug, um unsere Ressourcen und Verbindungen nicht zu brauchen, deshalb hat diese Verlobung für mich nie einen Sinn ergeben. »Also … magst du einfach, wie ich aussehe.«

Er bewegt seine Handfläche zu meinem Nacken, drückt sie sanft zusammen und massiert die aufkommende Spannung. »Alinyonok …« Sein Ton ist schief. »Du weißt, dass es mir nicht gerade an weiblicher Gesellschaft gemangelt hat, bevor ich dich getroffen habe, oder nicht? Manche Leute würden die Frauen, mit denen ich Zeit verbracht habe, sogar für so schön halten wie dich.«

Etwas Grünes und Sumpfiges regt sich in mir. »Ich … Ja. Das weiß ich.«

Er schweigt einen Moment lang. Dann fragt er leise: »Erinnerst du dich an den Tag, an dem wir uns kennengelernt haben?«

»Natürlich.« Dieser Abend vor elf Jahren ist mir so klar in Erinnerung, als wäre er gestern gewesen.

»Was hast du gedacht, als du mich zum ersten Mal gesehen hast?« Er hebt mich von sich herunter und positioniert mich so, dass ich auf der Seite liege und ihm zugewandt bin. Seine Augen glänzen wie schwarze Diamanten, während er auf meine Antwort wartet.

»Was hast du von mir gedacht, als wir uns im Flur begegnet sind?«

Ich bin versucht, zu lügen, aber was hätte das für einen Sinn? Es ist schwer, seine Anziehungskraft auf mich zu leugnen, nachdem ich gerade in seinen Armen geschmolzen bin. Ich räuspere mich und kämpfe gegen den Drang an, seinen stechenden Blick abzuwenden. »Ich dachte, du wärst gefährlich ... und heiß. Aber vor allem gefährlich.«

Wenn er über meine Antwort amüsiert ist, zeigt er es nicht. Sein Gesichtsausdruck ändert sich nicht, als er fragt: »Willst du wissen, was ich über dich gedacht habe?«

»Lass mich raten ... Du fandest mich hübsch.«

»Wunderschön«, korrigiert er. »Und ja, das habe ich gedacht – bis du angefangen hast, zu reden.« Ich weiche beleidigt zurück, aber er fährt fort. »Da habe ich gemerkt, dass du auch klug und furchtlos bist.« Seine Lippen zucken mit dem Anflug eines Lächelns. »›Sie führen dich vor‹, genau das habe ich gedacht.«

»Daran kann ich mich erinnern«, sage ich überrascht.

Als er erfuhr, wer ich war, hielt er mich für einen minderjährigen Köder, eine Falle, die für ihn aufgestellt wurde. In gewisser Weise war ich das auch – nur nicht speziell für *ihn*. Meine Eltern mochten es, mich vor allen Leuten zu zeigen, mich zu verkleiden und mich wie ein Zirkuspferd vorzuführen.

Alexej stützt sich auf seinen Ellenbogen. »Das freut

mich«, sagt er leise, ohne dass seine Blicke meine Augen verlassen. »Weil ich keinen einzigen Moment dieser Begegnung vergessen habe. Schon bevor ich an diesem Abend das Penthouse deiner Eltern verließ, habe ich gewusst, dass ich Schwierigkeiten haben würde, mir dich aus dem Kopf zu schlagen. Ich wusste nur nicht, wie sehr. Du warst wie ein Komet, der über den Himmel gerast ist – so hell und selten, dass mir der Atem stockte.«

Die Intensität in seinem Blick kribbelt mir im Nacken, auch wenn ich versuche, seine Worte auf die leichte Schulter zu nehmen. »Dann hat der Köder wohl funktioniert, was?«

»Zu gut«, bestätigt er. »Wochenlang konnte ich nur an dich denken. Dann wurden Monate daraus. Schließlich wusste ich, dass ich dich wiedersehen musste – und sei es nur, um mir selbst zu beweisen, dass du nicht so bist, wie ich dich in Erinnerung hatte. Du warst kaum vierzehn, verdammt nochmal. Ich hatte kein Recht, an dich zu denken, geschweige denn, dich zu wollen.« Seine Lippen verziehen sich in Selbstkasteiung. »Ich dachte, sie hätten dich für die Party aufgehübscht, damit du wie eine Erwachsene aussiehst, die du nicht bist, und wenn ich dich an einem normalen Tag treffen würde, würde ich sehen, dass du nichts Besonderes bist, und mich endlich von dieser Besessenheit befreien. Ich sagte mir, dass du auf keinen Fall so faszinierend sein konntest, wie ich dich in Erinnerung hatte, so klug und mutig. Aber du warst es.«

Ich starre ihn an, und mein Herz schlägt

unregelmäßig. Ich weiß nicht, was ich von dem halten soll, was er sagt, denn ich erinnere mich auch an unsere nächste Begegnung – und an die Folgen, die sie hatte. »Willst du damit sagen, dass es kein Zufall war, dass du mich mit Dan in der Bibliothek erwischt hast? Dass du dort nach mir gesucht hast?«

Alexejs Blick ist unverwandt. »Ja. Ich habe meinen Vater dazu gebracht, uns von deinen Eltern einladen zu lassen, und als deine Mutter erwähnte, dass du mitten in einer Englischstunde steckst, habe ich mich entschuldigt, um einige E-Mails auf meinem Laptop zu beantworten und dich zu suchen. Und ich fand dich … mit ihm.«

Mein Magen zieht sich zusammen, und ich drehe mich auf den Rücken, um an die Decke zu starren. »Du hast ihn also getötet. Einen unschuldigen Mann, der mir nur ein paar Fussel aus dem Gesicht gestrichen hat. Und dann hast du beschlossen, unsere Verlobung zu arrangieren – obwohl ich erst vierzehn war.«

Ich spreche das laut aus, um mich und ihn daran zu erinnern, dass egal, was er über mich sagt, egal, wie er mich jetzt behandelt, unsere Beziehung keine süße Liebesbeziehung ist. Er hat im Namen seiner Besessenheit von mir schreckliche Dinge getan, und ich habe keinen Zweifel, dass er in Zukunft noch mehr tun wird.

Mein Nachhilfelehrer war ein Widerling, aber er hatte es nicht verdient, durch Alexejs Hände zu verschwinden.

Alexej beugt sich über mich. Seine Augen sind

pechschwarz, seine Stimme tief und gefährlich gleichmäßig. »Glaubst du wirklich, er hätte mit einem Fussel aufgehört? Er wollte dich. Ich konnte es in seinem verdammten Gesicht sehen.«

Ich schlucke und starre auf seine dunklen Züge. »Das wolltest du auch, wie du selbst zugibst. Wo ist der Unterschied?«

»Ich habe es verdammt nochmal nicht getan.« Er holt tief Luft und rollt sich auf den Rücken neben mich. Seine Stimme ist fest, als er sagt: »Ich wollte es. Glaub mir, ich wollte es. Als ich dich an diesem Tag in der Bibliothek gesehen habe, ungeschminkt und in Jogginghosen, sahst du deinem Alter entsprechend aus – und trotzdem wollte ich dich. Du warst immer noch das Strahlendste, was ich je gesehen hatte, und der Gedanke, dass er es gewagt hat, dich zu begehren, dich zu berühren ... dass jeder Junge, jeder Mann, der dich gesehen hat, dich genauso begehren würde wie ich ...« Seine Brust hebt sich mit einem weiteren tiefen Einatmen. »Ich konnte es nicht mehr ertragen. Und da warst du und hast mir eine Standpauke gehalten, so hochmütig und tapfer, mit deinem kleinen Kinn in der Luft ...« Er dreht sich wieder zu mir um, und seine Augen glitzern. »Da wusste ich, dass ich dich haben musste. Dass ich alles tun würde, um dich zu meiner zu machen.«

»Weil andere Männer mich vielleicht wollen könnten?«, frage ich ungläubig und setze mich auf.

Er setzt sich auch auf. »Weil ich sie töten müsste, wenn sie diesem Wunsch nachgegeben hätten .«

Sein Ton ist ruhig, sein Blick unerschütterlich. Es ist, als ob er denkt, dass er der Welt einen Gefallen tut, indem er mich für sich beanspruchte und so all diese unschuldigen Leben verschonte. Aber er hat sie nicht alle verschont, nicht einmal annähernd. Da war Josh, der verschwand, nachdem er in der Highschool mit mir getanzt hatte, und der arme Kerl, an dessen Namen ich mich nicht mehr erinnere, der von einem Dach fiel, nachdem er mich geküsst hatte. Und Jorge in Bali, dessen Roller über eine Klippe stürzte, nachdem ich mit ihm herumgemacht hatte.

Soweit ich weiß, gab es noch mehr – Männer, die mich ansahen, Männer, die mich anlächelten, Männer, die auf der Straße an mir vorbeigingen. Sie hätten für ihre Sünden verschwinden können, und ich würde nie erfahren, dass auch ihr Blut an meinen Händen klebt.

Meine Übelkeit kehrt zurück, zusammen mit einem Pochen in meinen Schläfen. Ich kann nicht glauben, dass ich ihm kurz zuvor noch dankbar dafür war, dass er jetzt Kondome benutzt. Dass ich wollte, dass er mich nicht nur wegen meines Aussehens mag – als ob der Grund für seine tödliche Besessenheit einen Unterschied macht, wenn sie so viel Schaden angerichtet hat.

Ich wende mich ab und krame in der Decke, bis ich das Kleid finde, das ich trug, bevor die Dinge eine Wendung nahmen. Ich ignoriere die Hitze in Alexejs Blick, ziehe es an und eile ins Bad, wo ich noch einmal dusche, um die Erinnerung an das dunkle Vergnügen mit dem Psychopathen, der jetzt mein Mann ist, zu vertreiben. Es hilft nichts.

Als ich zurückkehre, erwarte ich nahezu, dass er dort wartet, um mich noch einmal zu nehmen, aber er ist nicht da. Stattdessen liegt der Laptop, den er mir geschenkt hat, auf dem perfekt gemachten Bett. Hat er Vika oder Larson beauftragt, hier aufzuräumen, oder hat er das selbst gemacht? Wie auch immer, ich schnappe mir eifrig den Computer und lege mich auf den Bauch, während ich ihn aufklappe.

Er ist wunderschön – so leistungsstark, wie er aussieht, und mit all der Software ausgestattet, die Alexej versprochen hat, sowie mit der unfertigen Version meines Spiels.

Ich ignoriere die Kopfschmerzen und die Übelkeit, die mich plagen, und als ich meine Idee für den nächsten Endgegner umgesetzt habe, bin ich Alexej schon fast wieder dankbar ... und sei es nur dafür, dass ich ihn und die Realität, die er mir aufgezwungen hat, vorübergehend vergessen kann.

KAPITEL 25

ALINA

Drei Tage vergehen. Zumindest glaube ich, dass es drei Tage sind. Es könnten ebenso gut zwei oder vier sein. Die Tage und Nächte verschwimmen ineinander, weil mein Schlaf so unregelmäßig ist. Alexejs sexuelles Verlangen hält mich einen Großteil der Nacht wach, also mache ich lange Nickerchen, und wenn ich aufwache, weiß ich meistens nicht, ob es morgens oder abends ist. Wenn Alexej mir nicht gerade das Hirn herausvögelt, sitze ich am Computer und arbeite an meinem Spiel. Ich bin wie besessen und gehe völlig darin auf. Der Code, die Geschichte, die auf dem Bildschirm vor mir zum Leben erwacht – er verzehrt mich, genau wie *er* mich verzehrt, wenn auch auf eine ganz andere Weise.

Mir ist auch zunehmend übel. Ich verstecke es vor Alexej, aber ich weiß nicht, wie lange ich das so machen kann. Ich muss mich mindestens einmal am Tag übergeben und meine Kopfschmerzen gehen nie ganz weg, egal, wie viele Nadeln Vika in mich sticht. Die Schwindelanfälle sind das Schlimmste, weil sie mich so plötzlich überkommen. Ich kann duschen, essen oder einfach nur am Computer arbeiten, und im nächsten Moment fühle ich mich, als wäre ich gerade aus dem schnellsten Karussell der Welt gestiegen. Zum Glück war ich bisher immer allein, wenn die schlimmsten Anfälle auftraten, also glaube ich nicht, dass Alexej sie bemerkt hat. Zumindest hoffe ich, dass er das nicht hat.

Ich weiß nicht, warum ich das vor ihm verheimliche. Vielleicht liegt es daran, dass ich ihm nicht die Genugtuung geben will, zu wissen, dass er mich geschwängert hat – auch wenn er seine Meinung darüber geändert zu haben scheint, da er in den letzten Tagen immer Kondome benutzt hat. Vielleicht leugne ich es aber auch immer noch und hoffe, dass ich einfach nur die Grippe habe, und wenn ich ihm davon erzähle, müsste ich die Wahrheit sicher herausfinden. In Anbetracht seiner früheren Pläne für mich muss er irgendwo auf der Yacht eine Packung Schwangerschaftstests versteckt haben, und ich will diese rosafarbenen Linien nicht sehen. Im Moment habe ich noch Hoffnung. Ich kann immer noch so tun, als sei diese Krankheit etwas anderes, etwas, was das Leben nicht so sehr verändert. Vorsichtshalber habe ich aber keine der Migränetabletten genommen und auch keinen Schluck Alkohol getrunken. Das ist irrational, aber auch wenn ich das Baby nicht will, könnte ich nicht damit leben, wenn ich ihm oder ihr etwas antun würde. Ich frage mich sogar, ob ich anfangen sollte, Vitamine zu nehmen. Schwangere Frauen brauchen die, oder nicht? Ich habe mich schon immer ziemlich gesund ernährt, mit viel Obst, Gemüse und Vollkornprodukten, aber seit mich die Übelkeit den ganzen Tag quält, ist mein Appetit wirklich weg, und ich kann mich nur noch bemühen, bei den Mahlzeiten so viel herunterzuwürgen, dass Alexej es nicht merkt. Es kann gut sein, dass ich einen Vitaminmangel entwickele, und wenn es ein Baby gibt ...

Verdammt. Ich wünschte, ich hätte nicht daran gedacht. Ich stelle meinen Laptop auf den anderen Sessel und lege meine Hand auf meinen Bauch, der sich flacher anfühlt als sonst, fast konkav. Habe ich etwas abgenommen? Das kann nicht gut für das Baby sein. Vielleicht sollte ich es Alexej sagen, damit er mir diese Vitamine besorgt. Aber wenn ich das tue ...

»Wie geht es mit dem Spiel voran?«

Beim Klang von Ruslans Stimme zucke ich zusammen und drehe meinen Kopf, um in die helle Sonne zu blicken, die seine große, breitschultrige Gestalt einen Schatten werfen lässt. Ich habe Alexejs Bruder in den letzten Tagen nicht oft gesehen. Er hat sich nicht zu den Mahlzeiten zu uns gesellt, und ich habe in der Kabine an meinem Spiel gearbeitet, wo ich in der Nähe des Badezimmers sein kann, falls ich mich übergeben muss. Aber heute Morgen ist es kühler, und ich hatte gehofft, dass die frische Luft die Übelkeit lindern würde, also habe ich beschlossen, unter dem

Überhang zu programmieren, während Alexej ein Morgenbad genießt. Er hat mich eingeladen, mit ihm zu schwimmen, aber ich habe abgelehnt, weil ich nicht riskieren wollte, dass mir im Wasser schwindlig wird. Außerdem gilt: Je weniger Zeit Alexej und ich außerhalb des Schlafzimmers miteinander verbringen, desto besser.

Ohne die ständige Erinnerung an die Übeltaten meines Mannes ist es nur allzu leicht, in seinen Bann zu geraten und an seine Vision unserer Zukunft zu glauben, anstatt an das, was, wie ich weiß, viel wahrscheinlicher für uns ist: eine schreckliche Ehe wie die meiner Eltern, in der sich die anfängliche Besessenheit, die sich als Liebe tarnt, schnell in etwas viel Dunkleres und Tödlicheres verwandelt.

Nicht, dass Alexej gesagt hätte, dass er mich liebt.

Wahrscheinlich, weil er es nicht tut.

»Ich mache gute Fortschritte«, antworte ich und greife nach meinem Computer, als Ruslan unter den Überhang tritt, nur mit Badeshorts und verspiegelter Pilotenbrille bekleidet. »Ich habe nichts anderes zu tun, also hilft das.«

Ruslan streckt sich auf der Liege aus, auf der der Laptop stand, und verschränkt seine Finger hinter dem Kopf. Ein spöttisches Halblächeln liegt auf seinen Lippen, als er mir sein Gesicht zuwendet. »Warum verbringst du nicht etwas Zeit mit deinem Mann? Es sind ja schließlich eure Flitterwochen.«

»Sind sie das?« Mein Ton ist zuckersüß. »Wie nett von dir, mich aufzuklären.«

Ruslans Lächeln verbreitert sich zu einem humorlosen Grinsen. »Du hasst ihn immer noch, hm? Ich habe ihm gesagt, dass das eine schlechte Idee ist.«

»Der Überfall auf Nikolais Anwesen oder die erzwungene Hochzeit?«

Ruslans Grinsen verblasst. Seufzend dreht er seinen Kopf und schaut geradeaus, während ich meinen Computer öffne. Ich will gerade wieder in mein Spiel eintauchen, als er erneut spricht. »Hat Ljoscha dir jemals von unserer Kindheit erzählt? Den ersten paar Jahren nach dem Tod unserer Mutter?«

Meine Hände erstarren auf der Tastatur. Ich sollte nicht anbeißen, aber ich kann es nicht lassen. Der Köder ist zu saftig. »Ich fürchte nein«, sage ich und schließe mich seinem Plauderton an.

Ruslan dreht sich wieder zu mir um, und ich sehe mein verzerrtes Spiegelbild in seiner verspiegelten Sonnenbrille. »Du kennst den Mann, den du geheiratet hast, überhaupt nicht, stimmt's?«

»Den Mann, den ich heiraten musste, meinst du.«

Ruslans Gesichtsausdruck ändert sich nicht. »Du solltest ihn kennenlernen. Wie auch immer es für euch beide angefangen hat, ihr werdet ein ganzes Leben miteinander verbringen.«

Ich schaue weg. Daran will ich nicht denken, an die Jahre und Jahrzehnte, die vor uns liegen. An die Kinder, die uns verbinden werden, die mich an Alexej binden werden, bis ich nichts weiter bin als eine Erweiterung von ihm.

Über den winzigen Zellklumpen, der vielleicht

schon in mir wächst und mein Schicksal besiegelt.

Ich schlucke gegen den plötzlichen Anfall von Übelkeit an. Ruslan hat recht. Ich sollte meinen Mann kennenlernen, schon allein, um nicht mit einem furchterregenden Fremden ein Kind zu erziehen.

Außerdem bin ich verdammt neugierig, und Alexejs Bruder scheint bereit zu sein, zu reden.

Ich beschließe, mit etwas Kleinem und Harmlosem anzufangen. »Hat deine Familie ihn schon immer Ljoscha genannt?«, frage ich und schaue Ruslan kurz an.

Aljoscha ist die gebräuchliche Kurzform von Alexej. So würde ich, als seine Ehefrau, ihn zu Hause nennen, wenn ich mich jemals dazu durchringen könnte, so ungezwungen zu sein. *Ljoscha* ist noch ungezwungener. Es erinnert an einen Dorfjungen, der mit aufgeschürften Knien und zu kurzen Hosen durch die Gegend rennt und auf Bäume klettert.

War Alexej als Kind so? Das ist schwer vorstellbar. Als ich ihn kennenlernte, war er schon fast ein Mann … bereits gefährlich und anziehend.

»Unser Vater hat ihn immer Alexej genannt«, antwortet Ruslan. »Aber Mama hat ihn Ljoscha genannt, und Ksenia und ich auch.«

Ksenia. Slavas Mutter. Die Schwester, die sie verloren haben. Mein Herz zieht sich in meiner Brust zusammen und meine Übelkeit nimmt zu. Ich schlucke wieder und spreche schnell, um mich von dem unangenehmen Gefühl abzulenken. »Standet ihr drei euch nahe, als ihr aufgewachsen seid?«

»Sehr, aber nicht auf die typische Art und Weise«, antwortet Ruslan. »Nachdem unsere Mutter gestorben war, kümmerte sich Ljoscha um uns. Obwohl er nur zwei Jahre älter ist als ich, hat er die Rolle eines zweiten Elternteils für mich und Ksenia übernommen.« Ruslan lächelt, und zum ersten Mal hat die Wölbung seiner Lippen etwas Jungenhaftes und Aufrichtiges an sich. »Er fütterte uns immer mit Hühnersuppe, wenn wir krank waren, obwohl wir ein Kindermädchen hatten, das das machen konnte. Er erzählte uns Geschichten über unsere Mutter und zeigte uns Bilder. Und jeden Abend, wenn unser Kindermädchen schlafen ging, kletterte ich in sein Bett, und er las mir vor, so wie unsere Mutter es immer getan hatte. Als Ksenia alt genug war, kletterte sie auch hinein. Wir kuschelten uns an ihn, während er uns unsere Lieblingsbücher vorlas, und dann deckte er uns für die Nacht zu. Das hat er gemacht, bis ich zwölf und Ksenia neun war.«

Ich bin so fasziniert, dass ich das Kribbeln in meinem Magen vergesse. Seltsamerweise fällt es mir nur allzu leicht, mir Alexej in der Rolle des Aufpassers vorzustellen – vielleicht, weil ich diese Seite von ihm schon kennengelernt habe. »Warum hat er aufgehört?«, frage ich.

Ruslan zuckt mit den Schultern, und sein Lächeln verblasst. »Ich beschloss, dass ich zu alt für Gute-Nacht-Geschichten war, und Ksenia wollte sich nicht wie ein Baby fühlen, also erklärte sie, dass sie auch zu alt war. Ljoscha tat so, als wäre er erleichtert, aber im

Nachhinein glaube ich, dass er verletzt war. Letztendlich war es aber gut so, denn kurze Zeit später schickte unser Vater uns beide auf eine Militärschule in Nowosibirsk, und Ksenia blieb zurück.«

»Allein mit eurem Vater?«, frage ich leise.

Ruslans Gesichtsausdruck verändert sich. Es ist eine subtile Veränderung, die ich nicht bemerkt hätte, wenn ich ihn nicht direkt angesehen hätte, aber so sehe ich, wie sich sein Kiefer leicht anspannt und sein Mund schmaler wird. »Ja«, sagt er ruhig. »Bei unserem Vater.«

Ich würde gerne weiter nachbohren, aber ich ahne schon, dass diese Fragen nicht willkommen sein werden. Ich kehre also zu dem Thema zurück, über das Ruslan sprechen *möchte*. »Du und Alexej, ihr scheint jetzt eine typische Geschwisterbeziehung zu haben«, sage ich und denke an die beiden Male zurück, an denen die zwei zusammen gesehen habe. »Hat sich das einfach so ergeben, als ihr beide erwachsen wurdet?«

»Mehr oder weniger«, sagt Ruslan, und die Anspannung weicht aus seinen Zügen. »In einer Schule entfernt von Zuhause zu sein war der eigentliche Auslöser. Als wir dort ankamen, beschützte Alexej mich, aber ich wollte den anderen Kindern beweisen, dass es nicht nötig ist, dass mein großer Bruder für mich eintritt, also habe ich mich als dummer, leicht verlegener Teenager immer wieder mit ihm gestritten und ihn weggestoßen.« Er seufzt und blickt geradeaus. »In meinen frühen Teenagerjahren haben wir kaum miteinander gesprochen. Dann habe ich gemerkt, was für ein kleines Arschloch ich war, und wir haben uns wieder zusammengetan – dieses Mal als Brüder im gleichen Alter, mit allem, was dazugehört.« Er blickt mich an. »Was ist mit dir? Da du die Jüngste bist, haben deine Brüder auf dich aufgepasst?«

Ich nicke. »Das tun sie immer noch.«

Wahrscheinlich drehen sie gerade jeden Stein um und durchwühlen jedes Stück Erde, um mich zu finden, aber das sage ich nicht. Mit all ihren Spionen und Hackern wissen meine Entführer besser als ich, was meine Brüder tun und planen.

Ruslan muss meine Worte als Warnung verstehen, denn er seufzt erneut und nimmt seine Fliegerbrille ab. Als er mich mit seinen sturmgrauen Augen ansieht, sagt er leise: »Alina, hör zu … Ich weiß, dass du die ganze Situation scheiße findest, und ich kann es dir nicht verdenken. Die Art und Weise, wie mein Bruder dich geheiratet hat, ist … ungewöhnlich, um es vorsichtig auszudrücken. Aber er wird dir ein guter Ehemann sein. Und ein guter Vater für eure Kinder. Glaube mir, ich weiß es.«

Ich schnaube und schaue weg. Jetzt verstehe ich Ruslans Absichten, warum er mit mir reden und dieses herzerwärmende Bild ihrer Kindheit malen wollte. Alexej, der Aufpasser, Alexej, der Beschützer – ich soll das Märchen einfach glauben. Aber ich bin in einer Familie wie der ihren aufgewachsen, und ich kenne die Wahrheit: Wäre dies ein Märchen, wäre Alexej nicht mein Ritter in glänzender Rüstung.

Er hat zu viel vom Drachen in sich.

»Lass mich raten«, sage ich und drehe mich um, um Ruslan mit hochgezogenen Augenbrauen anzuschauen. »Alexej ist derjenige, der jetzt auf mich aufpassen wird, richtig? Mich beschützen wird, wie es meine Brüder immer getan haben?«

Ruslans Blick ist unerschütterlich. »Das wird er. Darin ist er gut.«

»Worin?«

Als ich Alexejs tiefe Stimme höre, beschleunigt sich mein Puls, und ich drehe mich um, um zu sehen, wie er ein paar Meter entfernt in der Sonne steht und sein großer, kräftiger Körper vom Wasser glänzt. Ich atme scharf ein. Obwohl wir heute Morgen Sex hatten – und zwar zweimal – wird mir zunehmend schwindlig, mein Inneres zieht sich zusammen und meine Bikinihose wird peinlich feucht.

»Ein Arschloch zu sein, natürlich«, antwortet Ruslan, und ein spöttisches Grinsen kommt auf seine Lippen, während er seine Sonnenbrille wieder aufsetzt. »Ich habe deine Braut gerade mit Geschichten aus unserer illustren Kindheit unterhalten. Da du sie allein gelassen hast und so …«

Alexejs dunkle Augen verengen sich. »Warum gehst du nicht und beschäftigst dich? *Anderswo.*« Seine Stimme ist tief und gefährlich, und ich merke, dass er wieder eifersüchtig auf seinen Bruder ist.

Ruslans Grinsen wird breiter. »Mit Vergnügen.« Mit geschmeidiger Anmut erhebt er sich. »Ich lasse euch beide allein.«

Er schlendert davon, und ich wende meinen Blick

von seinem muskulösen Rücken ab – zum einen, weil ich nicht im Geringsten daran interessiert bin, zum anderen, weil ich Alexejs Eifersucht nicht länger provozieren möchte. Ruslans Geschichte hat mich zwar nicht dazu gebracht, mich auf magische Weise in seinen Bruder zu verlieben, aber sie hat mich dazu gebracht, jede Spannung zu bereuen, die ich in ihre Beziehung gebracht hätte.

Ich will mich nicht zwischen sie stellen, auch nicht, um einen zweifelhaften Sieg in diesem seltsamen Krieg zwischen mir und Alexej zu erringen. Nicht, dass es sich in den letzten Tagen so sehr wie ein Krieg angefühlt hätte. So, wie die morgendliche Übelkeit meinen Körper schwächt, schwächt Alexejs unerschöpfliche Aufmerksamkeit meine Entschlossenheit, ihn zu hassen. Er ist nie *nicht* auf mich konzentriert – und das ist ebenso schmeichelhaft wie beunruhigend.

Als jüngstes von vier Kindern, noch dazu als einziges Mädchen, bin ich es gewohnt, im Hintergrund zu stehen. Keiner der Meilensteine meiner Kindheit war für meine Eltern etwas Besonderes, denn sie hatten sie bereits dreimal durchlebt. So ziemlich alles, was ich erreicht habe – mit vier Jahren lesen zu lernen, meinen Matheunterricht mit Bravour zu meistern oder auf den höchsten Baum im Garten zu klettern – hatte einer meiner Brüder schon geschafft, und zwar besser. Ich konnte nicht einmal in Sachen Aussehen mithalten, denn meine Brüder waren dank ihrer charakteristischen Molotow-Merkmale auch hübsche

Kinder, und Mama bekam viele Komplimente für sie. Erst als ich in die Pubertät kam, fing sie an, sich mehr für mich zu interessieren, da sie mit ihren Söhnen keine Designerkleidung, Haare und Make-up machen konnte, aber bis dahin war ich es gewohnt gewesen, mir selbst überlassen zu sein – meinen Spielsachen, meinen Büchern und vor allem meinen Videospielen.

Bei Alexej ist das anders. Ich habe das Gefühl, dass ich der Mittelpunkt seiner Welt bin. Wenn man ihm glauben darf, bin ich zumindest die einzige Frau, die er in den letzten elf Jahren begehrt hat. Für einen Teil von mir ist das immer noch schwer zu begreifen, aber ich sehe keinen Grund, warum er lügen sollte. Seine Taten, so schrecklich sie auch sind, sprechen für sich selbst.

Selbst jetzt starrt er Ruslan finster nach, während dieser von Bord springt, um allein zu schwimmen.

Speichel überflutet meinen Mund, als mein Unwohlsein schlagartig zunimmt.

Scheiße.

Ich stehe auf und schwanke ein wenig. Verdammte Schwindelgefühle. Ich tue mein Bestes, um sie zu verbergen, aber ich bin mir nicht sicher, ob es mir gelingt. Alexejs Blick richtet sich auf mich, wie der Laser eines Scharfschützen, der sein Ziel anvisiert, und seine Augen verengen sich.

Doppelte Scheiße.

»Ich muss auf die Toilette«, sage ich und bemühe mich um einen normalen Tonfall, aber selbst ich kann die Anspannung in meiner Stimme hören. Mein Kopf dröhnt und kalter Schweiß bedeckt meine Haut, als ich mich auf die Treppe zubewege, nur um festzustellen, dass ich es auf keinen Fall schaffen werde. Zitternd ändere ich die Richtung mit Ziel Steuerbord, aber auch dort komme ich nicht an.

Alexejs starke Arme schließen sich von hinten um mich, als ich auf alle viere falle und auf den Holzboden kotze, wobei ich seine Füße um Zentimeter verfehle.

In den ersten Momenten ist mir zu schlecht, um peinlich berührt zu sein. Das war der bisher schlimmste Anfall. Meine Speiseröhre brennt von der Säure, meine Haut ist überall klamm, und mir ist so schwindlig, dass ich auf dem schmutzigen Boden zusammenbrechen würde, wenn er mich nicht festhalten würde. Aber er hält mich, murmelt beruhigende Zärtlichkeiten und scheint nicht zu merken, wie eklig das ist, was gerade passiert. Und als er mich umdreht und mich an seine nackte Brust drückt, fühle ich mich klein und hilflos ... und umsorgt.

Dann überkommt mich eine heiße Welle der Verlegenheit, aber er hat sich bereits in Bewegung gesetzt und trägt mich hinunter zur Kabine. Ich vergrabe mein Gesicht in seiner Schulter, spüre die Feuchtigkeit seiner Haut, schmecke das Salz von seinem Bad im Meer – und heiße Tränen fließen aus meinen Augen, während das Pochen in meinen Schläfen stärker wird.

Ich bin schwanger.

Daran besteht für mich kein Zweifel.

Und jetzt weiß er es auch.

KAPITEL 26

ALEXEJ

M ein Brustkorb fühlt sich an, als wäre er aus Zement, und meine Lungen sind nicht in der Lage, sich für einen vollen Atemzug auszudehnen, als ich Alina im Badezimmer vorsichtig hinstelle und sie von hinten festhalte, während sie sich den Mund ausspült und die Zähne putzt, wobei sie die ganze Zeit meinem Blick im Spiegel ausweicht.

Scheiße.

Ich habe es schon seit Tagen geahnt und befürchtet.

Mein Plan ist nur allzu gut aufgegangen.

Sie ist schwanger mit meinem Baby.

Und ich habe eine Scheißangst.

»Warum hast du es mir nicht früher gesagt?« Meine Stimme ist angespannt und klingt wütend, obwohl ich nur auf mich selbst wütend bin. Es ist nicht das erste Mal, dass ihr übel ist, da bin ich mir sicher. In den letzten Tagen bin ich mehrmals in die Kabine zurückgekehrt und habe sie im Bett gefunden, wobei ihre Haut den gleichen blass-grünen Farbton wie jetzt hatte.

Sie hat sich übergeben und es mir nicht gesagt. Hat ihr Leiden vor mir versteckt.

Sie spuckt die Zahnpasta aus und begegnet schließlich meinem Blick im Spiegel. Auf ihren Wangen sind dunkle Mascaraschlieren zu sehen.

Tränenspuren.

Mein Magen krampft sich zusammen, und der Zementkäfig um meine Lungen wird enger, als sie mit kleiner, heiserer Stimme antwortet: »Ich wollte nicht, dass du es weißt.«

Natürlich nicht. Warum sollte sie?

Ich habe ihr das angetan.

Ich habe es ihr aufgezwungen.

Und jetzt könnte sie sterben, genau wie meine Mutter.

Es erfordert alles, was ich habe, um meinen Gesichtsausdruck unverändert und meinen Tonfall gleichmäßig zu halten. »In ein paar Stunden kommt ein U-Boot, um Ruslan zu holen. Darauf befindet sich ein Team von Ärzten mit der medizinischen Ausrüstung einer kleinen Klinik. Sie werden dich untersuchen, und dann werden wir es sicher wissen.«

Ihre Augen weiten sich, während ich spreche, und dann sehe ich ihn.

Einen Funken Hoffnung in ihrem Blick.

Sie überlegt wahrscheinlich, ob sie einen dieser Ärzte überzeugen kann, ihr dabei zu helfen, ihre Brüder zu informieren.

Normalerweise hätte ich eine dunkle Freude daran, ihr diese Hoffnung zu nehmen, aber jetzt kann ich nur noch daran denken, dass es ihr bereits schlecht geht. Dass das Baby, so winzig es auch ist, ihr bereits wehtut und dass das alles meine Schuld ist. Deshalb verschweige ich, dass die Ärzte sorgfältig überprüft und ausgiebig durchleuchtet worden sind, und dass sie wissen, welche Konsequenzen es für sie und ihre Familien hat, wenn die Molotows Wind von unserem Standort bekommen.

Ihr unerbittlicher Wunsch, zu fliehen, ist für mich jetzt zweitrangig.

»Hier«, sage ich, nachdem sie sich das Gesicht gewaschen und es von den Mascarastreifen und dem anderen Make-up befreit hat. »Lass mich dich ins Bett bringen. Du musst dich ausruhen.«

»Nein, warte, ich muss …« Sie greift nach den Schubladen mit ihrem Make-up, und ich ziehe sie sanft weg.

»Das kann warten.«

Außerdem liebe ich ihr Gesicht so, ohne etwas, was ihre natürliche Schönheit verdeckt. Ihre blasse Haut hat einen perlmuttartigen Schimmer, den ihre Foundation normalerweise verdeckt, und ihr ungeschminkter Mund sieht weich und verletzlich aus, die Wölbung ihrer Oberlippe selig süß. Andere Frauen wirken ohne Make-up bodenständiger und zugänglicher, aber nicht meine Alinyonok. Sie sieht himmlisch, engelsgleich … und unendlich verführerisch aus.

Ich ignoriere ihre Proteste, hebe sie hoch und trage sie aus dem Badezimmer zum Bett, wo ich sie hinlege, ihr die hochhackigen Sandalen von den Füßen ziehe und sie mit der Decke zudecke. Sie schließt die Augen und macht kleine, flache Atemzüge, als ob ihr immer noch übel wäre.

Verdammte Scheiße. Ich frage mich, ob ihr Kopf auch wehtut.

Ich ignoriere die Enge in meiner Brust, ziehe mein Handy heraus und schreibe Vika, dass sie mit ihren Nadeln kommen soll. Dann setze ich mich auf die Bettkante, ziehe sanft eines der schlanken Handgelenke meiner Frau unter der Decke hervor und beginne, die Innenseite mit meinem Daumen zu massieren, so wie sie es mag.

Ich werde das in Ordnung bringen.

Ich werde es besser machen.

Ich weiß noch nicht, wie, aber ich werde es tun.

KAPITEL 27

ALINA

I ch wache gerade von einem Nickerchen auf, als ich unbekannte Stimmen vor der Kabinentür höre. Es sind männliche und weibliche, und sie sprechen eine Mischung aus Russisch und Englisch mit verschiedenen Akzenten.

Mein Puls beschleunigt sich.

Die Ärzte.

Sie sind hier.

Offenbar sind sie mit dem U-Boot angekommen.

Ich setze mich auf und stelle mit Erleichterung fest, dass die Übelkeit und der Schwindel verschwunden sind. Vikas Nadeln haben geholfen, zusammen mit der Magie, die in Alexejs Berührung steckt.

In unserem beschissenen Märchen ist er vielleicht eher der böse Zauberer als der Drache, der mich langsam aber sicher in seinen Bann zieht.

Na ja, Scheiß drauf. Das ist meine Chance.

Ich springe aus dem Bett und eile ins Bad, wo ich

mich schnell schminke, um mich präsentabel zu machen. Gerade als ich wieder heraustrete, klopft es an der Kabinentür.

»Herein«, rufe ich und streiche mit den Handflächen über mein Kleid.

Ein ganzes Team von Leuten drängt sich in die Kabine – vier Männer und eine Frau, plus Alexej. Sein Gesicht ist dunkel und angespannt, sein Kiefer ist hart und gefährlich.

Ist er so besorgt um mich?

Nein. Ich schließe diese Möglichkeit aus. Was auch immer hinter seiner jahrzehntelangen Besessenheit von mir steckt, ich bezweifele, dass es so etwas wie echte Liebe ist. Wenn ich wirklich krank und nicht nur schwanger wäre, würde er mich wohl kaum wollen. Er ist auf jeden Fall weggeblieben, als es mir damals nicht gut ging.

Der bittere Gedanke erwischt mich unvorbereitet. Ich wollte, dass er wegblieb, dass er mich nach dem Tod meiner Eltern in Ruhe ließ, oder nicht? Jede Begegnung mit ihm löste Kopfschmerzen und Depressionen aus, also war ich dankbar, dass er mich aus der Ferne verfolgte, anstatt sich in mein Leben zu drängen.

Ich nehme es ihm nicht übel, dass er weggeblieben ist.

Das kann ich nicht.

Das würde keinen Sinn ergeben.

Alexej beginnt, die Neuankömmlinge vorzustellen, also zwinge ich mich, mich zu konzentrieren.

»… in der Schweiz und ist einer der besten Neurologen Europas«, sagt er über einen kleinen Mann mit Brille, der eine graue Leinenhose und ein weißes Leinenhemd trägt.

»Es ist mir ein Vergnügen, Madame Leonow«, sagt der Schweizer Neurologe, dessen Name mir entgangen ist, in einem Englisch mit französischem Akzent. »Es ist wunderbar, Sie kennenzulernen.«

Ich schenke ihm mein charmantestes Lächeln, auch wenn ich innerlich zusammenzucke, als er *Madame Leonow*, sagt. »Das Vergnügen ist ganz meinerseits.«

»Und das ist Dr. Elizaveta Sergeyewna Burewa«, fährt Alexej fort und nickt in Richtung der einzigen Frau, einer Blondine mittleren Alters, die ein kurzärmeliges marineblaues Kleid trägt. »Sie ist eine der besten Gynäkologinnen in St. Petersburg.«

Bei dem Teil mit der *Gynäkologin* setzt mein Puls einen Schlag aus. »Freut mich, Sie kennenzulernen«, sage ich und wechsele ins Russische.

Burewa nickt höflich und antwortet auf Englisch mit russischem Akzent: »Gleichfalls, Alina Vladimirowna.«

Während der Vorstellungsrunde erfahre ich, dass die beiden anderen Männer – Dr. Rousseau, ein Gastroenterologe, und Dr. Whitman, ein Hämatologe – aus London kommen, wo jeder seine eigene Klinik hat. Ich habe keine Ahnung, wie Alexej es geschafft hat, so kurzfristig ein Weltklasse-Team zusammenzustellen, oder was für ein U-Boot sie hierhergebracht hat, aber je mehr, desto besser, denke ich mir.

Einer von ihnen wird bestimmt einen Fehler machen, der meine Brüder auf meinen Standort aufmerksam macht. Es könnte etwas so Harmloses sein wie eine Notiz in der Cloud über mich oder eine Überweisung der Leonows auf eines ihrer Konten – Konstantin hat wahrscheinlich seine Hacker, die das Netz nach solchen Dingen absuchen.

Ich stelle mir vor, wie meine Brüder hinter mir her sind, und mein Magen zieht sich zusammen, als die Übelkeit zurückkehrt, zusammen mit einem leichten Pochen in meinen Schläfen.

Verdammt. Ich kann es nicht einmal genießen, über eine Flucht zu fantasieren.

Mühsam konzentriere ich mich wieder auf das Gespräch.

»Wir möchten Ihnen Blut abnehmen, ein paar Tests machen und ein MRT des ganzen Körpers mit Schwerpunkt auf dem Gehirn«, sagt der Neurologe zu mir.

Ich blinzele. »Sie haben ein MRT-Gerät mitgebracht? Sind die nicht riesig und brauchen sie nicht spezielle Räume und so weiter?«

»Nicht dieser spezielle Prototyp«, antwortet er. »Es ist ein mobiles Gerät, das weniger Energie benötigt – aber das ist hier nicht von Belang.« Er wirft einen bewundernden Blick auf Alexej.

Ich runzele verwirrt die Stirn. »Ist es nicht?« Sind wir nicht auf einem Boot mitten auf dem Ozean?

»Das U-Boot wird mit Atomkraft angetrieben«, erklärt Alexej so beiläufig, als würden wir darüber sprechen, wie ein Kuchen gebacken wird. »Das ist eine weitere Verwendung für unsere mobilen Reaktoren.«

Wenn Nikolai oder Valery hier wären, würden sie alles darüber wissen wollen. Atomprom, eines der Unternehmen im Besitz der Leonows, ist der Hauptkonkurrent des Atomunternehmens meiner Brüder. Vielleicht wissen sie aber auch schon alles darüber und arbeiten an einer ähnlichen Anwendungsmöglichkeit für unsere mobilen Atomreaktoren. Wie dem auch sei, im Moment habe ich andere Sorgen, wie zum Beispiel die Tatsache, dass mir wieder schwindlig wird.

In der Hoffnung, es zu verbergen, setze ich mich so unauffällig wie möglich hin.

Anscheinend nicht unauffällig genug, denn Alexejs Blick wandert zu mir, und seine Augen verengen sich. »Dir ist wieder schlecht?«

Ich denke, es hat keinen Sinn, es jetzt zu verstecken. Schließlich sind diese Ärzte vermutlich meinetwegen hier. »Ein bisschen«, sage ich und atme tief durch, als das Pochen in meinen Schläfen erneut einsetzt. »Ich glaube, es könnten wieder Kopfschmerzen sein.«

Die Ärzte haben bereits ihre Notizblöcke herausgeholt.

»Können Sie uns bitte Ihre Symptome beschreiben, Mrs. Leonow?«, fragt Rousseau.

Ich atme ein und atme langsam aus. »Übelkeit, Erbrechen, gelegentliches Schwindelgefühl. Ich bin ein- oder zweimal ohnmächtig geworden.

Kopfschmerzen und Migräne, aber die habe ich schon immer gehabt, also ...«

»Wie lange?«, unterbricht mich der Neurologe, dessen Namen ich mir wirklich merken sollte. »Wann hat jedes Symptom begonnen?«

»Die Kopfschmerzen habe ich seit meinen späten Teenagerjahren. Sie wurden schlimmer, als ... nun, als es familiäre Probleme gab, als ich neunzehn war.« Ich schlucke, um die Erinnerungen zu verdrängen. »Die Übelkeit und der Schwindel sind erst seit etwa einer Woche da.«

Seit Alexej mich geschwängert hat, möchte ich hinzufügen, aber ich tue es nicht, weil es ihre Aufgabe ist, das herauszufinden. Ich weiß nicht, warum man dafür ein ganzes Team von Spezialisten braucht und nicht nur einen Gynäkologen oder einen einfachen Schwangerschaftstest aus der Apotheke.

Es ist ja nicht so, dass ich wirklich krank bin.

»Sie haben davor also weder unter Schwindelgefühlen noch Übelkeit gelitten?«, fragt der Neurologe. »Vielleicht während den Migräneanfällen?«

»Oh. Nun, ja, mir wird bei besonders schlimmen Episoden normalerweise übel. Und schwindelig ...« Ich denke zurück. »Ja, ich glaube, manchmal schon.«

Die Schmerzmittel, die ich nehme, lassen mich meistens schlafen, und mir wird definitiv schwindlig davon.

»Haben Sie noch weitere Magen-Darm-Beschwerden?«, fragt Rousseau, während er sich

Notizen macht. »Magenverstimmung, Durchfall, irgendwas in der Richtung?«

»Nicht wirklich. Ich meine … vielleicht ein bisschen von den Medikamenten«, gebe ich zu.

Rousseaus Kopf schnappt hoch. »Von welchen Medikamenten? Was nehmen Sie?«

Ich seufze und zähle all die Tabletten auf, die mir im Laufe der Jahre verschrieben worden sind. Während ich das tue, kann ich die missbilligenden Blicke der Ärzte sehen.

»Schmerzmittel sind das Einzige, was mir wirklich hilft«, sage ich abwehrend, als sie mit dem Kritzeln ihrer Notizen fertig sind. »Ich bin nicht süchtig, ich schwöre es.«

Es ist möglich, dass ich es mit den Tabletten zu bestimmten Zeiten in meinem Leben übertrieben habe, aber ich war immer in der Lage, damit aufzuhören.

»Sie raucht auch Gras«, sagt Alexej, und ich werfe ihm einen finsteren Blick zu, während die Ärzte weiter auf ihren Notizblöcken herumkritzeln.

»Wann war Ihre letzte Regelblutung?«, fragt Burewa und hält ihren Stift bereit. »Könnte es sein, dass Sie schwanger sind?«

Endlich kommen wir weiter. »Vor ungefähr drei Wochen, und ja, eine große Chance.«

Ich werfe Alexej noch einen Blick zu, aber er sieht mich nicht an. Stattdessen beobachtet er die Gynäkologin, die aus irgendeinem Grund die Stirn runzelt, während sie ihre Notizen macht.

»Wie sehen Ihre Schwindelanfälle aus?«, fragt der Neurologe. »Können Sie mir bitte einen beschreiben?«

Ich atme frustriert aus. »Warum? Ich bin schwanger, okay? Genau das ist es. Lassen Sie mich einfach auf einen Test pullern, und fertig.«

Mein Ton ist scharf, aber ich kann nicht anders. Meine Kopfschmerzen werden von Sekunde zu Sekunde schlimmer, und ich bekomme diese schwarzen Punkte in meinen Augenwinkeln. Wenn ich mich nicht hinlege, werde ich vielleicht ohnmächtig, und dann haben sie ihren großen Tag.

Burewa schaut von ihrem Notizblock auf. »Wenn Ihre Berechnungen richtig sind, ist es unwahrscheinlich, dass Sie unter morgendlicher Übelkeit leiden, Alina Vladimirowna.« Ihr Tonfall ist ruhig und leicht distanziert. »Da Ihre Periode in diesem Zyklus nicht ausgeblieben ist, sollte Ihr HCG-Spiegel nicht so hoch sein, dass er so starke Symptome verursacht. Aber natürlich gibt es immer Ausnahmen, und wir werden auf jeden Fall einen Schwangerschaftstest machen. Können Sie mir bitte erst einmal sagen, wie lang Ihre Zyklen und ob sie regelmäßig sind?«

Was sagt sie? Wenn es keine Schwangerschaft ist, was könnte es dann sein?

Ich befeuchte meine Lippen. Mein Mund fühlt sich plötzlich trocken an. »Etwa achtundzwanzig Tage, und ja, ziemlich regelmäßig.«

»Können Sie mir bitte Ihre Schwindelanfälle beschreiben?«, fragt der Neurologe. »Es tut mir leid, dass ich darauf bestehe, aber es ist wichtig. Wenn Ihnen schwindelig ist oder Sie ohnmächtig werden, sehen Sie dann irgendwelche blinkenden Lichter oder Punkte?«

Ein seltsames Frösteln breitet sich in meinem Magen aus. »Punkte, schätze ich.«

»Keine Blitze?«, vergewissert er sich.

»Es gab Blitze von der Kamera. Das war bei der Hochzeit. Alexejs Bruder hat Fotos gemacht und ...« Ich zucke hilflos mit den Schultern und werfe einen Blick auf Alexej.

Er steht da wie eine Statue und starrt mich an, den Kiefer so fest zusammengebissen, dass ich Angst habe, dass er sich die Zähne ausbeißt. Ist er wütend? Aufgeregt? Mein Magen krampft sich zusammen und ich wende meine Aufmerksamkeit wieder den Ärzten zu, die sich jetzt leise miteinander unterhalten.

»Wir nehmen den Rest Ihrer Krankengeschichte auf, Mrs. Leonow, und dann werden wir alle Tests durchführen«, sagt Rousseau.

Ich nicke, schlucke gegen eine Welle der Übelkeit an und tue mein Bestes, um alle ihre Fragen zu beantworten. Als sie fertig sind, nimmt Whitman mir Blut ab – eine absurde Menge, etwa fünfzehn Ampullen – und dann trägt Alexej mich auf die Terrasse, wobei er wie immer mein Beharren darauf, dass ich allein laufen kann, ignoriert. Ruslan, Larson und Vika stehen alle drei am Geländer und blicken auf etwas.

Dieses Etwas ist das U-Boot. Es liegt neben der

Yacht und ragt wie die klobige Flosse eines Hais aus Metall oben aus dem Wasser. Ich habe keine Ahnung, wie groß es unter Wasser ist, aber der sichtbare Teil ist mindestens so groß wie diese Yacht. Ich bin mir nicht sicher, was ich mir vorgestellt habe, aber etwas so Gigantisches war es sicher nicht. Ist es vom Militär? Ich vermute, dass es so ist, und wenn ja, frage ich mich, von welchem Militär die Leonows es bekommen haben – oder für welches Militär sie es herstellen.

Bei den Leonows weiß man nie, in welchen zwielichtigen Geschäften sie ihre Finger haben.

Mir schwirren eine Million Fragen im Kopf herum, aber ich habe keine Zeit, sie zu stellen, denn Alexej trägt mich zur Steuerbordleiter und stellt mich davor hin.

»Glaubst du, du kannst da hinunterklettern?«, fragt er und nickt zu einem Schlauchboot, das unten im Wasser dümpelt. »Wenn nicht, dann schnalle ich dich an mich und trage dich auf meinem Rücken hinunter.«

»Ich kann auf jeden Fall klettern«, sage ich und strahle dabei so viel Selbstbewusstsein aus, wie ich nur kann. »Im Ernst, es geht mir absolut gut.«

Er sieht nicht so aus, als würde er mir glauben, aber er sagt: »In Ordnung. Ich gehe zuerst runter, damit ich dich auffangen kann, falls etwas passiert. Ruslan, beobachte sie auf den ersten Sprossen.«

Alexejs Bruder ist bereits an meinem Ellenbogen. »Schon dabei«, sagt er, ohne auch nur einen Hauch seines üblichen Sarkasmus. »Ich hab sie, keine Sorge.«

Ich rolle mit den Augen und greife nach der Leiter.

Soweit ich weiß, macht einen eine Schwangerschaft – denn ich bin immer noch davon überzeugt, dass es das ist – nicht zum Invaliden. Ich ignoriere die Übelkeit und die tanzenden schwarzen Punkte in meinem Blickfeld, klettere hinunter, und Alexejs starke Arme fangen mich auf, sobald ich in seiner Reichweite bin. Dann bringt uns das kleine Boot zum U-Boot und dann wartet eine weitere Kletteraktion auf mich – dieses Mal in die Tiefen eines riesigen Unterwasserschiffs.

Es gibt mindestens einen langen Flur mit vielen Türen auf beiden Seiten, und hinter einer dieser Türen ist ein Raum mit allen möglichen medizinischen Geräten. Alexej trägt mich dorthin – erneut, obwohl ich sehr gut allein gehen kann und ihm das auch gesagt habe. Der Neurologe folgt uns hinein. Ich schätze, er wird derjenige sein, der das mobile MRT-Gerät in der Mitte des Raumes bedient. Das mit dem *mobil* ist fraglich. Die Maschine ist riesig, was auch Sinn ergibt, wenn man bedenkt, dass es sich um einen Ganzkörperscan handelt.

Als ich mich ihm nähere, fällt mir etwas auf. »Warten Sie«, sage ich und wende mich an den Neurologen. »Ist das sicher für die Schwangerschaft? Ich will nicht …« Ich schlucke und wende meinen Blick von Alexej ab, der mich mit einem merkwürdigen Blick mustert. »Ich will nicht, dass dem Baby etwas passiert, falls es eins gibt.«

Und es gibt eins. Da bin ich mir sicher.

»Magnetresonanz ist für den sich entwickelnden Fötus nicht schädlich«, sagt der Arzt.

Ich atme tief ein. »Okay, dann. Los geht's.«

Sobald ich diese Tests hinter mich gebracht habe, kann ich den Ärzten vielleicht eine Nachricht zukommen lassen, die sie an meine Brüder weitergeben können – oder ich lasse mir etwas noch Besseres einfallen, während das MRT seine Arbeit macht.

KAPITEL 28

ALINA

Mir ist nichts Besseres eingefallen, als der Scan fertig ist. Ich weiß noch nicht einmal, ob ich einen Zettel schreiben kann, ohne dass Alexej ihn sieht. Da ich keinen Zugang zu Papier oder Schreibutensilien habe, müsste ich mir einen der Stifte und Notizblöcke der Ärzte ausleihen – und ich habe keine Ahnung, wie ich das geschickt anstellen kann.

Natürlich kann es sein, dass mir nichts Gutes einfällt, weil mich rasende Kopfschmerzen plagen, die durch das Klirren, Piepen und Hämmern in der Maschine noch schlimmer werden. Es war so schlimm, dass ich froh bin, dass ich mich nicht übergeben musste, als ich da drin war. Gegen Ende stand es für ein paar Minuten auf Messers Schneide. Da steht es tatsächlich immer noch.

Ich muss wohl etwas grünlich aussehen, als ich aus der Maschine gerollt werde, denn Alexej hebt mich sofort hoch und trägt mich durch eine Tür in ein kleines Badezimmer, wie sich herausstellt. Ich habe mich so sehr daran gewöhnt, dass er mich herumträgt, dass ich mich gar nicht mehr dagegen wehre. Meine Beine fühlen sich auch etwas wacklig an, das kommt noch dazu.

»Burewa will eine Urinprobe«, sagt er und stellt mich vorsichtig neben der Toilette hin, auf der bereits ein versiegelter Plastikbecher steht. »Meinst du, du schaffst das, oder brauchst du meine Hilfe?«

Oh Gott. Erschießt mich jetzt. »Ja, ich schaffe das schon. Und jetzt lass mich bitte allein.«

Nicht nur, dass ich niemals vor ihm pinkeln werde, er muss auch gehen, damit ich mich übergeben kann, ohne vor Peinlichkeit zu sterben.

Alexej blickt mich abschätzend an. »Ich bin gleich draußen. Ruf, wenn du etwas brauchst, und schließ die Tür nicht ab. Ich breche sie auf, wenn ich sie verschlossen vorfinde.«

Irgendwie schaffe ich es, mit den Augen zu rollen. »Ja, Dr. Leonow. Und jetzt geh bitte.«

Er verlässt das Bad, und ich halte mich an der Kante des Waschbeckens fest. Die Übelkeit lässt ein wenig nach. Vielleicht werde ich mich nicht übergeben. Vorsichtshalber binde ich meine Haare zu einem Knoten zusammen und atme langsam tief ein. Letzteres ist nicht sehr hilfreich. Die Luft hier fühlt sich abgestanden an, wahrscheinlich weil wir unter Wasser sind. Trotzdem gebe ich die angeforderte Probe ab, ohne mich zu übergeben, und als ich mir die Hände gewaschen habe, hat die Übelkeit schon wieder etwas nachgelassen.

»Hier ist sie«, sage ich zu Alexej, als ich herauskomme. »Gibt es noch mehr Tests?«

Natürlich gibt es die. Burewa führt eine Beckenuntersuchung und eine Ultraschalluntersuchung meines Bauches durch. Als das alles erledigt ist und Alexej mich zurück auf die Yacht bringt, bin ich so erschöpft, dass ich mich nicht mehr für meinen dummen Plan begeistern kann, den Ärzten heimlich einen Zettel zuzustecken.

Wem mache ich hier eigentlich etwas vor? Selbst wenn ich erfolgreich wäre, würden sie ihn wahrscheinlich lesen und meinem Mann geben.

Als die Ärzte ein paar Minuten später in die Kabine kommen, mache ich mir nicht die Mühe, etwas zu versuchen. Es kostet mich all meine Kraft, mich gegen Alexej zu lehnen, gestützt von seinem Arm, der um mich gelegt ist, und nicht um ein Schmerzmittel für die Migräne zu betteln, die meinen Schädel explodieren lässt.

Mein Kopf schmerzt so sehr, dass ich zuerst gar nicht merke, wie ernst die Gesichter der Ärzte sind. Alexej aber schon. Sein Körper versteinert neben meinem, und das ist der Hinweis darauf, dass etwas nicht stimmt.

Der Neurologe Dr. Kressler, dessen Namen ich mir endlich gemerkt habe, sieht besonders düster aus. »Madame Leonow«, sagt er mit gerunzelten Brauen und einem ausgeprägten französischen Akzent. »Ich fürchte, ich habe schlechte Nachrichten.« Er nimmt einen tiefen Atemzug. »Das MRT hat eine Masse in Ihrem Frontallappen gezeigt.«

Ich starre ihn verständnislos an. »Eine Masse?«

»Einen Tumor«, stellt er klar. »Ohne eine Biopsie kann ich Ihnen keine endgültige Diagnose stellen, aber ich vermute, dass es sich um eine Art Gliom handelt, möglicherweise ein Oligodendrogliom, eine Art von Hirntumor, der sich aus Gliazellen, die Oligodendrozyten genannt werden, entwickelt.«

Ein Gehirntumor. Krebs. In meinem Kopf.

Alexejs Arm legt sich enger um mich, so dass ich kaum noch atmen kann. Oder vielleicht kann ich einfach nicht atmen, weil sich die Worte aus dem Mund des Arztes wie eine Faust um meine Kehle legen. Mein Verstand ist leer, als ob mein Gehirn mit Rauschen gefüllt wäre. Ist das die Schuld des Tumors? Nein, das würde keinen Sinn ergeben. Vor einer Minute konnte ich trotz der rasenden Kopfschmerzen noch denken. Ein Tumor kann doch nicht so schnell agieren, oder?

Alexejs Stimme, rau und fest, erreicht mich wie aus weiter Ferne. »Was kann man tun? Können Sie es heilen?«

»Es gibt kein Heilmittel«, beginnt Kressler und wird bei dem, was er auf Alexejs Gesicht sieht, ganz blass. Schnell korrigiert er sich: »Aber es gibt natürlich eine Behandlung. Der Verlauf der Behandlung hängt von der genauen Diagnose ab, einschließlich des Grades des Tumors. Alles, was ich Ihnen mit Sicherheit sagen kann, ist, dass es sich um eine Operation handeln wird, bei der wir so viel wie möglich vom Tumor entfernen und eine Biopsie machen werden. Wenn es sich um einen langsam wachsenden, das heißt niedriggradigen Tumor handelt, kann das alles sein, was nötig ist. Aber wenn es sich um einen anaplastischen – also hochgradigen und schnell wachsenden – Tumor handelt, was ich aufgrund des Aussehens auf den Scans vermute, werden auch Bestrahlung und Chemotherapie erforderlich sein.«

Chirurgie. Bestrahlung. Chemotherapie.

Jedes Wort trifft mich wie der Schlag einer Henkersaxt und durchbricht den Schock, der mich wie gelähmt auf der Stelle hält.

»Die Prognose ...« Irgendwie ist meine Stimme ganz ruhig. »Wie hoch ist die Lebenserwartung, wenn es sich um ein hochgradiges Oligo-Irgendwas handelt? Wie lange habe ich dann noch?«

Kressler schluckt sichtlich, sein Blick wandert von mir weg nach rechts, vermutlich auf Alexejs Gesicht. »Jeder Fall ist individuell, deshalb kann ich Ihnen das nicht mit Sicherheit sagen. Es gibt so viele Faktoren, die eine Rolle spielen – das Alter des Patienten, die genaue Lage des Tumors, ob es einen 1p/19q-Status gibt ...«

»Was schätzen Sie?«, fragt Alexej in einem so scharfen Ton, dass ich fast zusammenzucke – und alle anderen im Raum auch.

»Ein niedriggradiges Oligodendrogliom bedeutet zu etwa siebzig Prozent eine Überlebensrate von fünf

Jahren«, sagt Kressler nach einem angespannten Moment. »Bei einem hochgradigen Oligodendrogliom sind es etwa dreißig Prozent.«

Die Chancen, dass ich meinen dreiunddreißigsten Geburtstag erlebe, stehen also entweder zwei zu drei oder eins zu drei. Und das, obwohl meine größte gesundheitliche Sorge vor einigen Stunden mein Mangel an pränatalen Vitaminen war.

Ich weiß nicht, ob ich lachen oder weinen soll angesichts eines Schicksals, das mich verarschen zu wollen scheint.

»Dann bin ich wohl nicht schwanger«, sage ich etwas dümmlich. Denn das bin ich natürlich nicht. Alle Symptome, die ich auf eine frühe Schwangerschaft zurückgeführt habe, sind auf etwas viel Bösartigeres zurückzuführen als Alexejs Baby.

Ich spreche Kressler an, aber es ist eine weibliche Stimme, die auf Englisch mit russischem Akzent antwortet.

»Eigentlich, Alina Vladimirowna«, Burewas Ton ist immer noch kühl und distanziert, auch wenn ihr Blick von nacktem Mitleid erfüllt ist, »sind Sie es. Es ist zwar noch zu früh, um HCG im Urin nachzuweisen, aber ein Bluttest ist empfindlicher. Ihre HCG-Werte sind immer noch recht niedrig, aber in einem Bereich, der auf eine sich entwickelnde Schwangerschaft hinweist. Wenn Ihre Schätzung des Beginns Ihrer letzten Periode richtig ist, sind Sie seit ungefähr drei Wochen schwanger.«

KAPITEL 29

ALEXEJ

Als ich sieben Jahre alt war, fiel ich in den Keller einer alten Hütte auf der Sommerresidenz meines Vaters im Uralgebirge. Ich verbrachte dort zwei Nächte mit einem gebrochenen Arm und einem verstauchten Knöchel, fühlte Spinnen und Ratten über mich krabbeln und war überzeugt, dass ich bei lebendigem Leib gefressen werden würde, bevor man mich finden könnte.

Bis heute war das die größte Angst, die ich je empfunden habe.

Und die wütendste.

»Sagen Sie das nochmal.« Selbst in meinen Ohren klingen meine Worte wie das Knurren eines tollwütigen Wolfes. »Den Teil mit den Überlebenschancen.«

»Mr. Leonow ...« Kresslers Stimme zittert ein wenig. »Ich verstehe, dass Sie verärgert sind. Ich hasse es, der Überbringer schlechter Nachrichten zu sein, glauben Sie mir, und außerdem ist jeder Fall so individuell. Zum Beispiel spielt das Alter eine Rolle, und Ihre Frau ist ziemlich jung. Auch die Lage des Frontallappens ist ein günstiger klinischer Prognosefaktor. Also gibt es wirklich …«

»Ich bin in der dritten Woche?«, mischt sich Alina ungläubig ein und blickt dabei Burewa an. Sie schiebt meinen Arm von sich und springt auf. »Wie ist das möglich, wenn ich erst seit einer Woche hier bin?«

Das ist es, worüber sie sich Sorgen macht? Ich möchte sie packen und schütteln. Oder, noch besser, sie irgendwo hinbringen, wo ich sie sicher aufbewahren kann. Aber es gibt keinen Ort, der sicher ist. Die Gefahr ist in ihr, in ihr selbst.

Sie ist in ihrem Kopf.

Ich möchte heulen wie der oben erwähnte Wolf. Ich will alle verdammten Ärzte auf diesem Boot töten. Eigentlich nicht. Ich möchte alle Ärzte umbringen, die sie ihr ganzes Leben lang behandelt und diese Sache nicht erkannt haben. Denn angesichts der Kopfschmerzen muss er schon eine Weile da sein, oder nicht?

Und sie ist schwanger.

Erneut überkommt mich Entsetzen.

Sie ist krank *und* schwanger.

»Die Schwangerschaftsdauer wird ab dem Datum Ihrer letzten Periode gezählt«, antwortet Burewa, und ihr professoraler Tonfall lässt mich zusammenzucken. »Zum Zeitpunkt Ihres Eisprungs gelten Sie also bereits als zwei Wochen schwanger, und wenn Ihre

Periode ausbleibt, sind Sie etwa vier Wochen schwanger.«

Wen interessiert es schon, wie die Schwangerschaftsdauer gezählt wird? Ich will wissen, was sie tun werden, um Alinas Leben zu retten.

Und das des Babys.

Nein, darüber kann ich nicht nachdenken.

Ich stehe auf und gehe auf Kressler zu. »Was sind die nächsten Schritte? Müssen Sie weitere Tests durchführen?«

Er erblasst, als ich vor ihm stehen bleibe, erholt sich aber schnell wieder. »Ja, definitiv. Die Geräte, die wir mitgebracht haben, sind nicht annähernd so fortschrittlich wie die, die wir zu Hause haben. Außerdem müssen wir so schnell wie möglich einen Termin für die Operation Ihrer Frau vereinbaren, damit wir besser wissen, womit wir es zu tun haben.« Er wirft Alina einen nervösen Blick zu, bevor er seine Aufmerksamkeit wieder auf mich richtet. »Es wird eine Gehirnoperation im Wachzustand sein, bei der Ihre Frau aus der Narkose geweckt werden wird, sobald wir ihren Schädel geöffnet haben. Wir werden mit ihr interagieren, während wir die Operation durchführen, damit wir sicher sein können, dass wir kein gesundes Gewebe anschneiden.«

Sie werden ihren Schädel öffnen.

Und ohne Betäubung in ihr Gehirn schneiden.

Will er mich verarschen?

Kressler zieht sich vorsichtig zurück. »Wir tun alles, was in unserer Macht steht, um sicherzustellen, dass sich der Patient während des Eingriffs wohlfühlt. Das Gehirn hat keine Schmerzrezeptoren, also ist es nicht so schlimm, wie es klingt. Unser Top-Neurochirurg wird die Operation durchführen, und er hat eine hervorragende Erfolgsbilanz, wenn es darum geht, gesundes Hirngewebe zu erhalten.«

Meine Hände ballen sich zu Fäusten. »Scheiß auf seinen Rekord. Wenn er ihr auch nur ein Haar krümmt ...«

»Was ist mit dem Baby?«, unterbricht Alina und sieht Burewa an. »Operation, Narkose – das kann doch nicht gut für ihn oder sie sein, oder?«

Scheiße. Ich schätze, wir haben keine andere Wahl, als darüber nachzudenken.

Burewa nickt ernsthaft. »Sie haben recht, Alina Vladimirowna. Der Verlauf der Behandlung, die Dr. Kressler skizziert hat, ist unvereinbar mit einer gesunden Schwangerschaft. In der Tat ...« Sie holt tief Luft. »Wenn Sie eine Chemotherapie und Bestrahlung brauchen, sollten Sie Ihre Eizellen einfrieren, wenn Sie die Möglichkeit dazu haben. Sonst können Sie vielleicht nie wieder Kinder bekommen.«

Und als Alina durch diesen neuen Schlag auf den Füßen schwankt, schiebe ich meine eigene Angst und Trauer beiseite und ziehe sie in meine Arme.

KAPITEL 30

ALINA

Entweder stehe ich unter Schock und kann die Ereignisse nicht verarbeiten, oder alles passiert in einem Wimpernschlag. Alexej trägt mich zurück zum U-Boot, und Ruslan begleitet uns, während er Larson und Vika, die auf der Yacht zurückbleiben, Befehle gibt. Die Ärzte folgen uns wie ein Komitee grimmig dreinblickender Geier, und sobald sich die Luke über uns schließt, brummen die Motoren des riesigen Unterwasserschiffs auf, und mein Magen krampft, als ich eine Abwärtsbewegung spüre.

Es ist ein seltsames Gefühl, zu wissen, dass wir in die Tiefen des Ozeans hinabsteigen, während ich in Alexejs Armen den Flur entlanggetragen werde. Es ist, als ob er Poseidon wäre, der mich in die Tiefe zieht. Oder Hades, der mich in die Unterwelt bringt. Wie auch immer, ich bin mehr als froh, dass ich keine Platzangst habe.

Unter anderen Umständen wäre ich von unserem Transportmittel fasziniert – Jules Vernes *Zwanzigtausend Meilen unter dem Meer* war eines meiner Lieblingsbücher, als ich aufwuchs. Im Moment denke ich aber weder an das technische Wunderwerk, das das U-Boot ist, noch an die unglaublichen Tiefseekreaturen, die um uns herum schwimmen könnten. Stattdessen sind meine Gedanken ein chaotisches Durcheinander, und mein offenbar von einem Tumor befallenes Gehirn geht wie besessen die Worte der Ärzte durch.

Chemotherapie, Bestrahlung ... Die Überlebensrate liegt bei dreißig Prozent.

Unvereinbar mit einer gesunden Schwangerschaft.

Vielleicht kann ich nie Kinder bekommen.

Ich kneife die Augen zusammen und vergrabe mein Gesicht an Alexejs Hals. Er ist warm und solide, das Einzige, was sich in einer Welt, die sich plötzlich um die eigene Achse gedreht hat, real anfühlt. Sein vertrauter Geruch – Winterwald, Meer und Leder – erdet mich, auch wenn Angst und Panik mich zu ersticken drohen.

Viel zu schnell haben wir unser Ziel erreicht, eine fensterlose Kabine mit einem ausreichend großen Bett, auf dem Alexej mich sanft ablegt, bevor er sich auf den Rand der Matratze setzt.

Unter seiner Bräune ist seine Haut blass, und sein Mund ist ein harter Strich im Gesicht, während er meine Hand ergreift. »Das ist noch nicht sicher«, sagt er kämpferisch. »Das sind alles nur Vermutungen. Du hast Kressler gehört, sie müssen mehr Tests durchführen. Vielleicht ist es nichts. Vielleicht sind die Geräte hier defekt.«

»Das glaubst du doch nicht wirklich«, sage ich und schließe die Augen.

Ich bin völlig erschöpft. Alles, was ich will, ist schlafen. Vielleicht wache ich auf und stelle fest, dass das alles ein schrecklicher Alptraum war. Wenn ich schlafe, muss ich zumindest nicht darüber nachdenken, was die Diagnose für mich und das winzige Leben, das in mir wächst, bedeutet.

Oder für Alexej, dessen jahrzehntelange Besessenheit ihm eine kaputte, sterbende Frau beschert hat.

Nein, ich kann es nicht ertragen, jetzt an so etwas zu denken.

Ich gebe mich meiner Erschöpfung hin und sinke in einen schweren, unruhigen Schlaf.

———

WIR SIND NICHT MEHR AUF DEM U-BOOT, ALS ICH aufwache. Ich weiß nicht, wo wir sind, aber mein Kopf dröhnt, und mir ist übel. Sobald ich die Augen geöffnet habe, laufe ich also schnell zu einer Tür, von der ich hoffe, dass sie zu einem Badezimmer führt. Ich habe Glück – es ist tatsächlich ein kleines Badezimmer, und nachdem ich mich übergeben habe, wasche ich mir das Gesicht, putze mir die Zähne und mache mich so gut es geht ohne mein übliches Arsenal an Make-up zurecht. Ich trage auch nicht meine übliche Kleidung, sondern nur ein übergroßes schwarzes T-Shirt, das wahrscheinlich Alexej gehört, da es mir fast bis zu den Knien reicht.

Ich schätze, dass es für meinen Mann keine Priorität war, diesen Ort, was auch immer er ist, ordentlich zu bestücken.

Vielleicht liegt es an der schwarzen Farbe des Shirts, aber mein Gesicht sieht in dem kleinen Spiegel über dem Waschbecken blass und gequält aus. Ohne meinen üblichen dunklen Eyeliner und roten Lippenstift bin ich wie eine verblasste Kopie meiner selbst. Nicht, dass das wichtig wäre – ich werde noch viel, viel schlimmer aussehen.

Ich verdränge den Gedanken, bevor er mich in ein dunkles Leichentuch der Verzweiflung hüllen kann, und kehre in den Raum zurück, um herauszufinden, wo ich bin.

Die runden Fenster mit den flauschigen weißen Wolken darunter und das gleichmäßige Dröhnen der starken Triebwerke machen mir klar, dass ich mich in einem Flugzeug befinde, genauer gesagt in einem luxuriösen Privatjet mit einem Schlafzimmer und einem angeschlossenen kleinen Bad.

Ich bin auch ganz allein – was mich nicht im Geringsten überrascht.

Die Flitterwochen sind definitiv vorbei, und die Ehe vielleicht auch.

Mein Magen zieht sich schmerzhaft zusammen, und mir wird wieder schlecht.

Hör auf, sage ich mir. Das ist mir egal. Wenn Alexej

mich nicht mehr will, kann das nur etwas Gutes sein. Über diese Folge meiner Diagnose kann ich unmöglich traurig sein. Alles andere jedoch ... Ich lege eine Hand auf meinen Bauch.

Das Baby.

Sie wird es nicht schaffen, wenn ich mit der Behandlung fortfahre.

Vielleicht schafft sie es auch ohne nicht.

Ich weiß nicht, warum ich beschlossen habe, dass es eine Sie ist, aber ich bin davon überzeugt.

Ich habe eine Tochter, die ihren Geburtstag nicht erleben wird.

Meine Brust fühlt sich an, als wäre ein Auto darübergefahren, und saure Tränen brennen in meinen Augen. Ich wollte dieses Baby nicht, aber jetzt, wo es da ist, jetzt, wo ich den Beweis für seine Existenz in meinem Blut habe, kann ich mir nicht vorstellen, es nicht zu haben. Im Moment ist sie nur ein paar sich schnell teilende Zellen, aber ich sehe schon, wie sie sein könnte – ein zappelndes, rotgesichtiges Neugeborenes mit Alexejs dunklen Augen ... ein lachendes Kleinkind mit runden Wangen und einer Vorliebe dafür, Unfug zu treiben.

Ich sehe sie so lebendig vor mir, dass es wehtut.

Ein Geräusch lässt mich den Kopf hochreißen.

Es ist die andere Tür im Raum.

Sie öffnet sich, und Alexej tritt ein.

»Wir landen in ein paar Stunden in Genf«, sagt er, und zum ersten Mal, seit ich ihn kenne, klingt er müde und sieht auch so aus. Seine dunklen Augen sind von

Schatten umrahmt und die scharfe Linie seines Kiefers mit Stoppeln bedeckt.

Hat er die ganze Zeit über nicht geschlafen?

Plötzlich verspüre ich den Drang, meine Handfläche auf seine stoppelige Wange zu legen und ihm zu sagen, dass alles gut werden wird. Stattdessen wische ich mir die Nässe unter den Augen weg und setze mich auf das Bett, während ich mich darauf vorbereite, was er wohl sagen wird.

Da Flugzeuge viel leichter zu verfolgen sind als Boote, ist es offensichtlich, dass es keine Priorität mehr ist, mich von meinen Brüdern fernzuhalten. Höchstwahrscheinlich wird er mich sogar zu ihnen zurückbringen, bevor es richtig schlimm wird.

Er setzt sich auf das Bett, schaut mich an und sagt: »Ich habe deine Brüder über die jüngsten Entwicklungen informiert.«

Aus der Nähe wirkt sein Gesicht noch müder, fast schon eingefallen … und irgendwie noch anziehender. Ich kann nicht anders, als nach ihm zu greifen und ihn anzuflehen, mich zu behalten – ein völlig unlogischer Drang, denn alles, was ich je wollte, war frei von ihm zu sein.

»Ich habe auch die anstehenden Tests und die Operation vorbereitet«, fährt er fort. »Kresslers Neurochirurgie-Team ist bereits in Bereitschaft, also fahren wir in die Klinik, sobald wir gelandet sind.«

Jedes Wort, das er spricht, fühlt sich an, als würde das bereits erwähnte Auto rückwärtsfahren und wiederholt über meinen Körper rollen. »Was das betrifft …« Ich schlucke heftig, und mein Inneres verknotet sich bei dem, was ich gleich sagen werde. »Ich bin mir nicht sicher, ob ich die Operation oder die Behandlung will. Nicht in dieser Situation.« Ich bedecke meinen Bauch mit meiner Hand, als ob ich damit das winzige, zerbrechliche Leben darin schützen könnte.

Alexejs Augen weiten sich, und verengen sich dann gefährlich. »Wovon zum Teufel redest du da? Du tust alles, was nötig ist, damit es dir besser geht.«

»Das ist meine Entscheidung.«

»Einen Scheißdreck ist es.« Seine Worte kommen mit zusammengebissenen Zähnen heraus. »Du wirst operiert und bekommst die Behandlung. Ich werde dich nicht sterben lassen.«

Ich blicke ihn an, und meine Verzweiflung verwandelt sich in bittere Wut. »Was interessiert dich das? Du übergibst mich meinen Brüdern und machst mit deinem Leben weiter. Ich bin diejenige, die …«

»Deinen Brüdern?« Seine Nasenlöcher blähen sich. »Wer hat gesagt, dass ich dich an sie ausliefere? Du bist meine Frau.« Er packt meine Hand so fest, dass es wehtut. »Du bist meine.«

Mein Lachen schmeckt wie Zyanid. »Ja, klar. Deine, bis mir durch die Chemo die Haare ausfallen und ich anfange, stündlich zu kotzen. Oder bin ich deine, bis meine Unfruchtbarkeit offiziell bestätigt ist?« Er zuckt zurück, und ich bleibe bei meinem Standpunkt, perverserweise triumphierend. »Daran hast du nicht gedacht, oder? Wenn diese Operation mich nicht auf wundersame Weise wiederherstellt – was der Arzt fast ausgeschlossen hat – , wird mein Körper bestrahlt und mit Gift vollgepumpt werden. Selbst wenn ich überlebe, werde ich nie mehr dieselbe sein. Meine Gesundheit, mein Aussehen, meine Fähigkeit, Kinder zu bekommen – das alles wird weg sein. Im besten Fall werde ich nur noch ein Schatten meiner selbst sein, von Scan zu Scan leben und darauf warten, dass der Krebs zurückkehrt.« Ich reiße meine Hand aus seiner Umklammerung und stehe auf. Tränen brennen in meinen Augen, als ich hervorstoße: »Du hast dir die falsche Frau dafür ausgesucht, ihr ein Jahrzehnt lang nachzustellen, Alexej Leonow. Du kannst deinen Fehler genauso gut zugeben und mich bei meiner Familie absetzen, wo ich den Rest meines Lebens verbringen kann, wie ich es für richtig halte. Wer weiß? Wenn mich der Tumor in den nächsten neun Monaten nicht umbringt, bekommst du vielleicht noch ein Kind aus diesem Schlamassel.«

KAPITEL 31

ALEXEJ

Sie geht zur Tür, nachdem sie die Bombe hat platzen lassen, und ich raste aus. Ich raste verdammt nochmal aus. Die letzten achtzehn Stunden waren die schlimmsten meines Lebens, und ich habe schon einige beschissene Zeiten erlebt. Seit unserem Gespräch mit den Ärzten hatte ich keine Zeit, etwas zu essen oder zu trinken. Scheiße, ich kann mich nicht einmal daran erinnern, dass ich gepinkelt habe. Zwischen den Nachforschungen über Alinas Zustand, den Vorbereitungen für die Operation und der Reise vom Pazifik nach Europa war ich fast zu beschäftigt, um mich mit der Angst und der Wut zu beschäftigen, die in mir schwappten – *fast* ist das Schlüsselwort.

Ich bin bei ihr, bevor sie zwei Schritte machen kann. Ich ergreife ihren Arm und drehe sie zu mir herum. »Du bist meine.« Es ist das Knurren eines verwirrten, verwundeten Tieres. »In guten wie in schlechten Zeiten, bis dass der Tod uns scheidet, weißt du noch? Es ist mir scheißegal, ob du deine Haare verlierst oder ständig kotzen musst – ich lasse dich nicht gehen. Und ich bin mir verdammt sicher, dass ich nicht zulasse, dass dieses Ding dich mir nimmt. Du bekommst die Operation, die Bestrahlung, die Chemo und jede Behandlung, die sie anbieten, ob bewährt oder experimentell, und du wirst verdammt nochmal leben! Für mich, wenn nicht für dich, hörst du? Du wirst das hier überleben, auch wenn ich dich in der verdammten Klinik einsperren und dich selbst mit Gift vollpumpen muss!«

Ich weiß nicht, wie oder wann meine Hände den Weg zu ihren Schultern gefunden haben, aber sie sind da und ich schüttele sie, während sie mich mit großen, schmerzhaft leuchtenden Jadeaugen anstarrt. Ich schüttele sie, und dann küsse ich sie, während sich der ganze Tumult in mir zu einer heftigen Welle der Lust zusammenbraut. Sie ist alles, was ich je wollte, und das Wissen, dass ich sie verlieren könnte, verleiht meinem ständigen Verlangen nach ihr, meinem überwältigenden Bedürfnis, sie zu besitzen und zu beschützen, eine verrückte, manische Note. Nur kann ich Letzteres nicht tun, nicht in diesem Fall. Alles, was ich tun kann, ist, ihr mit meinem Körper zu zeigen, dass ich meine, was ich sage, dass sie mir gehört und ich nicht weggehe, egal, wie schlimm es werden wird.

Und es wird schlimm werden, das weiß ich. Ich weiß viel mehr darüber als sie, denn ich habe Stunden damit verbracht, über die verschiedenen Arten von Gliomen zu lesen, mit Kressler und seinen Kollegen zu sprechen, eine zweite, dritte, vierte und fünfte Meinung zu den bisher durchgeführten Scans einzuholen – und alles deutet darauf hin, dass ihr ein harter Kampf bevorsteht. Aber am Ende wird sie als Siegerin daraus hervorgehen, dafür werde ich sorgen. Und ich werde sie ganz sicher nicht allein dagegen ankämpfen lassen. Oder, noch schlimmer, aufgeben lassen.

Ich kann ihre Tränen schmecken, als ich den Kuss vertiefe. Das Salz vermischt sich mit dem Minzgeschmack ihrer Zahnpasta und der zarten Süße ihrer Lippen und erinnert mich an andere Male, als ich sie zum Weinen gebracht habe. Aber dieses Mal ist es anders. Es ist kein Spiel mehr zwischen uns. Es steht viel zu viel auf dem Spiel und dieses Wissen spornt mich an und erfüllt mich mit einer Verzweiflung, die mein wildes Verlangen noch verstärkt.

Ich reiße meine Lippen von ihren, drehe sie in meinen Armen herum und versenke meine Zähne in der straff gespannten Sehne an ihrem Halsansatz. Sie keucht und wölbt sich gegen mich, ihre Hände fliegen hoch, um nach meinem Haar zu greifen, während ich den Saum ihres T-Shirts in meiner Faust bündele und es bis zu ihrer Taille hochziehe. Ich sollte sanft sein, vorsichtig bei ihrem zerbrechlichen Zustand, aber ein wildes Tier scheint die Kontrolle über mich übernommen zu haben. Ich kann das Knurren nicht unterdrücken, das meiner Kehle entweicht, als ich die Stelle lecke, in die ich gerade gebissen habe. Dann schiebe ich sie auf das Bett und beuge sie über die

Kante, so dass die blassen, köstlich runden Pobacken und der rosafarbene, glitzernde Schlitz ihrer Muschi sichtbar werden.

Ich zittere vor Lust und schaudere vor meinem Hunger nach ihr, während ich meinen Reißverschluss aufreiße und meinen Schwanz befreie. Dann versenke ich zwei Finger in ihrer Öffnung, dehne ihr zartes Fleisch und bereite sie auf das vor, was kommen wird. Sie ist bereits feucht, verdammt, ihre Muschi ist glitschig und heiß, und ihre Innenwände drücken meine Finger zusammen. Ich wüsste nicht, was ich tun würde, wenn sie es nicht wäre, denn ich kann mich nicht länger zurückhalten. Ich will sie mit einer Intensität, die jede Illusion von Selbstbeherrschung zerstört und jeden Versuch, sanft zu sein, zunichtemacht.

Ich ziehe meine Finger heraus, lege meinen schmerzenden Schwanz gegen ihre Falten und stoße hart und tief in sie hinein. Sie schreit auf, und das Geräusch wird von der Decke gedämpft, während ich ihre Ellenbogen ergreife, um ihren Rücken durchzubiegen und ihren Hintern noch mehr herauszustrecken, damit ich tiefer in sie eindringen kann. Sie schreit erneut auf, als ich mich herausziehe und wieder hineinschiebe.

Ihr Fleisch ist seidig weich, feucht und eng, so verdammt heiß, dass ich schon kurz davor bin, zu kommen. Meine Sicht verengt sich zu einem Tunnel, während ich in sie eindringe und jeder Stoß mich tiefer und näher an den Rand des Abgrunds treibt. Ihre

Schreie werden immer lauter, vermischen sich mit weiblichem Grunzen und Stöhnen, und ihre Muschi drückt meinen Schwanz zusammen und melkt ihn in einem unmissverständlichen Rhythmus. Fuck, fuck, fuck ... Ich werfe brüllend meinen Kopf zurück, als ihr Orgasmus den meinen auslöst und ich in ihr explodiere, wobei ich meinen Unterleib gegen ihren Arsch reibe, während heftige Ekstase meinen Körper durchströmt und mein Gehirn mit weißglühender Lust überflutet.

Für ein paar warme, glückselige Momente vergesse ich, was uns hierhergebracht hat. Ich genieße einfach das Gefühl, wie meine Lungen tief einatmen, den Geruch von Sex und ihr, das Gefühl, wie ihr glitschiges, heißes Fleisch meinen erschlaffenden Schwanz umschließt. Dann holt mich die Realität ein und ich bemerke, dass sich meine Finger mit einem schmerzhaften Griff in die Seiten ihrer Hüften eingegraben haben ... und ich sie ohne Kondom gefickt habe – aber das spielt jetzt keine Rolle mehr.

Sie ist bereits schwanger.

Sie hat Krebs, und sie ist schwanger.

Und ich habe sie einfach genommen wie eine gefräßige Bestie.

Ich beiße die Zähne zusammen und zwinge meine Finger, sich zu lösen und ihr festes Fleisch freizugeben. Der glückselige Dunst des Nachmittags ist verschwunden und hinterlässt einen harten, eisigen Knoten in meiner Brust.

»Alinyonok ...« Meine Stimme ist heiser und

unsicher, als ich wieder nach ihr greife und sie vorsichtig umdrehe, so dass sie mit dem Gesicht nach oben auf der Matratze liegt. Ich möchte ihr in die Augen schauen, aber sie hat sie zugekniffen. Aber ich sehe die feuchten Spuren auf ihren Wangen und zum ersten Mal fühle ich mich wirklich wie das Monster, das sie mir vorwirft zu sein.

Habe ich ihr wehgetan? Wenn ja, wie schlimm?

Bevor ich um Verzeihung bitten kann, öffnet sie ihre Augen und begegnet meinem Blick. Tränen glasieren die dunklen Jadefarben ihrer Iris, aber es ist der Schmerz, den ihre Augen verraten, der mir einen eisigen Knoten in den Hals treibt. Ihre Lippen, ein weiches, nacktes Rosa, gerötet von meinen Küssen, zittern, als sie flüstert: »Was ist mit dem Baby? Alexej …« Ihre Stimme stockt. »Was ist mit unserem kleinen Mädchen? Es wird sterben, wenn wir das tun. Es wird nie geboren werden.«

Scheiße. Jetzt bin ich an der Reihe, meine Augen zuzukneifen.

Unser kleines Mädchen. Alina glaubt, dass wir ein Mädchen bekommen – und es besteht eine fünfzigprozentige Chance, dass sie recht hat.

Ich habe mein Bestes gegeben, um nicht an die Schwangerschaft im Sinne eines tatsächlichen Babys zu denken. Ich habe nicht einmal mit den Neurochirurgen, die ich konsultiert habe, darüber gesprochen, denn was hätte das für einen Sinn? Alle haben gesagt, je früher die Behandlung beginnt, desto größer ist die Chance, dass Alina überlebt. Der winzige

Embryo, der sich in ihr entwickelt, ist nicht einmal eine Überlegung wert. Das kann er nicht sein, wenn Alinas Leben auf dem Spiel steht. Es gibt nur einen Ausweg: die Schwangerschaft so schnell wie möglich zu beenden und weiterzumachen. Aber … sie denkt, dass es ein kleines Mädchen ist.

Ich öffne meine Augen, um Alinas Blick zu begegnen. Eine dicke Träne klebt an ihren unteren Wimpern, während sie mich anschaut, und es fühlt sich an, als würden tausend gezackte Klingen mein Herz durchschneiden, eine nach der anderen. Damit hatte ich so fest gerechnet, als ich sie mitnahm: dass sie es lieben würde, wenn es einmal ein Baby geben würde. Sie würde an ihm hängen, und damit auch an mir. Ich hätte nicht gedacht, dass es im Embryonalstadium passieren würde, aber ich wäre froh gewesen, wenn es passiert wäre.

Unser kleines Mädchen.

Die Klingen schneiden schneller und härter.

»Alinyonok …« Meine Stimme ist so rau wie der Blick in ihren Augen. »Ich darf dich nicht verlieren.« Ich nehme ihr Gesicht in meine Hände und drücke meine Stirn an ihre. »Du musst kämpfen. Und ich werde an deiner Seite sein, während du das tust. Wir werden das gemeinsam bekämpfen.«

Ich kann den Hauch ihres Atems auf meinem Gesicht spüren. Er kommt in einem schnellen, unsteten Rhythmus und bleibt ab und zu in ihrer Kehle stecken. Dann durchfährt sie ein Schauer, und ein Schluchzen entringt sich ihrem Mund, als sie ihre

Arme um meinen Hals schlingt, ihr Gesicht an meinem Hals vergräbt und zu weinen beginnt.

Die nächste Stunde weint sie in meinen Armen, und ich kann sie nur festhalten.

Ich werde sie immer im Arm halten, egal, was auf uns zukommt.

LESEPROBEN

Danke, dass Sie Alexejs und Alinas Reise verfolgt haben!

Wenn Sie über meine zukünftigen Bücher informiert werden möchten, melden Sie sich für meinen Newsletter an: www.annazaires.com/book-series/deutsch/.

Bitte blättern Sie jetzt um, um Auszüge aus *Verschleppt* und *Weiße Nächte*, zu lesen.

Auszug aus Verschleppt von Anna Zaires

Entführt und auf eine einsame Insel verschleppt.

Ich hätte niemals gedacht, dass mir so etwas passiert. Ich hätte mir niemals vorstellen können, dass eine zufällige Begegnung kurz vor meinem achtzehnten Geburtstag mein Leben völlig umkrempeln würde.

Jetzt gehöre ich ihm. Julian. Dem Mann, der genauso rücksichtslos wie gutaussehend ist – dem Mann, dessen Berührungen mich brennen lassen. Ein Mann, dessen Zärtlichkeit ich verstörender finde, als seine Grausamkeit.

Mein Entführer ist ein Rätsel für mich. Ich weiß nicht, wer er ist, oder warum er mich verschleppt hat. In ihm ist eine Dunkelheit – eine Dunkelheit, die mir genauso Angst macht, wie sie mich anzieht.

Mein Name ist Nora Leston und das ist meine Geschichte.

———

Leah holt mich um 21.00 Uhr ab.

Sie hat sich fürs Clubben zurechtgemacht – dunkle, glänzende Jeans, ein glitzerndes Schlauchtop und hochhackige Overknees. Ihr blondes Haar ist vollkommen weich und glatt und fällt wie ein markanter Wasserfall ihren Rücken hinab.

Ich dagegen trage immer noch meine Turnschuhe. Meine Schuhe fürs Clubbing habe ich in dem Rucksack, den ich in Leahs Auto lassen werde. Ein dicker Pulli versteckt das aufreizende Top, welches ich trage. Ich bin nicht geschminkt, und mein langes braunes Haar ist zu einem Pferdeschwanz gebunden.

So verlasse ich das Haus, um keinen Verdacht zu erregen. Ich sage meinen Eltern, dass ich den Abend mit Leah bei Freunden zu Hause verbringe. Meine Mutter lächelt und wünscht mir viel Spaß.

Jetzt, mit fast achtzehn, habe ich keine Ausgehsperre mehr. Oder vielleicht habe ich sie noch, aber sie ist zumindest nicht offiziell. Solange ich nach Hause komme, bevor meine Eltern anfangen, sich Sorgen zu machen – oder ich ihnen zumindest sage, wo ich bin –, ist alles in Ordnung.

Sobald ich in Leahs Auto sitze, beginne ich mit meiner Verwandlung.

Weg mit dem dicken Pulli und raus mit dem

verführerischen Tanktop, das ich darunter habe. Ich trage einen Push-up-BH, um mein etwas zu klein ausgefallenes Kapital zu maximieren. Die Träger des BHs sind durchaus vorzeigbar, weshalb es mich nicht stört, wenn sie hervorschauen. Ich habe nicht so coole Schuhe wie Leah, aber ich habe es geschafft, meine hübschesten schwarzen Absatzschuhe herauszuschmuggeln. Sie vergrößern mich um etwa zehn Zentimeter. Da ich jeden einzelnen von ihnen benötige, ziehe ich die Schuhe gleich an.

Als Nächstes hole ich meinen Schminkbeutel hervor und klappe die Sonnenblende herunter, um den Spiegel zu benutzen.

Vertraute Gesichtszüge blicken mich an. Große, braune Augen und klar definierte schwarze Augenbrauen dominieren mein kleines Gesicht. Rob hat mir einmal gesagt, ich würde exotisch aussehen. Ein wenig kann ich das gerade selbst erkennen. Auch wenn ich nur zu einem Viertel Latina bin, sieht meine Haut immer ein wenig gebräunt aus, und meine Wimpern sind außergewöhnlich lang. Künstliche Wimpern nennt Leah sie, aber sie sind hundertprozentig echt.

Ich habe kein Problem mit meinem Aussehen, auch wenn ich mir häufig wünsche, größer zu sein. Das sind meine mexikanischen Gene. Meine Großmutter war klein, und das bin ich auch, obwohl meine Eltern beide durchschnittlich groß sind. Das wäre mir auch egal, würde Jake nicht große Mädchen mögen. Ich glaube nicht einmal, dass er mich im Gang überhaupt sieht;

ich befinde mich im wahrsten Sinne des Wortes nicht auf seiner Augenhöhe.

Seufzend trage ich Lipgloss und ein wenig Lidschatten auf. Ich benutze nicht zu viel Make-up, weil ich ganz natürlich am besten aussehe.

Leah dreht das Radio auf, und die neuesten Hits dröhnen durch das Auto. Ich lache und fange an, mit Rihanna mitzusingen. Leah fällt auch ein, und jetzt schmettern wir beide die S&M-Texte mit.

Ohne es zu merken, kommen wir auch schon am Club an.

Wir betreten ihn so, als würde er uns gehören. Leah schenkt dem Türsteher ein strahlendes Lächeln, und wir zücken unsere Ausweise. Sie lassen uns ein, kein Problem.

Wir waren noch niemals zuvor in diesem Club. Er befindet sich in einem älteren, leicht heruntergekommenen Teil des Zentrums von Chicago.

»Wie bist du auf diesen Club gekommen?«, rufe ich Leah zu. Ich muss schreien, um die Musik zu übertönen.

»Ralph hat mir davon erzählt«, brüllt sie zurück, und ich verdrehe die Augen.

Ralph ist Leahs Ex-Freund. Sie haben sich getrennt, als er anfing, sich seltsam zu benehmen, aber sie reden trotzdem noch miteinander. Ich glaube, dass er Drogen nimmt oder so etwas. Ich bin mir nicht sicher, und Leah erzählt mir, aus falscher Loyalität zu ihm, nichts. Er ist der König des Zwielichts, und die Tatsache, dass die Empfehlung für diesen Ort von ihm kam, ist nicht sehr beruhigend.

Aber was soll's. Sicherlich ist die Gegend nicht die Beste, aber die Musik ist gut, und die anderen Gäste sind auch eine nette Mischung.

Wir sind hier, um Party zu machen, und genau das tun wir auch die nächste Stunde lang. Leah bringt ein paar Jungs dazu, uns einen Longdrink auszugeben. Wir trinken nicht mehr als einen pro Kopf. Leah, weil sie uns nach Hause fahren muss – und ich, weil ich Alkohol nicht gut vertrage. Wir sind vielleicht jung, aber wir sind nicht blöd.

Nach den Longdrinks tanzen wir. Die beiden, die uns eben die Drinks ausgegeben haben, tanzen mit uns, aber wir ziehen uns nach und nach von ihnen zurück. Sie sind nicht wirklich süß. Leah findet eine Gruppe heißer Typen im Studentenalter, und wir pirschen uns an sie heran. Sie beginnt eine Unterhaltung mit einem von ihnen, und ich schaue ihr lächelnd dabei zu. Sie ist gut, was diesen ganzen Flirtkram betrifft.

Unterdessen teilt meine Blase mir mit, dass es Zeit sei, die Damentoilette aufzusuchen. Also verlasse ich Leah und folge meiner Blase.

Auf dem Rückweg bitte ich den Barmann um ein Glas Wasser. Nach dem ganzen Tanzen habe ich Durst.

Er reicht es mir, und ich schütte es gierig hinunter. Als ich fertig bin, stelle ich das Glas ab und schaue auf.

Direkt in ein Paar stechend blaue Augen.

Er sitzt an der gegenüberliegenden Seite der Bar,

etwa drei Meter von mir entfernt – und er starrt mich an.

Ich starre zurück. Ich kann nichts dagegen tun. Er ist wahrscheinlich der bestaussehendste Mann, der mir jemals begegnet ist.

Sein Haar ist dunkel und leicht gelockt. Sein Gesicht ist hart und männlich, alle seine Gesichtszüge sind perfekt symmetrisch. Geradlinige Augenbrauen über diesen auffallend blassen Augen. Ein Mund, der zu einem gefallenen Engel gehören könnte.

Mir ist plötzlich sehr warm, als ich mir vorstelle, wie dieser Mund meine Haut, meine Lippen berührt. Wenn ich leicht erröten würde, hätte mein Gesicht schon die Farbe von Roter Bete.

Er steht auf, geht auf mich zu und hält mich immer noch mit seinem Blick fest. Er geht entspannt. Ruhig. Er ist sich völlig sicher. Und warum auch nicht? Er ist umwerfend, und er weiß es.

Als er näher kommt, bemerke ich, dass er ein großer Mann ist. Groß und gut gebaut. Ich weiß nicht, wie alt er ist, aber ich denke, er ist näher an der Dreißig als an der Zwanzig. Ein Mann, kein Junge.

Er steht neben mir, und ich muss mich darauf konzentrieren, zu atmen.

»Wie heißt du?«, fragt er sanft. Seine Stimme dringt durch die Musik, ihr tiefer Ton ist selbst in dieser lauten Umgebung deutlich zu hören.

»Nora«, sage ich leise und schaue zu ihm hinauf. Ich bin völlig hypnotisiert, und ich bin mir ziemlich sicher, dass er das weiß.

Er lächelt. Seine sinnlichen Lippen öffnen sich und geben den Blick auf gleichmäßige, weiße Zähne frei. »Nora. Ein schöner Name.«

Er stellt sich nicht vor, weshalb ich meinen Mut zusammennehme und ihn frage: »Wie heißt du?«

»Du kannst mich Julian nennen«, antwortet er, und ich beobachte, wie sich seine Lippen bewegen. Ich war noch nie zuvor so fasziniert von den Lippen eines Mannes.

»Wie alt bist du, Nora?«, will er als Nächstes wissen.

Ich blinzele. »Einundzwanzig.«

Sein Gesichtsausdruck verdunkelt sich. »Lüg mich nicht an.«

»Fast achtzehn«, gebe ich zögernd zu. Ich hoffe, er wird es nicht dem Barmann erzählen und mich rausschmeißen lassen.

Er nickt, so als habe ich seine Vermutungen bestätigt. Und dann hebt er seine Hand und berührt mein Gesicht. Leicht, zart. Sein Daumen streicht gegen meine Oberlippe, so als würde er neugierig sein, wie sie sich anfühlt.

Ich bin so schockiert, dass ich einfach nur dastehe. Niemand hat das jemals getan, mich so beiläufig, so besitzergreifend berührt. Mir ist heiß und gleichzeitig kalt. Ein Angstschauer läuft mir über den Rücken. Er zögert nicht, bei dem, was er macht. Er fragt nicht um Erlaubnis, hält nicht inne, um zu sehen, ob ich seine Berührung zulasse.

Er berührt mich einfach. So als habe er das Recht

dazu. So als gehöre ich zu ihm.

Ich atme zitternd ein und nehme Abstand. »Ich muss gehen«, flüstere ich, und er nickt erneut, betrachtet mich mit einem unleserlichen Ausdruck auf seinem wunderschönen Gesicht. Ich weiß, er lässt mich gehen, und erbärmlicherweise bin ich ihm dankbar dafür – weil irgendetwas tief in mir spürt, dass er auch leicht hätte weiter gehen können, dass er nicht nach den normalen Regeln spielt.

Und dass er wahrscheinlich das gefährlichste Wesen ist, welches ich jemals getroffen habe.

Ich drehe mich um und gehe durch die Menge. Meine Hände zittern, und mein Herz schlägt zum Zerspringen.

Ich muss raus hier, also schnappe ich mir Leah und lasse mich von ihr nach Hause fahren.

Als wir aus dem Club gehen, blicke ich zurück und sehe ihn wieder. Er starrt mich immer noch an.

Sein Blick enthält ein dunkles Versprechen – etwas, was mich erschaudern lässt.

———

Möchten Sie mehr erfahren? Besuchen Sie www.annazaires.com/book-series/deutsch/ um Ihr Exemplar noch heute zu bestellen!

Auszug aus Weiße Nächte von Anna Zaires und Charmaine Pauls

Macht. Daran denke ich, wenn ich ihn in der Notaufnahme sehe. Macht und Gefahr.

Alex Volkov, einer der reichsten russischen Oligarchen, ist ebenso rücksichtslos wie anziehend. Er bekommt immer, was er will, und das, was er will, bin ich, in seinem Bett.

Er ist die Art von Ärger, vor dem jede Frau weglaufen sollte. Die Kugel, die sein Leibwächter für ihn abgefangen hat, beweist das.

Ich sollte mich von ihm fernhalten, aber für eine Nacht gebe ich der Versuchung nach. Ehe ich mich versehe, zieht er mich tiefer in seine Welt voller Exzesse und Gewalt und dringt nicht nur in mein Leben, sondern auch in mein Herz ein.

Wie viel Vertrauen kann ich in einen so gefährlichen Mann setzen? Wie viel wage ich, für seine Liebe zu riskieren?

———

Ich drehe mich vom Waschbecken weg und schaue dorthin zurück, wo der verwundete Mann lag – und blicke in ein Paar stahlblaue Augen, das auf mich gerichtet ist.

Es ist einer der Männer, die in der Nähe des Opfers gestanden haben, wahrscheinlich einer seiner Verwandten. Nachts sind Besucher im Krankenhaus im Allgemeinen nicht erlaubt, aber die Notaufnahme ist eine Ausnahme.

Anstatt wegzuschauen, wie es die meisten Leute tun, wenn sie beim Hinstarren erwischt werden, beobachtet mich der Mann weiter.

Sowohl fasziniert als auch leicht genervt, starre ich ihn ebenfalls an.

Er ist groß, weit über ein Meter achtzig und breitschultrig. Er ist nicht gutaussehend im klassischen Sinne, das wäre ein zu schwaches Wort, um ihn zu beschreiben. Stattdessen ist er magnetisch.

Macht. Das ist es, was mir in den Sinn kommt, wenn ich ihn ansehe. Sie ist in der arroganten Neigung seines Kopfes, in der Art, wie er mich so ruhig anschaut, völlig überzeugt von sich selbst und seiner Fähigkeit, alles um ihn herum zu kontrollieren. Ich weiß nicht, wer er ist oder was er macht, aber ich bezweifele, dass er ein Schreibtischhengst in irgendeinem Büro ist. Dieser Mann ist es gewohnt, Befehle zu erteilen, die befolgt werden.

Seine Kleidung sitzt gut und sieht teuer aus. Vielleicht sogar maßgeschneidert. Er trägt einen grauen Trenchcoat, eine dunkelgraue Hose mit einem dezenten Nadelstreifen und ein Paar schwarze italienische Lederschuhe. Sein dunkelbraunes Haar ist kurz geschnitten, fast wie beim Militär. Der einfache Haarschnitt passt zu seinem Gesicht und offenbart harte, symmetrische Züge. Er hat hohe Wangenknochen und eine Adlernase mit einer leichten Beule, als ob sie einmal gebrochen worden wäre.

Ich kann nicht sagen, wie alt er ist. Sein Gesicht ist faltenfrei, aber es hat nichts Jungenhaftes an sich. Keine Weichheit, nicht einmal in der Wölbung seines Mundes. Ich schätze sein Alter auf Anfang dreißig, aber er könnte genauso gut fünfundzwanzig oder vierzig sein.

Er wird nicht unruhig und sieht auch nicht unbehaglich aus, als unser Wettstarren weitergeht. Er steht einfach nur ruhig da, völlig bewegungslos, und seine blauen Augen sind auf mich gerichtet.

Zu meinem Entsetzen beschleunigt sich mein Herzschlag, und ein Kribbeln läuft mir über den Rücken. Es ist, als ob die Temperatur im Raum um zehn Grad gestiegen wäre. Plötzlich wird die Atmosphäre intensiv sexuell, und ich werde mir auf eine Art und Weise bewusst, eine Frau zu sein, wie ich es noch nie erlebt habe. Ich spüre, wie das seidige

Material meines passenden Unterwäsche-Sets zwischen meinen Beinen und gegen meine Brüste streicht. Mein ganzer Körper scheint errötet und sensibilisiert, meine Nippel kribbeln unter meinen Kleidungsschichten.

Heilige Scheiße. So fühlt es sich also an, wenn man sich zu jemandem hingezogen fühlt. Es ist nicht rational, nicht logisch. Es gibt kein Treffen der Köpfe und Herzen. Nein, das Verlangen ist einfach und primitiv. Mein Körper hat den seinen auf irgendeiner tierischen Ebene gespürt und will sich paaren.

Er fühlt es auch. Das zeigt sich in der Art und Weise, wie sich seine blauen Augen verdunkeln, die Lider sich leicht senken – und wie sich seine Nasenlöcher blähen, als ob er versucht, meinen Geruch einzufangen. Seine Finger zucken, dann ballen sie sich zu Fäusten, und ich weiß irgendwie, dass er versucht, sich zu beherrschen, um nicht gleich hier und jetzt nach mir zu greifen.

Wären wir allein, wäre er mit Sicherheit schon auf mir.

Ich starre den Fremden immer noch an, während ich mich zurückziehe. Die Stärke meiner Reaktion auf ihn ist erschreckend, beunruhigend. Wir sind mitten in der Notaufnahme, umgeben von Menschen, und alles, woran ich denken kann, ist heißer Sex, der zerwühlte Laken zurücklässt. Ich habe keine Ahnung, wer er ist, ob er verheiratet oder Single ist. Er könnte ein Krimineller oder ein Arschloch sein. *Oder ein fremdgehender Drecksack wie Tony.* Wenn mich jemand gelehrt hat, zweimal nachzudenken, bevor ich einem Mann vertraue, dann ist es mein Ex-Freund. Ich möchte mich so kurz nach meiner letzten, katastrophalen Beziehung nicht auf jemanden einlassen. Ich möchte diese Art von Komplikationen nicht mehr in meinem Leben haben.

Der große Fremde hat eindeutig andere Vorstellungen.

Auf meinen vorsichtigen Rückzug hin verengt er die Augen, und sein Blick wird schärfer, fokussierter. Dann kommt er mit anmutigen Schritten für einen so großen Mann zu mir. Seine gemächlichen Bewegungen haben etwas Pantherhaftes, und für eine Sekunde fühle ich mich wie eine Maus, die von einer großen Katze verfolgt wird. Instinktiv gehe ich einen weiteren Schritt zurück, und sein harter Mund verzieht sich vor Unmut.

Verdammt, ich benehme mich wie ein Feigling.

Ich weiche nicht mehr zurück, sondern bleibe stattdessen stehen und richte mich zu meiner vollen Größe von ein Meter siebzig auf. Ich bin immer die ruhige und fähige Person, die Stresssituationen mit Leichtigkeit meistert, aber jetzt verhalte ich mich gerade wie ein Schulmädchen, das auf seinen ersten Schwarm trifft. Ja, ich fühle mich in der Nähe dieses Mannes unwohl, aber es gibt nichts, wovor ich Angst haben müsste. Was ist das Schlimmste, was er tun kann? Mich zu einem Date einladen?

Trotzdem zittern meine Hände leicht, als er sich nähert und weniger als einen Meter entfernt stehen bleibt. So nah, er ist sogar größer, als ich dachte, ein paar Zentimeter über ein Meter achtzig. Ich bin keine kleine Frau, aber ich fühle mich winzig, wenn ich vor ihm stehe. Ich mag das Gefühl nicht.

»Sie machen ihren Job sehr gut.« Seine Stimme ist tief und etwas rau, gefärbt mit einem osteuropäischen Akzent. Allein ihn zu hören lässt mein Inneres auf eine seltsam angenehme Weise erschaudern.

»Danke«, sage ich ein wenig unsicher. Ich *mache* meinen Job gut, aber ich habe kein Kompliment von diesem Fremden erwartet.

»Sie haben sich gut um Igor gekümmert. Ich danke Ihnen dafür.«

Igor muss der Patient mit der Schusswunde sein. Es ist ein ausländisch klingender Name. Russisch vielleicht? Das würde den Akzent des Fremden erklären. Obwohl er fließend Englisch spricht, ist er kein Muttersprachler.

»Das ist mein Job.« Ich bin stolz auf meine feste Stimme. Hoffentlich merkt der Mann nicht, was für eine Wirkung er auf mich hat. »Ich hoffe, er erholt sich schnell. Ist er ein Verwandter?«

»Mein Leibwächter.«

Wow. Ich hatte recht. Dieser Mann ist einer der großen Fische. Heißt das ...?

»Wurde er im Dienst angeschossen?«, frage ich und halte die Luft an.

»Er hat eine Kugel abbekommen, die für mich bestimmt war, ja.« Sein Tonfall ist sachlich, aber ich spüre eine unterdrückte Wut in diesen Worten.

Ich schlucke trocken. »Haben Sie schon mit der Polizei gesprochen?«

»Ich habe eine kurze Erklärung abgegeben. Ich werde ausführlicher mit ihr sprechen, sobald Igor sich stabilisiert und das Bewusstsein wiedererlangt hat.«

Ich nicke, ohne zu wissen, was ich dazu sagen soll. Der Mann, der vor mir steht, wurde heute fast ermordet. Wer ist er? Ein Mafiaboss? Ein Politiker?

Wenn ich irgendwelche Zweifel daran hatte, ob es klug wäre, dieser seltsamen Anziehung zwischen uns nachzugeben, sind sie verschwunden. Dieser Fremde bedeutet Schwierigkeiten, und ich muss mich so weit wie möglich von ihm fernhalten.

»Ich wünsche Ihrem Leibwächter, dass er schnell wieder gesund wird«, sage ich mit einer aufgesetzt fröhlichen Stimme. »Wenn es keine Komplikationen gibt, sollte es ihm bald wieder gut gehen.«

»Dank Ihnen.«

Ich schenke ihm ein kleines Lächeln und mache in der Hoffnung einen Schritt zur Seite, um an dem Mann vorbei zu meinem nächsten Patienten gehen zu können.

Er bewegt sich, so dass er mir den Weg versperrt. »Ich bin Alex Volkov«, sagt er leise. »Und Sie sind?«

Mein Puls beschleunigt sich. Die männliche Absicht in seiner Frage macht mich nervös. In der Hoffnung, dass er den Hinweis versteht, sage ich: »Nur eine Krankenschwester, die hier arbeitet.«

Er versteht ihn nicht, oder er tut so, als ob er es nicht täte. »Wie heißen Sie?«

Er ist auf jeden Fall hartnäckig. Ich atme tief ein. »Ich bin Katherine Morrell. Wenn Sie mich entschuldigen ...?«

»Katherine«, wiederholt er, und sein Akzent verleiht den vertrauten Silben eine exotische Note. Sein harter Mund wird ein wenig weicher. »Katerina. Das ist ein schöner Name.«

»Vielen Dank. Ich muss jetzt wirklich gehen.«

Ich habe es zunehmend eiliger, wegzukommen. Er ist zu groß, zu männlich. Ich brauche Platz und etwas Raum zum Atmen. Seine Nähe ist überwältigend, macht mich nervös und unruhig und lässt mich nach etwas verlangen, von dem ich weiß, dass es schlecht für mich sein wird.

»Sie müssen Ihre Arbeit machen. Ich verstehe«, sagt er und sieht ein wenig amüsiert aus.

Trotzdem geht er mir nicht aus dem Weg. Stattdessen hebt er, während ich entsetzt zuschaue, eine große Hand an und streicht mit den Fingerknöcheln über meine Wange.

Ich erstarre, als eine Hitzewelle durch meinen Körper rollt. Seine Berührung ist leicht, aber ich fühle mich von ihr gebrandmarkt, bis ins Mark erschüttert.

»Ich würde Sie gerne wiedersehen, Katerina«, sagt er leise und lässt seine Hand sinken. »Wann ist Ihre Schicht heute Abend zu Ende?«

Ich starre ihn an und habe das Gefühl, dass ich die Kontrolle über die Situation verliere. »Ich glaube nicht, dass das eine gute Idee ist.«

»Warum nicht?« Seine blauen Augen verengen sich. »Sind Sie verheiratet?«

Ich bin versucht, zu lügen, aber die Ehrlichkeit siegt. »Nein, aber ich bin im Moment nicht an einem Date interessiert.«

»Wer hat etwas von einem Date gesagt?«

Ich blinzele. Ich nahm an …

Er hebt wieder seine Hand und stoppt mich mitten im Gedanken. Diesmal nimmt er eine Strähne meines Haares auf und reibt sie zwischen seinen Fingern.

»Ich date nicht, Katerina«, murmelt er, seine Stimme mit dem Akzent ist seltsam hypnotisierend. »Aber ich würde gerne mit dir ins Bett gehen. Und ich glaube, das würde dir auch gefallen.«

———

Möchten Sie mehr erfahren? Besuchen Sie www.annazaires.com/book-series/deutsch/ um Ihr Exemplar noch heute zu bestellen!

ÜBER DIE AUTORIN

Anna Zaires ist eine *New York Times, USA Today* und Internationale Nr.1 Bestseller Autorin. Anna Zaires hat sich schon im zarten Alter von fünf Jahren in Bücher verliebt, in dem ihr ihre Großmutter das Lesen beibrachte. Kurz darauf schrieb sie auch schon ihre erste Geschichte. Seitdem lebt Anna neben der realen Welt auch ständig in einer Phantasiewelt, in der ihr nur ihre eigene Vorstellungskraft Grenzen setzen kann. Zurzeit lebt die verheiratete Autorin in Florida, zusammen mit ihrem Traummann, dem Sience-Fiction und Fantasy Romanautoren Dima Zales, der auch eng mit ihr zusammenarbeitet.

Bitte besuchen Sie www.annazaires.com/book-series/deutsch/ um mehr zu erfahren.